세번째 호텔

세번째 호텔

THE THIRD HOTEL
Laura van den Berg

로라 밴덴버그 장편소설
엄일녀 옮김

문학동네

일러두기

1. 주석은 모두 옮긴이주이다.
2. 본문 중 고딕체나 볼드체는 원서에서 이탤릭체나 대문자로 강조한 부분이다.

폴에게,
변함없이

나는 카메라를 들어 다른 데 초점을 맞추는 척하면서, 그들을 면밀히 주시하며 기다렸다. 흥미로운 표정을, 생의 모든 것을 압축해서 보여줄 그것을 마침내 포착하리라는 확신이 들었다. 생은 이동성에 의해 리듬을 얻는데, 생의 본질적이고 미세한 편린을 골라 포착하지 않는다면 고착화된 이미지는 이동성을 훼손하고 시간의 단면을 붙잡는 데 그친다.

— 훌리오 코르타사르

내 묘비에 이렇게 새겨주기 바란다. "이따 보세."

— 에두아르 르베

차례

1부

손톱

2015년, 아바나

아바나에서 뭘 하고 있었는가?

간단한 질문이지만 대답은 간단히 찾아지지 않았다. 여자는 뉴욕 북부에서, 그러니까 전에 살던 생生에서 알고 지내던 사람들과 이곳에서 우연히 마주치는 상상을 했다. 카테드랄광장이나 프라도 거리에서 사진을 찍고 있는 지인을 보게 되는 거다. 그들은 카메라에서 눈을 들고, 여자의 이름을 소리쳐 부르며 손을 흔들 것이다. 공교로움에 대해, 세상이 얼마나 좁은지에 대해 한마디씩 할 것이다. 그러다 피할 수 없는 그 질문이 나온다면—아바나에서 뭘 하고 있어요?—어떻게 설명해야 할지 여자는 막막할 것이다.

이렇게 말했으려나,

나는 당신이 아는 내가 아니에요.

이렇게 말했으려나,

나는 현실의 전위轉位를 경험하는 중이에요.

여자는 뉴 라틴아메리카 영화제 때문에 아바나에 왔다. 쿠바에서 처음으로 제작된 공포영화의 감독을 만나러 왔다. 원래는 남편이 하려던 일이었으나 이젠 그럴 수 없는 처지가 되어 여자가 그 일을 대신 하러 왔다. 영화제 공식 호텔은 베다도에 위풍당당하게 서 있었다. 대왕야자가 둥글게 도열한 타원형 진입로가 방문객들을 입구로 안내했고, 호텔 뒤편에는 웅장한 테라스가 바다를 굽어보았다. 언덕 위에 자리잡은 그 호텔은 이 지역의 랜드마크였고 아주 멀리서도 첨탑이 보였다. 여자가 묵고 있는 호텔은 대학가의 비탈길에 위치하고 있었다. 여자는 그곳을 '세번째 호텔'이라고 부르게 됐는데, 공항 택시에 타서 주소를 잘못 말하는 바람에 엉뚱한 동네에 내렸고, 호텔 두 곳에 들러 안내 직원을 붙잡고 길을 물은 끝에 간신히 목적지에 도착했기 때문이다.

영화제가 열리는 호텔 로비에는 숲을 그린 벽화가 한쪽 벽면을 가득 채우고 있었다. 첫날 저녁, 환영 행사 도중에 여자는 문득 눈앞에 그 벽화가 있음을 깨닫고는 숲의 그늘을 가만히 응시하며 거기에 깃든 신비를 상상했다. 푸른 잎사귀를 손가락으로 쓸었다. 물감은 맨들맨들했고 나무우듬지는 황금빛을 띠었다. 나무를 핥자 분필맛이 나고 야생이 느껴졌다.

몇 잔을 마신 겁니까? 영화제 스태프가 로비 밖 밤거리로 여자를 에스코트하며 물었다. 그의 스페인어는 경멸조였고 날이서 있었다. 어깨 부분이 좀 많이 헐렁한 모래색 블레이저와 영화제 로고가 찍힌 흰색 티셔츠를 입은 젊은 남자였고, 목에 걸린 투명 코팅된 스태프 신분증이 가슴에 반복적으로 가볍게 부딪혔다. 남자의 윗입술에 난 솜털과 통통한 귓불이 여자의 눈에 들어왔다.

시에테.* 바깥 거리에는 어둠이 내려앉았고 공기 중에는 뜨거운 열기가 가득했다.

성함이 어떻게 되십니까? 남자가 물었다. 숙소는 어딘가요?

몸은 꼼짝없이 길에 남아 있었지만, 여자의 마음은 이미 바다처럼 새카만 거리를 느릿느릿 걸어내려가, 사람들이 어둠 속에서 반원형 콘크리트 위에 앉아 휴대폰을 두드려대는 와이파이 공원을 지나, 다시 세번째 호텔로 들어가서 가파른 계단을 오르는 중이었다. 프런트 데스크는 이사라는 이름의 이십대 여성이 지켰다. 여자가 체크인했을 때, 이사는 검은색 숙박부에 여자

---

* '일곱'이라는 뜻의 스페인어.

의 이름과 여권 번호를 기록했다. 이사의 필체는 흠잡을 데 없이 완벽했고, 글자 하나하나가 미니어처 주택을 연상시켰다. 이사는 절대 엘리베이터를 쓰지 말라고 경고했다. 마지막으로 어떤 손님이 탔을 때 문이 열리지 않아 정육점 갈고리로 억지로 비틀어 열어야 했다면서. 여자의 방은 오층이었고, 객실들은 옥상으로 이어지는 나선형 철제 계단을 둘러싸고 타원형으로 배치되어 있었다. 계단 맨 아래 놓인 화분 속의 식물들은 축복을 기다리는 신민처럼 푸른 얼굴로 하늘을 우러르고 있었다. 엘리베이터를 대강 살펴보니 버티컬 잭을 교체할 때가 된 듯싶었다. 지난 수년 동안, 그런 세부 사항을 포착하는 것이 여자의 직업이었다. 그리고 지금 여기 아바나에서, 여자의 휴가 일수가 손아귀를 벗어난 새처럼 훨훨 날아가고 있었다.

일곱 잔, 여자가 다시 말했다. 손바닥에서 땀이 났다. 이가 아팠다.

이곳에서 여자는 사람들이 물을 때마다 다른 이름을 댔다. 로리, 리플리, 시드니. 그리고 신문에 글을 기고하는 영화평론가 행세를 했다. 평론가를 사칭하며 돌아다니더라도 그에 대해 이의를 제기할 수 있는 사람은 없었다. 그것이 일행 없이 홀로 하는 여행의 매력이었다. 아무도 여자에게 나이를 묻지는 않았지만, 만약 물었다면 사실대로 서른일곱이라 말했을 것이다. 이런 상황에서 숨기고 싶어하는 게 그 반대인 사람들도 있긴 하지만. 진짜 이름에 가짜 나이.

제 이름은 아를로입니다, 젊은 남자가 말했다. 다큐멘터리를 만들죠. 지금 그 모습이 영상에 담기지 않다니 운이 좋으시군요.

여자의 진짜 이름은 클레어였다. 아바나는 처음이었고, 비행기에서 내려 아스팔트 위에 선 것은 12월의 둘째 날이었으며, 사방의 표면이 녹아내리는 것만 같은 환각 상태에서 뜨거운 열풍에 떠밀려 쓰러질 뻔했다.

설명하기 어려운 부분은 그런 일들이 아니었다.

아바나까지는 비행기를 한 번 갈아타야 했고, 두번째 비행기는 아주 작았다. 착륙할 때 밑으로 출렁이는 바다가 보일 거라고 예상했으나, 멀리서부터 푸른 들판이 아가리를 벌렸고 초목이 안개와 함께 일렁였다. 이 분 하고도 십삼 초 동안 클레어는 조종사가 이유는 모르겠지만 하여간 비행기를 땅에 처박아 그들 모두를 죽일 거라고 확신했다. 그러는 동안 손목시계로 시간을 재고 있었기 때문에, 클레어는 그 느낌이 얼마나 지속됐는지 정확히 알았다.

아바나에서 클레어는 불이 들어오지 않는 가로등을 보게 된다. 서로 마주보고 절하는 나무들이 간이 활주로처럼 기다란 그늘을 만드는 멋진 아름드리 가로숫길을 보게 된다. 분홍색 대리석이 깔린 프라도 거리에서 하니스를 착용한 은색 허스키 두 마리를 산책시키는 남자와, 개들 옆을 휙 지나가는 웃통 벗은 인라인스케이터들을 보게 된다. 하얀 두루미를 연상시키는 목이 긴 방범 카메라와, '무에르테 알 인바소르'*라고 적힌 간판이 달린 지역 도서관과, 혁명을 상징하는 올리브색 옷을 입은 채 의자에 매여 있는 닥스훈트를 보게 된다. 이 도시는 낮과 밤이 완전히 다른 곳이었다. 온갖 국적의 예술가들에게 바치는 경의를 곳곳에서 찾아볼 수 있었다―베르톨트 브레히트 문화센터, 빅토르 위고에게 헌정된 공원, 모차르트 흉상. 몇 마일을 걷는 동안 슈퍼는 하나 안 보여도 피자나 과일, 아이스크림을 파는 곳은 십여 군데 지난다. 브루탈리즘 건축물들의 아치와 기둥과 발코니가 콜로니얼양식의 주택 지구 사이를 가르며 치솟아 있고, 완전히 박살나 무너지기 직전의 건물들과 도어맨이 있는 호텔이 나란히 자리한 모습을 보게 된다. 산프란시스코광장의 야외 카페에서는 햇볕에 심하게 탄 가족들, 유아용 의자에 앉아 가련하게 울어대는 아기들, 어디로도 날아가지 않고 원을 그리며 맴돌 뿐인 비둘

---

* '침략자에게 죽음을'이라는 뜻.

기떼를 보게 된다. 아바나에서, 클레어는 서른닷새 만에 처음으로 남편을 보게 된다.

일주일 동안 머물 계획이었다. 둘이 같이 떠나기로 한 여행이었기에 모든 게 두 사람 몫으로 예약되어 있었다. 온라인으로 발급받은 비자 두 개, 비행기의 빈 옆 좌석, 영화표 두 장. 클레어는 남은 것들을 방안 서랍에 넣어두었다. 아직 도착하지 않은 사람 몫으로 챙겨두는 거라고 혼잣말을 하면서.

영화제 첫날, 끔찍한 숙취에 시달리며 클레어는 기자 간담회가 진행되는 컨퍼런스룸 여기저기를 기웃거렸다. 회의실마다 투명 코팅된 스태프 신분증을 목에 건 유능해 보이는 사람들로 가득했다. 클레어가 만나려는 감독의 이름은 유니엘 마타였다. 감독에게 물어볼 질문 목록은 비행기 안에서 작성했고, 호텔방에서는 욕실 거울을 보고 인사하는 연습을 했다. 안녕하세요, 클레어는 스페인어로 최선을 다해 거울에 비친 제 모습에게 말했다. 제 남편은 감독님 작품의 열렬한 팬이었습니다. 유니엘 마타가 만든 영화의 제목은 '레볼루시온 좀비'*였다. 마타는 영화를 온전히 디지털로, 전부 아바나에서, 총 이백만 달러를 들여 찍었다—영화학 교수인 클레어의 남편이 대단하다고 극찬한 대목이었다. 남

---

* '혁명 좀비'라는 뜻.

편의 전공은 공포영화였다. 클레어는 늘 그게 가짜로 지어낸 직업 같다고 생각했고, 파티에서 술을 너무 많이 마시면 그 생각을 친구들과 공유하기도 했다. 영화제는 남편의 세계였지만, 그렇다고 자신이 이렇게까지 헤맬 줄은 미처 예상치 못했다.

둘째 날, 핏빛 카펫과 샹들리에가 있는 컨퍼런스룸에서 클레어는 유니엘 마타와 두 명의 제작자가 함께하는 기자 간담회에 참석했다. 한쪽 구석에 나뭇가지마다 반짝이는 은색 공이 달린 가짜 크리스마스트리가 서 있었다. 대화를 따라가려면 엄청난 집중력이 필요했고, 뒷골에 무시무시한 압력이 가해졌다. 대학 시절에 클레어는 마드리드에서 한 학기를 보냈고, 이어서 살라망카의 어느 부유한 집에서 아이를 돌보며 악몽 같은 여름을 보냈다. 스페인어 실력은 아직 쓸 만했지만, 이해하는 과정에서 자꾸만 느닷없이 구멍이 생겼다. 단어가, 생각이 있어야 할 자리에 공백이 나타났다.

프로그램에 따르면 여자 주인공을 연기한 배우 아가타 알론소가 패널로 참여하기로 되어 있었다. 알론소의 약력을 보니 쿠바에서 태어나 현재는 스페인에 거주하고 있고, 스페인의 인기 있는 TV 드라마에 고정 출연하면서 유명해진 배우였다. 〈레볼루시온 좀비〉는 알론소의 첫 장편영화였다. 전날 저녁에 클레어는 알론소가 개막 행사에 불참한 것을 두고 두 남자가 떠드는 소리를 우연히 들었다. 배우는 호텔방에 없었고 전화도 받지 않았다. 배우가 사라졌다고 말하는 이는 없었지만, 그렇다고 어디 있는지 명확히 아는 이도 없었다. 지금 기자 간담회에도 배우는 나오지 않았고, 패널은 그 이유를 해명하지 않았다.

대신 그들은 단역배우들에게 좀비처럼 비틀거리고 발성하고 분장하는 법을 가르치기 위해 설립한 좀비 학교에 관해 이야기했다. 한 단역배우는 너무 몰입한 나머지 정말로 남의 어깨를 물어뜯기 시작했다. 어떤 족부 전문의가 배수로에서 피 묻은 셔츠를 발견하고 혁명방위위원회에 신고하는 일도 있었다.

비행기에서 클레어는 리우데자네이루에서 온 영화평론가 옆에 앉았었는데, 그 다비라는 이름의 평론가가 지금 컨퍼런스룸 앞쪽, 아를로 옆에 앉아 있는 것이 보였다. 비행기에서 내릴 때 다비는 아바나의 태양은 12월에도 어마어마하다면서 날씨에 유의하라고 했다. 그는 운동선수처럼 몸이 다부졌다. 패셔너블한 안경을 썼고, 눈썹은 짙고 완벽한 두 개의 아치를 그리고 있었다. 클레어가 어릴 때 플로리다에 살아서 열기에 관해서라면 알 만큼 안다고 대꾸하자 다비는 클레어의 캔버스 재질 백팩을 가볍게 토닥이며 살짝 안쓰럽다는 미소를 짓고 즐거운 여행이 되길 바란다고 말했다.

젊은 여자 하나가 질문을 하려고 자리에서 일어났고, 클레어
는 여자가 긴장했다는 걸 알 수 있었다. 여자는 연필심을 수첩에
대고 꽉 눌렀다. 어째서 공포영화를 만듭니까? 질문하는 여자의
목소리가 어째서에서 약간 떨렸다. 어째서 실제로 일어나는 일에
대한 영화를 만들지 않나요?

제작자들이 유니엘 마타를 바라봤고, 그는 이미 앉은 자리에
서 상체를 앞으로 기울이며 대답할 준비를 하고 있었다. 감독은
검정 슬랙스와 검정 티셔츠에 형광 연두색 스니커즈를 신었고,
손목에 가느다란 끈 팔찌를 차고 있었다. 캐주얼하지만 세련된
차림이었다. 머리카락은 포니테일로 딱 묶이는 정도의 길이였
고, 클레어의 남편처럼 키가 크고 호리호리했다.

마타 감독은 관객을 공포 상태로 밀어넣어 그들의 나침반, 즉
현실 세계에서 길을 안내하는 도구를 빼앗고, 그것을 다른 종류
의 진실을 알려줄 나침반으로 대체하는 것이 그의 의도라고 말
했다. 이때 관객이 너무 겁에 질린 나머지 그런 교체가 일어났다
는 사실조차 깨닫지 못하게 하는 게 속임수의 핵심이다. 그것은
관객의 상상과 영화 사이의 은밀한 거래이며, 관객이 극장을 떠
날 때 그 새로운 진실도 함께 묻어 나가 뱀장어처럼 피부 속을
헤엄쳐 다니게 된다.

게다가, 감독은 손가락 하나를 세워 보이며 덧붙였다. 공포의 토대는 현실의 전위이고, 전위는 내내 그곳에 존재했던 현실을 드러내기 위해 설계되며, 그런 식의 전위는 항상 일어납니다.

그후에 클레어는 감독과 대화를 나누기 위해 줄을 서서 기다렸다. 감독과 클레어 사이에 아까 긴장하며 질문했던 젊은 여자밖에 남지 않았을 때, 군청색 치마 정장 차림의 비서가 와서 감독을 어딘가로 휙 데려가버렸다.

그날 저녁 찰리 채플린 영화관에서 〈레볼루시온 좀비〉의 개막 상영이 있었다. 클레어는 이 영화를 보기 위해 천 마일이 넘는 거리를 날아왔는데, 영화 제목이 적힌 입구의 간판에 다가서자 아주 이상한 일이 벌어졌다. 영화관과 클레어 사이에 투명한 벽이 솟아오른 것처럼 한 발짝도 더 다가갈 수가 없었다. 눈꺼풀이 바르르 떨렸다. 창자가 조여들었다. 사람들의 물결은 클레어 주위를 빙 돌아 제멋대로 뻗어 나간 입장 줄에 합류했다. 그녀는 강 속의 바위였다. 클레어는 조금씩 천천히 뒤로 물러나 간판이 시야에서 사라질 때까지 구석진 곳으로 뒷걸음질쳤다.

이튿날 아침, 잠에서 깬 클레어는 그 투명한 벽과 다시 마주치게 될지, 그러면 무슨 일이 벌어질지 겁이 났다. 그래서 동틀

녘에 말레콘에 갔다. 남편은 해돋이 같은 것에서 의미를 찾았고, 또한 말레콘은 〈레볼루시온 좀비〉의 클라이맥스 장면을 촬영한 곳이기 때문이었다. 어쩌면 그곳을 방문하는 것이 그 투명한 벽에서 투명한 벽돌을 한 장 빼내는 일일지도 몰랐다.

클레어는 길고 구불구불한 길을 따라 내려갔다. 발코니 위에 빨래가 느슨하게 널렸고, 빨랫줄에는 분홍색 집게로 비닐봉지가 걸려 있었다. 가는 길에 벨 에포크 양식*의 청록색 대저택을 지났는데 전면부를 떠받친, 한때는 으리으리했을 초록빛 기둥들은 이제 무게를 이기지 못하고 기울어 건물 정면이 축 처진 모양새였다. 혹시 천장이나 벽지를 볼 수 있을까 싶어 키 큰 유리창 안쪽을 슬쩍 들여다봤지만, 하늘만 한 뼘 정도 눈에 들어왔다. 안뜰 벽이 허물어지고 있었다. 풀도 제멋대로 자랐다. 몇 블록쯤 더 가자 새하얗게 빛나는 연철 울타리로 둘러싸인 연노란색 콜로니얼양식 저택이 나왔다. 녹색 정원은 깔끔하게 손질됐고 테두리에는 붉은꽃생강과 극락조화가 심겼다. 위아래가 뒤집힌 파란 닻 모양 마크가 그려진 하얀 플래카드가 출입구 위에서 이 집이 민박집임을 알렸다. 길이 끝나는 지점의 낡은 담벼락에는 검

---

* 19세기 말부터 1차대전 발발 전까지 유럽이 평화로웠던 시기에 프랑스를 중심으로 유행한 호화롭고 심미주의적인 건축양식.

은색 발라클라바를 쓴 인물이 기다랗게 그려져 있었고, 2+2=5*라는 서명이 보였다.

길을 잃은 클레어는 결국 어느 공원에 도착했다. 공원 옆의 메마른 석조 분수는 야자수의 보호를 받고 있었고, 나무의 길고 뾰족한 잎사귀가 산들바람에 기우뚱거렸다. 쉬고 있는 길거리 마임 배우도 보았다. 옷과 피부와 머리칼을 죄다 황금색 스프레이 페인트로 칠한 그는 벤치에 앉아서 작고 하얀 휴대폰에 대고 이야기를 하고 있었다. 금빛으로 빛나는 마임 배우는 클레어가 지나가자 고개를 까딱해 보였다. 공기가 아직 밤기운을 띠고 있었다.

말레콘은 석회암 방파제 때문에 도시가 요새처럼 보였다. 불가해하고 불길한 분위기를 풍겼다. 클레어는 몇몇 조깅하는 사람들과, 버터스카치 사탕을 가득 실은 쇼핑 카트를 미는 등이 굽은 노인, 그리고 '노 페스카르'**라고 쓰인 표지판 옆에서 낚시를 하고 있는 남자 둘을 지나쳤다. 앞쪽으로는 대양의 잔잔한 물비늘 외에는 아무것도 보이지 않았고, 그 자리에 오래 머물며 지켜볼수록 떠오르는 태양이 물에 불을 놓는 것 같았다. 그래서 클레어는 불길이 치솟는 그곳에 서서 불에 타버리기를 기다렸다. 누

---

* 쿠바의 그라피티 작가 파비안 로페스가 사회적 저항의 의미로 쓰는 예명.
** '낚시 금지'라는 뜻.

구든 그 광경을 보면 자신이 그동안 지구가 휘두르는 무지막지한 힘을 경험해보지 못했음을 깨달을 수밖에 없는 불길이었다.

구시가지로 돌아온 클레어는, 도대체 말이 안 되지만, 혁명박물관 밖에 서 있는 남편을 보았다. 거대한 흰색 기둥이 늘어선 이 건물은 구舊 대통령 관저였고, 앞마당에 청동색 탱크가 전시되어 있었다. 박물관은 드넓은 그늘을 드리웠고, 남편은 그 그늘 속에 서 있었다. 클레어는 수백 피트 떨어진 곳에서 뒷모습만 보고도 첫눈에 남편임을 알았고, 머리가 핑 돌고 입안에 돌멩이가 가득 찬 느낌이 들어 인도 한가운데에서 걸음을 멈췄다. 클레어는 그만하라고, 남편을 알아보지 말라고 스스로를 다그쳤다. 그녀는 지금 말 그대로 불가능한 것을 알아보고 있었으니까. 그러나 클레어는 조금씩 가까이 다가갔고, 그게 가능하다는 것을 눈으로 확인했다. 남편은 처음 보는 흰색 리넨 정장을 입고 가죽 술이 달린 로퍼를 신고 있었다. 고개를 쭉 빼어 내밀고, 한 손을 들어 눈썹에 붙이고, 하늘 위로 지나가는 무언가를 주시하는 듯했다.

비행기가 남긴 자취. 어느 구름의 항적.

박물관 앞에서 클레어는 자문했다. 남편의 어깨를 얼싸안고 울어야 할까? 설명해보라고 다그쳐야 할까, 아니면 어떤 요구도 하지 말아야 할까? 택시를 잡아타고 가장 가까운 병원으로 가달라고 해야 할까? 경찰에 전화해야 할까? 영화관 앞에서 발길을 돌렸던 것처럼 그냥 뒤로 물러나서, 이 자연법칙에 대한 중대한 위배와 물리법칙을 거스르는 범행에서 멀어져 평생 이런 일은 듣도 보도 못한 것처럼 잊어버릴까?

그에 대한 답은 불분명하고 근원적인 탓에 두 사람 사이에 마무리되지 못한 온갖 것들이 모조리 불려 나왔다.

남편은 그늘을 포기하고 박물관 안으로 쓱 들어갔다. 클레어는 아무 말도 하지 못한 채 남편을 따라 박물관 입구를 지나서 중앙홀로 들어갔다. 남편은 유리로 둘러싸인 커다란 배 앞에서 걸음을 멈췄다. 근처에 짙은 초록색 제복을 입은 경비원이 여봐란듯이 서 있었다. 클레어는 경비원의 시선을 느꼈는데, 당연히 그는 지금 자신이 완전히 불가능한 것을 보고 있음을, 악몽 아니면 기적을 목격하고 있음을 이해할 리 없었다. 클레어는 내적 현실과 그녀를 둘러싼 세계 사이의 간극이 너무 거대하다고 느꼈고, 그 틈새로 집어삼켜질까 겁이 났다.

남편은 굉장한 집중력과 열망을 가지고 뚫어져라 배를 응시했다. 클레어는 남편의 파르르 떨리는 눈썹, 맥박이 뛰는 턱선, 비스듬히 내려오는 광대뼈를 가만히 바라보았다. 남편의 아랫입술이 아내 말고는 아무도 알아볼 수 없을 정도로 살짝 씰룩거렸다.

말을 걸면 남편이 사라질까봐 두려웠다.

대체 무슨 말로 시작해야 할까?

아직도 해돋이에서 의미를 찾아?

언제부터 배에서 의미를 찾기 시작했어?

우리가 지금 정말 여기 있는 거 맞아?

리처드, 하고 클레어는 불렀다. 그게 남편의 이름이었으니까. 리처드, 그의 할아버지 이름과 같았다. 남편은 한 번도 애칭으로 불린 적이 없었다. 누군가가 실수로 그를 딕 혹은 리치 혹은 릭이라고 부르면 무척 싫어했다.

클레어는 새끼손가락으로 남편이 입은 리넨 재킷의 소맷자락 끄트머리를 쓸었다.

리처드, 하고 다시 불렀다.

그는 굽이진 대리석 계단을 올라갔다. 클레어는 뒤를 쫓았고, 샌들 뒷굽이 잘그락거리며 바닥을 때렸다. 두 사람은 다섯 개 층 중 첫번째 층을 돌았고, 은밀히 숲속을 돌아다니는 혁명가 두 명의 모습을 재현해놓은 실물 크기 모형을 지났다. 그 밀랍 인형은 위장복 차림이었다. 클레어는 인형의 입이 어디 있는지 분간하기 어려웠다. 박물관은 중정을 둥글게 감싸는 형태였고, 중정에서는 관악 밴드가 간이 의자에 앉아 번쩍거리는 악기를 튜닝하고 있었다. 클레어가 리처드를 다시 얼핏 봤을 때 그는 중정 건너편, 그녀보다 한 층 높은 곳에 있었고, 하얀 얼룩이 유리창에 잡혀 어른거리다 휙 지나갔다.

클레어는 남편을 쫓아 무도회장이 있는 꼭대기 층까지 갔다. 그곳에는 지도를 펼쳐 들거나 엄청난 크기의 크리스털 샹들리에와 금박을 입힌 천사 프레스코화를 카메라로 찍고 있는 관광객들이 가득했다. 호주식 억양을 쓰는 한 커플이 두 손을 맞잡은 채 클레어와 남편 사이에 끼어들었다. 살아 숨쉬는 육신의 장벽. 클레어는 뛰었다. 사람들을 밀치며 앞으로 나아갔다. 군중 속에 남편의 이름을 내던졌다. 밖에서 밴드가 느닷없이 연주를 시작했다. 클레어가 무도회장을 막 빠져나왔을 때 마침 남편이 대리석 계단을 뛰어내려가는 모습이 보였다. 클레어는 남편을 쫓아 중정으로 향했고, 남편은 황금색 나팔에 숨을 불어넣는 연주자들을 지나 후문으로 나갔다. 그의 재킷 끝자락이 바람에 펄럭였다.

계단에서 클레어는 남편이 오토바이에 훌쩍 올라탄 다음 방향을 틀어 벨지카 대로의 차량 흐름 속으로 섞여 드는 모습을 응시했다. 리처드는 빠른 속도로 작은 광장과 느려터진 관광버스와 인도에서 축구하는 아이들 옆을 지나 한낮의 작열하는 열기 속으로 사라졌다. 광장 벤치에서 책을 읽고 있던 한 여자가 눈앞에서 펼쳐지는 이야기에 깜짝 놀라 순간적으로 고개를 들었다. 클레어는 남편이 오토바이를 모는 모습을 난생처음 보았다. 하지만 그는 평생 오토바이를 타고 다닌 사람처럼, 평생 아바나에서 오토바이를 몰고 다닌 사람처럼 능숙하게 운전했다. 마치 오 주전에 미국에서 차에 치여 죽은 적이 없는 사람처럼.

저번 생에서 클레어는 티센크루프*의 영업 사원이었다. 업무 영역은 엘리베이터였고, 전담 지역은 중서부였다. 일견 특색 없는 지역들로 끊임없이 출장을 다녀야 한다는 점에서 클레어는 그 일이 마음에 들었다. 네브래스카에는 무려 마흔일곱 번 다녀 왔다. 네브래스카에 뭐 볼 게 있다고? 뜻밖에 꽤 많았다, 실제로는. 클레어는 오마하에서 가장 맛있는 스테이크를 먹으려면 어디로 가야 하는지 알았다. 고기를 자르면 새하얀 접시에 피가 흥건히 고이는 그런 스테이크. 새벽이 대평원을 반짝이는 거대한 바다로 바꾸는 장면도 보았다. 한번은 늦은 밤 갓길에 렌터카를

---

*독일에 본사를 둔 유럽의 대형 철강회사로 승강기, 자동차 부품 등을 생산한다.

세우고 옥수수밭으로 걸어들어간 적도 있었다. 흙길에 서서 시커먼 옥수숫대에 둘러싸인 채, 복면 쓴 살인마에게 끔찍하게 쫓기며 옥수수 사이로 도망치다가 결국 놈의 칼에 살해당하는 상상을 했다. 그러다 밤하늘에서 깃털 구름 사이로 지나가는 비행기의 붉은 불빛을 발견했다. 아주 집중해서 귀를 기울이면, 지난 몇 달 아니 몇 년간 그 어떤 소리를 들었을 때보다 더 집중해서 귀를 기울이면, 비행기가 지나가는 둔중한 엔진음을 들을 수 있었다.

클레어는 렌터카로 돌아와 차를 몰고 가며 사람들이 말하는 명상이라는 게 이런 것일까, 하고 생각했다.

클레어가 신입 시절에 배운 여행의 가장 중요한 원칙 중 하나는 이것이었다. '거의 모든 것들에 대한 답은 표지판에서 찾을 수 있다.' 수하물 찾는 곳은 이쪽. 매표소는 저쪽. 클리블랜드는 이쪽. 오마하는 저쪽. 호텔 바는 이쪽. 여행은 어느 쪽이 확실하고 올바른 방향인지 아주 쉽게 알 수 있는, 삶에서 몇 안 되는 영역이었다.

최근에 클레어는 고급 호텔과 사무용 고층 빌딩과 공장에 신제품 케이블을 판매하는 업무를 맡았다. 이 케이블은 탄소섬유로 제작되어 철제 케이블보다 엘리베이터를 두 배 빠르게 가동할 수 있었다.

클레어 부부는 올버니 외곽 뉴스코틀랜드의 아파트에서 살았다. 클레어는 침실 드레스룸에 늘 소형 캐리어를 준비해두었는데, 그 안에는 휴대용 세면도구와 운동복, 공기 주입식 목베개, 그리고 비행기를 탈 때마다 늘 갖고 가지만 절대 다 읽지 못할 것 같은 책, 퍼트리샤 하이스미스의 『1월의 두 얼굴』이 들어 있었다. 특별히 긴 소설은 아니었지만, 비행기 안에서 고작 몇 문단을 읽고 나면 주체할 수 없고 설명할 수 없는 공포감이 목까지 차올라 책을 도로 숄더백 깊숙이 밀어넣을 수밖에 없었다. 그런 불안감을 일으키는 건 이야기 자체라기보다는, 표면 아래서 진동하는 숨겨진 것들이었다. 행간, 그게 이럴 때 쓰는 표현이리라 클레어는 짐작했고, 그 행간이 마음에 들지 않았다. 클레어는 드레스룸 안 메시 빨래 바구니 뒤쪽 구석에 둔 캐리어를 볼 때마다 그것이 자신의 두번째 자아, 은밀한 자아를 기다리고 있는 듯한 기분이 들었다.

출장을 하도 자주 다닌 탓에 한밤중에 잠에서 깨면 순간, 여기가 어디지? 하는 경우도 드물지 않았다. 하지만 그런 상황이 크게 당혹스럽지는 않았고 심지어 집 침대에서 깼을 때 그런 생각이 들어도 대수롭지 않게 여겼는데, 한번은 한밤중에 드는 그런 생각을 남편에게 얘기하는 실수를 저질렀다가 불치병에 걸린 사람 취급을 받았다.

출장은 오랫동안 부부싸움의 쟁점이었다. 맨날 그렇게 떠나 있을 거면 뭐하러 결혼 같은 걸 했어? 일리 있는 질문이었고, 직업상 필요한 일이라는 대답 외엔 할말이 없었다. 클레어는 결혼하고 싶었고, 떠나고도 싶었다. 그 두 가지가 상호 배타적으로 보이지 않았다. 누구와 어떻게 공유해야 할지 모르겠는 두번째 자아, 은밀한 자아는 클레어가 혼자 있을 때 밖으로 나왔다.

남편이 세상을 떠나기 몇 달 전부터, 남편 본인의 은밀한 자아 역시 밖으로 나오기 시작했다. 클레어는 이 또다른 자아가 남편의 내면에서 줄곧 기다리고 있었다고 생각할 수밖에 없었다. 큰 변화의 해였다. 남편은 전과 같으면서도 달랐다. 잠든 모습이 달라졌다. 보통 그의 얼굴은 평온하고 거의 가면처럼 무표정했는데, 어느 날 밤에 보니 입을 벌리고 불안한 미소를 지으며 자고 있었다. 남편은 사용하던 커피 머그잔을 바꿨다. 〈엑소시스트〉 컵을 마이클 마이어스*의 악귀 같은 얼굴이 그려진 컵으로 교체했다. 갑자기 개를 무서워하게 됐고, 늘 음식에 소금을 더 뿌려 먹더니만 이젠 그냥 먹고, 바나나도 안 먹고, 보폭도 달라졌다. 성미 급하게 빠른 걸음으로 걷던 사람이 어느 날부터인가 마주치는 모든 나뭇가지가 경이의 원천이라는 듯 사색에 잠겨 느릿느

* 공포영화 시리즈 〈할로윈〉의 살인마로 흰 가면을 쓰고 식칼을 휘두른다.

릿 다니기 시작했다. 클레어는 사십 년을 살아온 사람의 걸음걸이가 갑자기 바뀌는 이유를 생각해보려 애썼다. 출장지에서 전화를 걸면 낯설고 끝없는 침묵이 돌아왔다. 남편은 클레어가 집에 있으면 저녁때 혼자 나가 한참 동안 산책을 했고, 그건 결국 그의 사망으로 이어질 불길한 조짐이었다.

또다른 조짐도 있었다. 클레어에게 출장지에서 무얼 하느냐고, 혼자 있는 그 많은 시간을 어떻게 보내느냐고 캐묻기 시작했다. 단순한 진실을 아무리 여러 번 얘기해도 그랬다. 호텔방에서 클레어가 세상없이 좋아하는 일은 불을 다 끄고, 소리 나는 것—TV, 전화, 에어컨, 수도꼭지—을 전부 끄거나 잠근 뒤, 폴리에스테르 이불 위에 벌거벗고 앉아 호흡하며 날숨의 수를 세는 것이었다.

벌거벗고! 남편은 꼼짝할 수 없는 증거라도 잡은 사람처럼 소리치곤 했다. 그는 원래 화를 잘 내는 사람이었지만, 남몰래 속으로 삭이는 화였다. 대부분의 사람들은 남편을 느긋하고 낙천적이라고 생각했다. '속 편하다'는 게 사람들이 하는 말이었고, 차츰 클레어는 그 단어로 묘사되는 사람들이 죄다 의심스러워졌다. 속에 뭐 그렇게 편할 게 있담?

벌거벗고 혼자서, 라고 클레어는 되받아쳤다. 벌거벗고 혼자서.

결혼한 부부로서 그동안 두 사람은 완벽한 해를 보내기도 뭣

같은 해를 보내기도 했지만, 이렇게 혼란 속에서 철저히 해체되는 느낌을 주는 해는 처음이었다.

만약 다음 출장 때 남편이 몰래 자신의 뒤를 쫓는다면 무엇을 보게 될까. 분홍색 형광펜으로 판매 보고서에 표시하는 여자. 소리를 죽이고 운동기구 홈쇼핑 광고를 보는 여자. 거의 다 읽었던 책에는 손도 안 대고 욕조에서 룸서비스로 시킨 케사디야를 먹는 여자. 남편이 그녀의 몸에 손을 올렸을 때 매끄러운 라인을 알아봐주길 바라는 마음으로 짧은 운동 루틴─스쾃과 윗몸일으키기, 물병을 들고 하는 바이셉 컬─을 소화하는 여자. 화장실 변기 의자에 벌거벗고 앉아 호흡하는 여자. 안락의자에 벌거벗고 앉아 호흡하는 여자. 욕실 거울 앞에서, 지금까지 살면서 행한 모든 선택을 재고하게 만드는 종류의 조명 아래서 벌거벗고 호흡하는 여자. 어둠 속에서 벌거벗고 호흡하는 여자.

여자들을 고문해, 히치콕은 어느 젊은 감독이 조언을 구하자 이렇게 말했다고 한다.

리처드는 늘 발표할 논문을 제출하기 전에 클레어에게 소리

내어 읽어달라고 했다. 클레어가 남편의 이론에 친숙해진 건 그래서였다. 그들은 짝이 맞지 않는 주스잔에 호박색 위스키를 손톱 높이만큼 따르고 식탁 앞에 앉았고, 클레어가 논문을 낭독하는 동안 리처드는 메모를 끄적였다. 그렇게 클레어는 '최후의 여자', 즉 홀로 남은 여성 생존자들과 '무서운 장소'에 관해 알게 됐다. 제이슨 보히즈*가 어머니의 머리를 미라로 만들어 보관해둔 버려진 오두막. 〈텍사스 전기톱 연쇄살인사건〉에 나오는 지하 도축장. '무서운 장소'에서는 악몽의 가장 끔찍한 부분이 펼쳐진다. '무서운 장소'에서는 '최후의 여자'가 살인마와 피할 수 없는 최종 대결을 하게 된다.

논문은 매우 길었고, 어떤 때는 다 읽기까지 몇 시간씩 걸리기도 했다. 클레어는 한 글자 한 글자 집중하여 입안에서 각 음절의 형태를 느끼며 낭독하려 애썼다. 두 사람의 이러한 전통이 외부인들에게는 묘하게, 또는 불길하게까지 보일 수 있겠지만, 그래도 세상의 표층 밑을 흐르는, 눈에 보이지도 않고 번역될 수도 없는 둘만의 서브랭귀지를 함께 만들어가는 이 시간이 소중했다.

리처드는 죽기 전까지 '악몽은 가까이에 있다: 공포의 도시 공간'이라는 제목의 책을 집필중이었다. 덴마크의 주요 학회에서

---

* 공포영화 〈13일의 금요일〉 시리즈에 등장하는 살인마.

발표한 논문의 증보판이었다. 남편은 애리조나의 작은 마을에서 자랐다. 그에게 도시는 매혹과 공포가 마르지 않는 우물이었다. 시골에서 공포는 문자 그대로 심연 속에 놓여 있다. 사막 한가운데에, 동굴 속에, 숲속 깊은 곳에 도사리고 있는 보이지 않는 두려움이다. 그곳에서 사람들은 볼 수 없는 것을 무서워한다. 그러나 도시의 시선은 원래 다차원적이고—덜컹거리며 보도 아래를 달리는 지하철, 초고층 빌딩의 반짝이는 꼭대기, 이웃집의 열린 창문, 공용 뒤뜰—그래서 사람들은 자신들의 눈이 정확하다고 자신하는 경향이 있다. 그러나 그들 중 지하철 아래로 지나는 거미줄 같은 터널망이나 건물 지하층 아래 숨어 있는 지하실, 세상 위에 쌓인 세상 위에 쌓인 세상에 대해 고민해본 사람이 있을까. 애초에 이런 도시들이 어떻게 존재하게 됐는지 고민해본 사람이 있을까. 출근길에 걷거나 술 마시러 가는 길에 춤추듯 가뿐하게 누비는 거리, 피살자가 피를 쏟고 주정뱅이가 오줌을 누고 노숙자가 잠을 자는 거리 위에 층층이 누적된 겹겹의 역사. 도시에서는 그런 검증되지 않은 장소에서 공포가 솟아난다고, 남편은 생각했다.

클레어는 남편과 함께 덴마크 학회에 초청받았지만 가지 못했다. 마침 그 못지않게 중요한 세일즈 컨퍼런스가 미니애폴리스에서 열렸기 때문이다. 그후 남편이 뉴 라틴아메리카 영화제와 유니엘 마타 영화의 개막 상영에 관심을 쏟게 되었을 때, 클레어는 아바나로 가는 초청장을 받았다. 남편이 서 있는 곳으로 가는 다리가 놓였으니, 간다고 하는 수밖에 없지 않은가.

출장을 다니면서 바람을 피운 적은 한 번도 없었지만, 온갖 희한한 일을 보고 들으며 적잖은 비밀이 쌓이긴 했다. 털리도로 가는 비행기 좌석 등받이 포켓에서 틀니를 발견한 적도 있었다. 나중에 승무원이 파란색 고무장갑을 끼고 수거해 갔다. 사람들하고는, 승무원은 손가락 끝에 의치를 달랑달랑 매달고 중얼거렸다. 중서부의 호텔들은 공포영화의 무대로 손색이 없었다. 형광등이 번쩍이는 복도, 덜컹거리는 엘리베이터, 한밤중에 제빙기가 내는 으스스한 소음. 위치토의 어느 호텔방에서는 매시 정각마다 전화벨이 울리기도 했다. 수화기를 들었을 때 전화선 반대편에는 아무도 없었다. 신시내티의 한 호텔 프런트 직원은 클레어에게 어떤 여자 손님이 너무 깊이 잠들어 영영 일어나지 않은 적도 있다고 말했다. 죽지는 않았어요, 직원은 작은 봉투에 방 열쇠를 담아 건네며 그 점을 분명히 했다. 혼수상태에 빠졌던가 그래서 들것에 실려 어디 병원으로 옮겨졌어요. 아마 평생 그 병원에 있게 되겠죠, 영영 깨어나지 못했으니.

그 얘기가 영업에 도움이 될 것 같진 않은데요, 클레어는 방 열쇠를 받으며 말했다.

직원은 어깨를 으쓱했다. 블라우스에 서맨사라고 적힌 이름표가 달려 있었다. 그 이름표를 보면 볼수록 서맨사가 직원의 진짜 이름이 아닐 거라는 꺼림칙한 느낌이 들었다.

자기가 들은 얘기 중 제일 좋았다는 사람들도 있어요, 서맨사인지 아닌지가 말했다.

가장 기묘한 일은 클레어가 사랑해 마지않는 네브래스카주 오마하의 한 호텔방에서 일어났다. 침대맡 협탁 서랍을 열었는데 킹 제임스 성경 옆에 손톱이 하나 놓여 있었다—너무 작아 새끼손가락에나 맞을 크기였지만, 흠잡을 데 없이 완벽한 모양이었다. 그 손톱을 보자마자 집어서 삼키고 싶은 충동이 일었고, 그 생각에 소스라치게 놀라 서랍을 쾅 닫고 TV를 튼 다음 방영중인 〈로&오더〉에 집중하려고 노력했다. 첫번째 아내와 두번째 아내를 살해했다는 혐의를 받는 남자를 다룬 에피소드였다. 경찰은 구체적인 증거를 찾아냈지만, 살인자는 법의 맹점을 이용해 결국 무죄로 풀려났고 세번째 결혼을 했다.

클레어는 그 손톱 생각을 떨칠 수가 없었다. 서랍을 열어놓은 채 잠이 들었고, 밤새 자다가 깰 때마다 머리맡 전등을 켜고 손톱을 응시했다. 불빛 때문에 손톱은 진주같이 반투명했고, 마치 귀중한 물건을 전시해놓은 것처럼 보였다.

클레어는 호텔에서 늘 점잖은 손님이 되고자 했다. 퇴실하기 전에 서랍을 모두 닫고, 수건을 욕실에 잘 포개두고, 종이컵을 재활용 쓰레기통에 넣었다. 그러나 그날 아침에는 협탁 서랍을 닫을 수 없었다. 손톱을 다시 암흑 속에 봉인할 수 없었다. 카펫이 깔린 복도로 캐리어를 끌고 나가면서, 호텔방 서랍에 그토록 완벽한 자기 존재의 견본을 버리고 가는 사람은 어떤 종류의 사람일까 생각했다.

리처드가 차에 치여 숨진 건 클레어가 출장에서 돌아온 지 사흘째 되는 날이었다. 비행기가 올버니에 착륙하니 자정이었고, 클레어는 아파트로 돌아와 김 나는 뜨거운 물로 샤워한 다음 TV 앞에서 얼음을 먹었다. 얼기설기한 형광등 불빛을 받으며 거실 카펫 위에서 잠들었다가 아침에 일어나보니 남편은 이미 학교에 출근하고 없었다. 클레어는 옷을 갈아입고 레이크 스트리트의 회사로 차를 몰고 갔다. 날렵하고 빠른 엘리베이터를 타고 십삼층에 내렸다. 책상 앞에서 참치 샌드위치를 먹었다. 오후에는 잠시 세찬 소나기가 내렸다.

당신한테 하고 싶은 얘기가 있어. 그날 저녁 남편이 산책을 나가기 전에 말했다. 리처드는 육상 선수처럼 키가 껑충하고 마른 체구였지만 그가 뛰는 걸 본 건 기차를 잡을 때뿐이었다. 길쭉한 손가락, 높은 광대뼈, 움푹한 눈. 벌꿀색 금발은 관자놀이께에서 옥수수수염 색깔로 옅어졌다. 남편은 노란색 파카를 들고 있었다. 단정히 접은 터틀넥은 좀 갑갑해 보였다. 그리고 허리에는 그의 형 것이었던 가죽 꼬임 벨트를 차고 있었다. 클레어는 남편이 어디 가는지 또는 무슨 생각을 하는지 전혀 알 수 없었다. 그럼에도 그의 프라이버시를, 그가 추구하는 고독한 낯섦이 무엇이든 간에 그것을 향한 욕구를 존중했다. 그러나 시간이 흐른 뒤에 클레어는 자신이 상황을 오판했고, 남편이 원한 건 고독이 아니었을지도 모른다는 생각이 들었다. 어쩌면 그는 아내가 관심을 보이길, 어디로 가는지, 혹시 같이 갔으면 좋겠는지 물어보길 기다렸던 것일지도 몰랐다. 사고가 있기 몇 달 전부터 남편은 자신이 어떤 종말을 향해 곤두박질치고 있음을 분명 감지했을 거라고, 생의 일부가 깨져 유빙처럼 흘러가버릴 것임을 예감할 때 찾아오는, 날카롭게 죄어드는 공포를 느꼈을 거라고 클레어는 생각했다. 당신 누구야? 생의 이 특정한 중간 지점에서, 두 사람은 언제나 서로에게 이렇게 속삭이고 있는 듯했다. 어떤 사람이 되어가는 거야? 둘 중 누구도 그가 곧 모든 것을 잃을 거라는 생각은 하지 못했다.

클레어가 대답했다. 말해봐, 여보.

그녀는 부엌 조리대 위에 여행용 세면도구를 일렬로 늘어놓고 다시 채워야 하는 게 있는지 살펴보던 참이었다. 작은 립스틱과 작은 비누와 작은 면도기가 놓여 있었다.

당신, 난데없이 나타나서 TV 앞에서 자고 있었잖아, 리처드는 클레어가 막 그 자리에서 일어나기라도 한 것처럼 거실 카펫을 가리켰다. 지난 한 해 동안 그의 표정에는 털어놓을 수 없는 문제로 깊이 고민하는 기색이 역력했다. 거실에 나와서 저기 누워 있는 당신을 처음 봤을 때, 당신이 의식을 잃은 줄로만 알았어. 섬뜩했다고.

클레어는 립스틱 뚜껑을 열고 선홍빛 스틱을 응시했다. 남편의 목소리에 도사린 분노가, 감춰져 있지만 더없이 신랄한 분노가 들렸다.

그녀가 말했다. 난 의식이 없었어, 보통 그 상태를 잠들었다고 하지.

클레어, 우리 얘기 좀 하자. 리처드가 말했다.

클레어는 양손을 허리에 얹고 세면도구를 노려봤다. 무슨 얘기?

그리고 자신은 이 상황을 피하고 싶은 게 아니라고 스스로에게 말했다.

문이 쾅 닫혔다. 클레어는 고개를 들었고 남편이 나갔음을 알았다.

그날 저녁, 남편은 산책을 하고 돌아왔다. 다음날 저녁에는 돌아오지 않았다. 두 시간 후 올버니 메모리얼 병원에서 전화가 왔고, 클레어가 병원에 도착했을 때 리처드는 수술중이었다. 외과의사가 그녀를 만나러 나왔을 때 남편은 사망한 뒤였다. 뺑소니. 극심한 내출혈. 대기실 벽에는 TV가 걸려 있었고, 토크쇼 진행자들이 잔디 매트 위에서 골프를 치고 있었다. 정장을 입은 남자가 하얀 공을 구멍에 넣자 스튜디오의 방청객들이 환호했다. 과학자들이 지구보다 큰 것으로 추정되는 행성 하나를 발견했다. LA의 한 식료품점에서 양상추 사이에 놓여 있던 해골이 발견됐다. 로봇들이 인간의 마음을 읽는 훈련을 받는 중이었다. 어떤 의사를 호출하는 구내방송이 흘러나왔다. 클레어는 외과의사의 말을 이해할 수 없었다. 눈부시게 하얀 바닥이 발밑에서 덜거덕거렸다. 그 모든 소음을 꺼달라고 요청하고 싶었다. 남편분은 열심히 싸우셨습니다, 외과의사가 말했고, 순간 클레어는 의사가 이렇게 덧붙이는 환청을 들었다. 하지만 그는 '최후의 여자'가 아니었지요.

병원에서 걸려온 그 한 통의 전화가 일련의 다른 통화로 이어졌다―애리조나에 있는 리처드의 부모에게로, 플로리다에 있는 그녀의 부모에게로. 클레어의 어머니는 나이에 비해 정정했다. 정원을 가꾸고 수상스키를 탔다. 아메리칸밥테일을 입양해 키웠고 스스로를 '고양이 애호가'라고 부르기 시작했다. 리처드의 장례식 즈음엔 잭슨빌에서 밥테일 네 마리와 같이 살고 있었다. 아버지는 어머니의 고양이 애호에 대해 가타부타 말을 할 수 없었다. 치매가 손쓸 수 없을 만큼 진행되어 불같이 화를 내다가 이내 혼돈에 빠지곤 하는 낯선 사람이 되어버렸기 때문이다. 아버지의 아버지도 같은 병으로 사망했는데, 똑같이 순식간에 발병해 급격히 악화됐다. 원래부터 그의 몸속에 결말이 인코딩되어 있었던 것이다. 연락할 형제자매는 없었다. 클레어는 외동이었고 남편의 형은 서른넷의 나이에 캘리포니아의 어느 다리에서 뛰어내려 자살했다. 그 연락을 받았을 때 남편은 침대에서 밤새 울었고, 클레어는 그를 최대한 힘껏 끌어안아주었다. 돌이켜보면 그것이 그들 결혼생활의 한 가지 기적이었다―한 사람은 손톱을 집어삼키기 직전이었고 다른 한 사람은 털어놓을 수 없는 문제로 깊이 고민하고 있었지만, 적어도 밤새 흐느낄 때 꼭 끌어안아줄 누군가가 곁에 있었다는 것.

장례식은 관뚜껑이 덮인 상태로 진행됐다. 둥글고 반질반질한 뚜껑 위에 백합이 쌓였고, 장례식 전후로 클레어는 우는 대신 토했다. 며칠째 제대로 먹은 것이 없었는데도 장례식장 화장실로 계속 달려가서 토했다. 악마의 아이를 임신한 내용의 공포영화 장면들이, 〈악마의 씨〉에서 닭의 간을 생으로 먹는 미아 패로가 자꾸만 떠올랐다. 누가 그녀의 심장을 도려낸 후 놓아주어, 얼어붙은 밤 캄캄한 숲속에서 비틀거리며 돌아다니는 기분이었다. 나는 이곳에 있었는데 이제 그곳으로 가고 있다. 어느 곳? 어릴 때 아버지가 『이반 일리치의 죽음』을 읽어준 적이 있는데 그 문장들이 비참한 꽃처럼 클레어의 머릿속에서 피어났다. 리처드는 지금 어디 있지? 그 어느 곳이란 게 어디지?

장례식 후 클레어는 집안을 이리저리 돌아다녔다. 치마는 구겨지고 머리는 산발이고 피부는 안개가 분무되는 야채 코너 앞에 서 있는 것처럼 창백하면서도 뜨겁고 번들거린다는 것을, 그녀는 흐리멍덩한 머리로 어렴풋이 인지했다. 팬티스타킹은 길게 올이 나갔고 숨에서 고약한 냄새가 났다. 어머니는 아버지를 거실 한구석에 몰아넣고 커피 케이크를 먹이려 애쓰고 있었다. 어머니의 바지에는 고양이 털이 잔뜩 붙어 있었다. 치매 진단이 나오고 한 달 후, 추위가 극심했던 2월 중순의 어느 늦은 밤에 아버지한테서 전화가 왔다. 클레어는 오마하의 한 호텔방에서 티셔츠와 양말 차림으로 TV 앞에 서 있다가 전화를 받았다. 아버지는 사람이 살면서 적어도 한 번쯤은 용서받지 못할 짓을 저지르기 마련이라고 했다. 그다음에 아버지가 한 이야기를 듣고 클레어는 그후 여러 날 동안 파편적인 몇 마디 외에는 온전한 문장으로 말을 할 수 없었다. 새로운, 망가진 언어가 정신을 장악했다. 이제 아들 없는 사람이 된 시어머니는 플라스틱 잔에 담긴 달큰한 백포도주를 계속 권했고, 클레어는 그 잔들을 받아 식탁과 조리대에 계속 내려놨다. 케이터링 업체를 부르자고 고집했던 것도 시어머니였고, 그래서 금발 턱수염을 기른 웨이터가 무슨 귀빈을 대하듯 살짝 허리를 굽혀 절하며 클레어에게 종이 냅킨에 싼 버터 쿠키를 내밀었다. **혹시 가스 토치 갖고 계세요?** 클레어는 시어머니에게 묻고 싶었다. **혹시 케타민* 갖고 계세요?** 시어머니는 며느리에게 좀더 우아한 과부 노릇을 바라는 것 같았다. 사람들 손을 꼭 붙잡고 뺨에 키스하고 그들의 꽃과 위로 카드와 전화와 기도에 감사를 표하기를 바라는 것 같았다. 기도를 받을 사람이 사실 그리 신실하지 않다면 기도하겠다는 제안은 반감을 살 수도 있는데 말이다. 클레어를 안다고 주장하는 사람들이 자꾸 그녀의 어깨에 손을 올리며 나직하고 조심스러운

---

* 전신 마취제의 일종으로 마약으로 쓰이기도 한다.

목소리로 앞으로의 계획을 물었다. 산책을 하는 건 어때, 아니면 요가 수업을 듣거나 아니면 영화를 보러 가는 건? 영화라니! 치킨 캐서롤을 좀 갖다주면 도움이 될까? 며칠 동안 클레어는 리처드의 방대한 공포영화 컬렉션을 보며 밤을 새웠고, 그러고 나자 모든 주차장과 골목과 부엌이 살해되기에 최적의 장소로 보였다.

씨발 대체 무슨 소릴 하는 거야? 이것이 그녀를 안다고 주장하는 사람들에게 대응하는 유일하게 합당한 반응 같았다.

아니면, **이게 공포영화였다면 당신은 첫번째로 죽었을 거야. 그렇게 존나 멍청하니까 말이야.**

나 이제 그곳으로 가고 있어. 이렇게 말하는 자신의 목소리가 계속 들렸다. 난 이곳에 없어.

클레어가 수색한 첫번째 장소는 영화제 공식 호텔이었다. 모든 컨퍼런스룸 안을 살피고, 로비에서 지나치는 모든 사람들의 얼굴을 들여다보고, 가슴팍에서 부드럽게 흔들리는 코팅된 신분증을 모두 눈여겨봤다. 남자 화장실 여러 곳을 확인했고, 그러다 들키면 착각해서 잘못 들어온 척했다. 시사회 장소로 지정된 베다도 지역의 영화관도 뒤졌다. 라람파, 야라, 찰리 채플린 영화관. 리처드를 목격한 뒤, 〈레볼루시온 좀비〉와 클레어 사이를 가로막았던 투명한 벽이 무너져내렸다. 갑자기 영화관이 아바나 전체에서 리처드를 찾을 가능성이 가장 높은 장소가 되었기 때문이다.

찰리 채플린 영화관에서 클레어는 오후 상영을 기다리는 긴

줄에 서 있다가 맨 뒷자리에 앉았다. 누가 들어오고 나갈 때마다 보조 스태프가 손전등을 켜고 통로를 비췄다. 클레어는 사람들이 카펫이 깔린 통로를 걸어내려간 다음 좌석을 고르느라 잠깐 지체하는 모습을 지켜봤다. 영화가 시작됐는데도 남편은 보이지 않았다. 클레어는 피를 잔뜩 볼 각오를 했다.

리처드는 선한 사마리아인에 의해 443번 도로 위에서 발견됐다. 클레어가 델라웨어 애비뉴라고 알고 있는 곳, 노먼스킬과 그레이스랜드 묘지를 지나 9W 고속도로와 합류하는 지점에서 그리 멀지 않은 곳이었다. 이런 세부 사항은 사건을 담당하게 된 수사관들에게 들었다. 홀이라는 여자 수사관은 머리를 탈색하고 픽시컷으로 잘랐는데 그다지 어울리지는 않았고, 윈터라는 남자 수사관은 겉면에 '묻지 마'라는 말이 빙 둘러 적힌 흰색 머그잔을 들고 다녔다. 어쨌든 범죄가 발생한 상황이었다―고의였든 실수였든 범죄는 범죄였다. 선한 사마리아인은 고등학교 화학 교사이자 비상근 응급구조사였다. 초록색 스테이션왜건을 몰았고 미혼이었다. 그 사람이 911에 신고했고, 구급차가 올 때까지 리처드 곁을 지켰다. 그는 클레어의 남편이 갓길에서 의식을 잃은 상태였다고 얘기했다―이 세상 사람이 아니었다, 라는 게 그의 표현이었다. 리처드는 소리에도 빛에도 피부 접촉에도 반응하지 않았다. 말을 하지도 않았다. 선한 사마리아인은 장례식에 참석했고, 자신이 리처드의 손을 잡고 있었노라고 클레어에게 얘기한 것도 장례식장에서였다.

좀비들이 처음 나타났을 때, 국영방송은 그들이 미국이 보낸 반체제 세력이라고 주장한다. 미국은 쿠바의 선거와 혁명을 방해해왔다. 그리고 이제 침공을 시도하는 것이다. 미국의 점령은 전례 없는 일이 아니었다. 일찍이 미군은 쿠바를 두 번 점령했다. 한 번은 아메리카·에스파냐전쟁 종전 후에, 그리고 1906년 토마스 에스트라다 팔마 정부가 붕괴된 후에 또다시. 후자는 처음으로 미국인 관광객이 쇄도하는 결과를 낳았고, 따라서 최근의 붐은 새로운 현상이라기보다는 거대한 역사 순환 과정의 일부였다.

영화에는 두 여자가 등장한다. 먼저 매춘부. 이 여자의 죽음은 영화 시작 십 분 만에 일어나 농담처럼 다뤄진다. 남자 주인공과 사이가 소원한 그의 딸 역은 현재 행방이 묘연한 아가타 알론소가 연기했다. 딸은 엄마와 같이 독일에 살고 있다가 아빠를 만나러 쿠바에 온다. 유연한 몸매에 촉촉한 눈매의 우아한 미인으로,

아직 처녀인 것으로 암시된다. 클레어 자신으로 말하자면 호감가는 단정한 외모—사람들이 절대 아름답다고는 안 해도 예쁘장하다고는 할 타입—의 소유자였고, 분명 처녀는 아니었지만 그렇다고 시도 때도 없이 섹스를 하는 것도 아니었다. 클레어는 일반적인 공포영화일 경우 자신의 사망 시점은 대략 중반 넘어서일 거라고 추정했다. 〈레볼루시온 좀비〉에는 영어 자막이 있었고, 클레어는 한마디도 놓치지 않을 수 있어서 안심했다.

남자 주인공의 딸은 독일에서 블로거로 활동한다. 좀비 창궐 초반에 그녀는 와이파이가 느리다고 불평하고 해적판 외국 잡지를 읽으며 시간을 보낸다. 쿠바 정부는 미국이 보낸 반체제 세력 타령을 계속하고 결국 관료들이 좀비에게 먹히면서 강경하던 정권은 며칠 만에 무너진다. 그때 남자 주인공이 좀비 감염병 사태를 촬영한 테이프를 섬 밖으로 밀반출하여 그 복제본을 가장 비싼 값을 부른 입찰자에게 팔겠다는 계획을 세운다. 공화국은 그들에게 거짓말을 했고 앞으로 바뀔 것 같지도 않다. 왜 그들이 공화국을 구하기 위해 나서야 하나?

이어 주인공 옆에 붙어다니는 조연이 농담을 던졌고 모든 관객이 폭소했다.

바다의 탄식이 상영관을 휩쓸었다.

남자 주인공은 철문으로 막힌 암석 터널에 도착한다. 그는 최근에 좀비가 된 어머니를 찾고 있다. 녹슨 쇠창살 너머로 주인공의 얼굴이 롱숏으로 잡히고, 순간 서스펜스가 짙어진다. 주인공이 철문을 밀어 연다. 경첩이 삐거덕거리고 주인공 앞에 어둠이 물살처럼 펼쳐진다. '무서운 장소'가 가까이에 있다.

화면이 번쩍였다. 클레어는 자신의 손목을 힐긋 내려다봤고, 뱀장어 한 마리가 피부 속에서 미끄러지듯 돌아다니고 있음을 알아차렸다. 유니엘 마타가 예견한 대로였다. 클레어는 벌떡 일어나 허겁지겁 상영관 밖으로 나갔고, 스태프의 손전등 불빛이 그녀의 뒤꿈치를 밝혔다.

클레어는 화장실에서 세수를 했다. 맥박을 재듯 손목 안쪽을 꾹 눌렀다. 피부 바로 아래에 있던 뱀장어가 그녀의 손길을 피해 더 깊은 곳으로 파고들었다. 거울에 비친 클레어의 모습이 사시나무처럼 떨렸다. 클레어는 눈꺼풀을 잡아당겼다. 달아오른 뺨을 쿡쿡 찔렀다. 잠시 후 상영관 안으로 돌아왔지만 원래 자리에 앉지는 않았다. 어둠 속에 서서, 들어갈지 나갈지 결정하지 못한 사람처럼 문을 등진 채 영화 후반부를 보았다.

좀비 아포칼립스를 촬영하고 섬 밖으로 빼돌려 한몫 단단히 잡을 때까지 살아남기 위해서, 〈레볼루시온 좀비〉의 등장인물들은 언데드와 계속 사투를 벌여야 한다. 결국 조연 캐릭터가 좀비들 손에 떨어진다. 그는 총을 집어들지만 속에 뭐가 걸렸는지 쏴보지도 못하고 금방 죽는데, 클레어는 그게 전혀 놀랍지 않았다. 공포영화에서 총은 거의 제 역할을 못한다. 고장나거나 중요한 순간에 없어진다. 살인마들은 총 대신 칼과 얼음송곳과 도끼와 망치와 피하주사기와 전기톱을 쓴다. 근접해야 쓸 수 있는 무기들. 처음에 남자 주인공은 딸이 전투에 참여하는 걸 일절 허락하지 않지만, 터널 속에서 좀비가 된 어머니와 대면한 뒤 그를 낡은 규범에 얽매던 족쇄가 끊어진다. 그후 아가타 알론소는 도끼를 들고 전투화를 신고 짧게 자른 반바지를 입고 허벅지에 칼집을 차고 돌아다닌다. 전보다 더 섹시해졌지만 여성스러움은 덜하다. 풍성하게 부풀린 머리와 란제리 차림으로 죽은 매춘부와는 다르다.

'최후의 여자'는 대체로 중성적인 이름─로리, 리플리, 시드니─을 가지고 있는데, 그건 축축한 지하실과 그늘진 골목을 멍청히 헤매다 끔찍하게 살해당하는 다른 여자들보다 덜 여성스러워야 하기 때문이며, 그것이 그들의 생존에 결정적이라고 리처드가 설명한 적이 있었다.

그러니까 여성적인 게 약하고 멍청하다는 뜻이야? 클레어는 물었다.

살아남기 위해서 '최후의 여자'는 자신을 추격하는 남자로 기꺼이 변모해야 한다는 얘기로 들렸다.

꼭 그런 건 아니야, 리처드가 말했다. 좀더 감수성이 예민하다는 거지.

그때 클레어는 부엌에서 리처드의 논문을 낭독하고 있었다. 주스잔은 비었다. 벽에 걸린 시계가 째깍거렸다. 다음날 클레어는 러신으로 출발할 예정이었고, 짐을 챙겨넣은 검은색 소형 캐리어가 현관 입구에서 전방을 주시하고 있었다.

영화제 공식 호텔에서 클레어는 테라스에 있는 안내소를 찾아가 거기 앉아 있는 여자에게 열심히 남편의 외모를 설명했다.

나이는 마흔이다. 리넨 정장을 입고 있다. 미국인이다.

남편을 현재 시제로 묘사하고 있다는 게 어처구니가 없었다.

클레어는 휴대폰을 꺼내 부엌에서 마리나라 소스를 만들고 있는 리처드의 사진을 여자에게 보여줬다. 사진 프레임 밖에 있는 자신의 모습이, 가스레인지 옆에 서서 갈아놓은 토마토를 스푼으로 살짝 떠 맛을 보며 간이 맞는지 가늠하는 자신의 모습이 그려졌다. 사람이 사진 증거 없이 존재할 수 있을까? 이 시대에는 아니다.

클레어는 자신의 말이 너무 빠르다는 것을 의식하고 있었다.

여자는 양산을 펼쳐 들고, 그 아래 그늘을 작은 쉼터 삼아 태양을 피하고 있었다. 여자는 리처드의 인상착의에 맞는 사람을 본 적이 없다고 말했다.

클레어는 자신이 명확하게 말하지 않아서 뉘앙스가 제대로 전달되지 않았다는 걸 알았지만, 이야기를 제대로 하려면 몇 달 전 뉴스코틀랜드에서 있었던 일부터 꺼내야 했다. 만약 계속 안내소 직원을 다그쳤다가 직원이 호텔 사람을 부르고 호텔 사람이 경찰을 부르고 경찰이 클레어에게 남편을 마지막으로 본 게 언제냐고 묻는다면, 그녀는 자신이 아는 어떤 언어로도 이 상황을 납득할 수 있게 설명할 수 없을 것이었다.

클레어는 안내소에서 몸을 돌려 분홍색 선캡을 쓴 가이드의 통솔 아래 관광객들이 모여 있는 곳으로 곧장 걸어갔다. 가이드는 하얀 깃발을 들고 로비로 출발했다. 클레어의 경험에 의하면 대부분의 관광은 과거 혹은 미래를 보는 것이었다. 이 팀은 과거를 탐색하는 데 공을 들였다. 대리석으로 된 원형 홀에서 가이드는 귀신이 나온다는 소문이 있는 엘리베이터로 사람들의 주의를 끌었다. 클레어는 그들을 따라 너른 계단을 내려가 호텔의 역사를 보여주는 지하 전시장으로 향했다. 관광객들은 뱀 같은 대형으로 움직였고, 클레어는 꼬리 끝 쪽에 합류했다. 가이드는 호텔 테라스에서 시가를 피우는 유명 영화배우들의 사진과 외국의 고위 관리들, 아바나 회의*에 참석한 마피아들이 찍힌 사진을 가리켰다. 다음은 쿠바 미사일 위기에 관한 전시였고, 소련 핵미사일의 위치를 붉은 점으로 표시한 쿠바섬 지도도 있었다. 가이드는 호텔 밑에 지하 터널 시스템이 있다고 말했다. 그 암석 터널은 야외 정원 지하로 이어져 둥근 로터리 형태를 이루고 있었다. 미사일 위기 동안 이 터널들이 벙커로 기능했고, 미 해군 함정의 침략 위협을 감시하기 위한 잠망경도 설치됐다.

유리 진열장에 터널 사진과 함께 그에 관한 신문 표제들이 들어 있었다. 관광객들은 천천히 앞으로 나아갔지만, 클레어는 한 장의 사진 앞에서 한참을 머물렀다. 철문으로 이어지는 암석 통로를 찍은 흑백사진이었다. 쇠창살 안쪽의 어두운 터널, 그리고 끝나지 않는 밤. 클레어는 관광객 무리에서 떨어져나와 몸을 더 가까이 기울였다. 유리에 손을 댔다. 진열장에 귀를 대고 바다의 탄식을 들었다. 영화 속 주인공이 그랬듯 녹슨 창살 틈새를 물끄러미 응시하는 상상을 했다. 카메라는 어둠 속에 자리잡고, 렌즈는 그녀의 얼굴을 향해 있는 상상을 했다. 클레어는 카메라의 눈

---

* 1946년 미국 각 지역의 마피아들이 만나 조직과 사업의 운영 방식에 관해 협의한 역사적 회동.

이 무엇을 보게 될지, 그 눈이 보고 있던 것 중에서 자신이 무엇을 보게 될지 궁금했다. 저 철문이 활짝 열리고 그 앞에 놓인 새로운 전위를 향해 걸음을 내딛는 순간, 유예된 것들이 피할 수 없는 격랑이 되어 한꺼번에 밀려드는 상상을 했다.

세번째 호텔로 돌아온 클레어는 문지방 틈에 끼워져 있는 국립 동물원 안내서를 발견했다. 이사가 갖다놓았을 거라는 생각이 들었다. 이 동물원에 대해 클레어에게 특별히 언급한 적이 있었으니까. 전에 프런트가 조용해서 보니 이사가 천문학 교과서를 읽고 있었다. 표지 전체에 걸쳐 행성 세 개가 궤도를 도는 그림이 그려져 있었다. 이사는 머리칼을 군데군데 분홍색으로 염색했고, 훨씬 더 나이든 여자의 것인 듯한 둥근 테 안경을 썼으며, 앞면을 스팽글로 장식한 티셔츠를 즐겨 입었다. 턱에 애교점이 있었다. 프런트가 정신없이 바쁜 아침이면(전화벨이 울리고, 프런트 벨이 울리고, 아침 식당에서 손님들이 불쑥 튀어나와 커피나 썰어놓은 파파야가 더 없냐고 묻고), 이사는 휴대폰을 브래지어 한가운데에 쑤셔넣고 일했다. 신발은 오래 신어도 편한 검은색 단화였고, 고무 밑창이 닳아서 동전처럼 얇았다. 엄밀히 말해 이 호텔은 되는대로 증축한 주택이었고, 해외에 사는 이사 친척의 소유로 이사의 사촌들이 관리했다. 클레어는 독일 대학생 하나가 프런트에 작은 선물들을 전하는 장면을 목격한 적도 있었다. 어느 날 오후에는 구아바 사탕, 또다른 날에는 살짝 시든 분홍색 카네이션. 이사는 사탕은 먹고 꽃은 몰래 쓰레기통에 버렸다.

호텔방에서 클레어는 침대맡 협탁의 전화기 옆에 서 있었다. 잭슨빌비치에 사는 어머니에게 전화하는 자신의 모습을 그려보았고, 뒤에서 야옹거리는 밥테일 고양이들을 떠올렸다. 클레어는 발신음에 귀를 기울이다가 수화기를 도로 내려놓았다.

난 안 본 거야. 클레어는 방을 향해 선언하듯 말했다.

그리고 욕실에 들어가서 세면도구 가방을 뒤져 손톱 가위를 꺼냈다. 방안의 벽지는 무늬 없는 흰색이었지만 욕실에는 하늘색 꽃과 이리저리 휘감긴 초록색 덩굴 무늬가 그려져 있었는데, 꽃잎 부분은 습기 때문에 벗겨졌다. 클레어는 하루종일 머리카락이 너무 거추장스럽고 무겁다고 느꼈다. 결국 손톱 가위로 머리 끝부분을, 머리칼이 쇄골을 스치는 바로 그 부분을 야금야금 잘라내기 시작했다. 머리가 엉망진창이 되기 직전까지 잘라 올라갔다. 클레어는 하얀 세면대가 동물의 털가죽으로 변할 때까지 계속 자르고 싶은 욕구를 떨치며 가위를 내려놨다.

올버니 메모리얼 병원에서, 리처드의 소지품을 담은 투명한 비닐봉지가 클레어에게 돌아왔다. 남편의 손목시계와 지갑과 열쇠 사이에 하얀 종이 상자가 보였다. 작은 선물 상자 크기였고, 들어보니 가벼웠다. 모서리는 테이프로 봉해져 있었다. 클레어는 상자를 집으로 가져와 부엌 식탁 위에 올려놓았다. 리처드는 누군가를 만나러 가는 중이었을까? 상자 안에는 정말로 선물이 들었을까? 클레어는 앉았다가, 일어났다가, 식탁 주위를 빙빙 돌았다. 열어볼 수 없을 것만 같았다. 안에 무엇이 들었는지 짐작도 가지 않았고, 짐작을 하지 못하는 이 무능함이 어쩐지 치명적인 이해의 실패를 가리키는 강력한 증거로 느껴졌다. 클레어는 그 상자를 백팩에 고이 넣어 아바나까지 들고 왔다. 비행기에서는 가방 지퍼를 열고 상자의 판판한 흰색 뚜껑과 테이프로 봉해진 모서리를 가만히 들여다보았다. 세번째 호텔에서는 방안 금고에 넣어두었다. 하얀 상자가 잠긴 문 안에서 살고 있다고 생각하니 만족스러웠다.

리처드가 세상을 떠난 후 클레어는 비행기 안에서만 살아가는 법을 알아내겠다는 공상에 빠졌다. 끊임없이 옮겨다니면 삶의 가장 고통스러운 부분을 요리조리 피할 수 있을 거라고 오랫동안 믿어왔는데, 이제는 그러한 이동성이 삶의 가장 고통스러운 부분 중에서도 가장 고통스러운 부분으로부터 자신을 보호해줄 거라는, 그전의 것 못지않게 수상한 믿음까지 가지게 되었다. 가장 최근 출장 때 클레어는 비행기에서 내내 토했다. 그 비좁은 비행기 화장실 안에서. 전에는 단 한 번도 비행기 멀미를 한 적이 없었는데 말이다. 그 덕분에 클레어는 사람들이 여행하면서 목격하는 희한한 사건의 주인공 중 하나가 되었다—사람들이 집에 도착한 뒤 이야기를 할 수도 있고 안 할 수도 있는 희한한 사건.

대학 졸업 후 혼자서 해외에 나간 적은 없었지만(리처드와는 글래스고, 멕시코시티, 리스본에 같이 갔었고 부모님과는 저렴한 버뮤다행 크루즈를 탔는데, 그때 두 번 다시 크루즈 여행의 기괴함을 경험하고 싶지 않다는 소망이 생겼다), 클레어는 매년 이백 일가량을 길 위에서 보냈다. 그런데 아바나에 와서야 출장과 개인적 여행이 단 한 가지 사실에 의해 뚜렷이 구별된다는 것을 알게 되었다. 한쪽 영역에는 이런저런 지시 사항이 존재했고 다른 쪽에는 없었다. 이곳에서는 아침에 잠에서 깨면 밤사이 머릿속에 양털 한 겹이 자라나 뇌를 뒤덮은 기분이었다. 온종일 그 양털을 걷어내려 분투해봤자 잠드는 순간 다시 자라났다. 머리를 빗으면 머리카락이 빠져 플라스틱 빗살에 엉켰다. 입안에서 어금니가 흔들거렸다. 신호 체계가 존재할 때만 발휘되는 클레어의 능력이 무너지고 있었다. 밝은색 타일 위에 거리 이름을 페인트로 써놓은 구시가지의 경계를 벗어나면 도로명은 바위나 건물 옆면에 적혀 있었고 어디 있는지 전혀 찾을 수 없을 때도 있었다.

이곳에서 스스로 찾아낼 수 있는 유일한 지시는 이동하는 것뿐이었다. 이동성이 그녀를 전혀 엉뚱한 방향으로 보내버릴 수도 있었지만, 가만히 있는다고 어느 곳에 조금이라도 더 가까워지는 건 아니었다.

클레어는 산프란시스코광장에서 한자리를 빙글빙글 맴도는 비둘기들을 자주 떠올렸다.

지도를 보면 이 도시는 개의 머리처럼 생겼다. 매일 아침 클레어는 말레콘 해변에서, 엘리안 곤살레스를 들쳐 안은 호세 마르티*의 동상이 은빛 바다를 굽어보는 반제국주의광장 근처에서 출발했다. 해안을 따라 이어진 방파제가 길을 잃지 않도록 보호해주었고, 그래서 바다와 육지 사이의 경계를 따라 구시가지까지 쭉 내려갔다. 그곳에는 깨끗한 대로와 우아한 석조 광장과 체 게바라의 냉장고 자석을 파는 기념품가게가 늘어서 있었다. 카테드랄광장에는 쌍둥이 종탑을 거느린 거대한 성당이 있었고, 황금색 짚단이 깔린 계단 위에 예수 탄생 장면이 꾸며져 있었다. 클레어는 소액의 입장료를 내고 성당에 들어가 종 두 개 중 하나는 스페인에서 왔고 다른 하나는 마탄사스에서 왔다는 사실을 알게 되었다. 종이 울릴 때 가까이에 있으면 온몸이 흔들리는 느낌이었다. 아르마스광장에는 가장자리를 따라 도서 가판대가 세

* 엘리안 곤살레스는 1999년 다섯 살의 나이에 어머니와 함께 쿠바에서 미국으로 밀입국하다가 홀로 살아남아 난민이 된 소년으로, 그의 송환을 두고 쿠바와 미국 정부가 갈등을 빚으면서 상징적인 인물이 되었다. 호세 마르티는 19세기 후반 쿠바의 독립을 이끈 혁명가이자 시인이다.

워졌고, 가판대 옆으로는 그늘에서 쉬는 마차들이 줄지어 있었다. 말들이 뒷발굽을 쳐들었다. 가판대에서는 똑같은 품목을 다양하게 변주해 판매했다. 겨울 영화 포스터와 재즈 페스티벌 포스터, 소설책, 혁명에 관한 책. 그중 일부는 유광 코팅된 표지에 먼지가 쌓여 부옇게 보였다. 집요한 상인들이 클레어에게 헤밍웨이를 팔려고 들었다.

여자와 헤어질 때는 차라리 총으로 쏴버리는 게 나을걸세, 헤밍웨이는 편지에 그렇게 쓴 적이 있다.

드라고네스 거리에서 클레어는 오후의 뜨거운 열기를 피해 어느 호텔로 들어갔고, 야자수 화분과 백합 문장 타일로 꾸며진 중이층中二層 바의 끝자리에서 에어컨의 시원한 축복 아래 CNN 방송을 몇 분 동안 시청했다. 바 한쪽에는 온도가 조절되는 마호가니 보관함 안에 판매용 시가가 주르르 놓여 있었다. 작은 테이블에서 한 여자가 정신 사나운 무늬가 그려진 옷을 입고 샐러드를 먹으며 형광 분홍색 빨대로 쿠바 리브레 칵테일을 홀짝였다.

국회의사당의 새하얀 돔과 국립극장의 바로크풍 첨탑 앞을 지나고 나자, 건물들은 다닥다닥 붙었고 창문의 창살에는 덩굴이 뒤엉켰으며 인도와 도로에는 도랑이 패었고 구멍이 뚫렸다. 문없는 입구. 지지대 없이 서 있는 파사드. 여기저기 머리 크기만 한 구멍이 난 유리창. 클레어는 열린 문 틈으로 무너져가는 계단을 보았고, 난간 기둥 위에는 머리 없는 조각상이 하나 올라앉아 있었다. 계단은 관광객들로 붐빈다는 루프탑 레스토랑으로 이어졌는데, 폐허가 운치 있는 관광지로 재탄생한 것이었다. 고개를 드니 로프 안전벨트를 착용한 사람들이 공사중인 건물을 타고 오르는 모습이 보였다. 바다가 가까워지자 공기에 엷은 안개가 실렸다. 이윽고 베다도로 돌아온 클레어는 노동부 건물과 파라디소 관광사무국 앞을 지나, 코펠리아 아이스크림가게 앞에서 초콜릿맛, 파인애플맛, 아몬드맛 아이스크림을 기다리는 줄을 지나 한참을 걸었다. 프레지덴테스 대로로 내려오자 에이브러햄 링컨의 동상 앞에서 포즈를 취하는 관광객들이 보였다. 어느 늦은 밤에 이 거리를 걸은 적도 있는데 그때는 분위기가 완전히 달라져서, 모히칸 머리를 하고 허리께에 사슬을 길게 늘어뜨린 젊은이들이 넘쳐나는 게 꼭 1990년대 무정부주의자 모임에 온 것 같았다.

클레어는 건축물 사이의 조화롭지 못한 대조가 자꾸만 눈에 들어왔다. 디자이너 브랜드의 여행가방을 파는, 전면이 유리로 된 모던한 부티크 맞은편에 흰 곰팡이와 돌 부스러기에 잠식되고 전선에 위태롭게 에워싸인 주택이 있었다. 원래의 도시 바로 옆에 두번째 도시가, 극소수만 접근할 수 있는 도시가 건설되고 있는 듯했다.

건물 출입구 위에 이해할 수 없는 기호가 적혀 있었고, 길거리 예술가의 서명 역시 이해할 수 없었다. 이곳에서 외국인이라는 것은 언어의 표층 일부에만, 공공장소에서 큰 소리로 말할 수 있는 얘기에만 접근할 수 있다는 뜻이었다. 설령 누군가의 집 안에 있더라도 그녀의 존재 자체가 언제라도 그 사적인 공간을 공적인 공간으로 바꾸어놓을 수 있음을 클레어는 깨달았다.

클레어는 하늘 높이 치솟은 고딕풍 아치의 수를 셌다. 신고전주의풍 돌사자의 수도 셌다. 파베르제의 달걀이 연상되는 장식적 몰딩의 화사한 아르누보 파사드. 말레콘 해변가의 복고풍 호텔들. 삭막한 고층 빌딩. 수많은 시각 정보의 충돌 때문에, 누군가가 클레어에게 아바나의 인상을 묻는다면 인상이라는 게 아예 없다고 인정하는 편이 가장 정직한 대답일 듯했다. 아직은. 도시 여기저기에 사진 찍는 사람들이 참 많았는데, 사진가라면 이 도시의 모습을 자신이 원하는 대로 연출할 수 있을 터였다. 향수어리게, 호화롭게, 황폐하게, 아방가르드하게.

어떤 관찰은 대상을 소거하도록 설계되어 있다.

클레어는 이틀 연속 똑같은 루트로 걸었다.

콜론 묘지에도 찾아가봤다. 미니어처 성당 같은 첨탑이 세워진 대리석 무덤들과 비좁은 통로로 이루어진 백 에이커 넓이의 미로. 석조 날개를 활짝 펼친 천사상. 클레어는 위대한 감독 토마스 구티에레스 알레아의 묘를 발견했다. 리처드는 제 이름이 새겨진 추모비 하나 없이 소박한 관에 뉘어 땅속 깊이 묻혔는데, 지금 생각하니 그가 얼마나 아쉬워할까 싶었다―게다가 심지어 그 소박한 장례조차 지독하게 비쌌다. 묘지를 나서는데 문득 이 거대한 돌무덤들이 얼음송곳을 움켜쥔 살인마가 숨어 있기에 얼마나 좋은 장소인가 하는 생각이 들었다.

클레어는 영화제에서 〈레볼루시온 좀비〉 말고 다른 영화들도 관람했다. 콜롬비아의 십대 펑크족에 관한 영화와 아르헨티나의 양떼 목장 주인에 관한 영화였다.

한 영화가 상영 금지를 당했다길래 알아보니, 혁명 이후 퀴어 예술가와 지식인에 대한 국가의 탄압을 다룬 드라마였다―그 영화의 각본이 이 년 전 바로 이 영화제에서 상을 받았음에도 불구하고 그랬다. 쿠바에서는 혁명이 성공하고 삼 개월 후에 쿠바 영화예술산업연구소가 설립됐는데, 그것은 영화의 힘에 대한 국가의 신념을 보여주는 증거였다. 현 연구소장은 상영이 금지된 그 영화를 역사 고쳐쓰기라고 불렀다―마치 역사가 늘 고쳐 쓰이는 것이 아니라는 듯.

밤이면 클레어는 오래전에 고장나 불이 들어오지 않는 가로등 수를 세어 기록했다. 노란 스판덱스 원피스를 입고 어느 차의 창문에 바싹 기대서서 상체를 숙인 여자를 본 적도 있었다. 한쪽 무릎을 굽히고 있어 중심을 잃고 차 안으로 넘어갈 것 같았다. 처음엔 성인인 줄 알았는데, 차에서 몸을 돌려 달빛을 받을 때 보니 아주 어렸다.

어느 날 저녁, 영화제 공식 호텔에 혼자 앉아 있는데 테라스 바가 유난히 조용했다. 비밀 장소에서 열리는 비공개 파티 때문이었다. 그 파티의 입장권은 클레어가 받은 안내 자료에 포함되어 있지 않았고, 따로 구입하는 것도 불가능했다. VIP 전용입니다, 라는 답을 들었다. VIP. 그날 아침 유명한 미국인 감독이 아바나에 도착했고, 클레어는 그 사람도 지금 VIP들 사이에 있을지 궁금했다. 아마도 쿠바의 재능 있는 신인들에게 조언을 하러 온 좀 덜 유명한 미국인 감독들과 함께 선댄스가 후원한 저알콜 맥주를 걸치며 어울리고 있을 것이다. VIP 파티 얘기를 듣고 클레어는 그해 여름에 열렸던 아바나 비엔날레에 관한 기사가 생각났다. 스위스와 노르웨이 대사관에서 성대한 파티가 열렸고, 비엔날레에서는 몇십 년 만에 처음으로 쿠바와 미국의 미술관 교류가 이루어졌다—더불어 새로운 발견에 목마른 수집가들도 몰려들었다.

테라스에는 사람들이 대나무 안락의자에 뜨문뜨문 앉아 공부하듯 시나리오를 읽고 있었다. 한 여자는 셀로판지로 포장된 붉은 장미 꽃다발을 움켜쥐고 여기저기 헤매는 모양이 누군가를 찾는 듯했다. 태양이 말레콘 해변으로 번지듯 흘러들었고, 바다는 벨벳처럼 보여서 만지면 부드러울 것 같았다. 이미 아바나는 클레어가 일몰을 본 장소 중 가장 아름다운 곳에 속했다.

옆 테이블에 앉은 남자는 청바지에 티셔츠 차림이었고, 티셔츠에 'KEEP CALM AND SAIL ON'*이라고 적혀 있었다. 금반지가 약지에 꼭 끼었다. 머리는 짧게 깎아 속머리가 달걀처럼 훤히 보였다. 저렇게 피부가 분홍색이고 자외선 차단제가 이마 선을 따라 하얗게 밀린 사람을 마지막으로 본 게 언제였는지 기억나지 않았다.

지금 몇시인지 아세요? 남자가 영어로 물었다.

시계는 있지만 시간은 없네요. 클레어는 질문을 듣자마자 수작을 거는 것임을 알았다.

남자는 버릇없는 아이를 대하듯 클레어에게 한 손가락을 흔들어 보였다.

웨이터가 음료 주문을 받으러 왔고, 그때부터 남자는 이 도시가 금방 망가질 거라고, 곧 헤밍웨이가 책에서 묘사한 풍경은 거의 찾아볼 수 없게 될 거라고 나불대기 시작했다―우리는 지금

---

* 영국 정부에서 2차대전 발발 직전에 대국민 사기 진작을 위해 제작한 포스터의 문구 'Keep Calm and Carry On(침착하게 일상을 지속하라)'을 변형한 것으로, 이 밖에도 다양한 형태의 패러디가 있다.

여기에 왔으니 다행이지 않은가? 클레어의 귀가 그 느물느물한 우리라는 말을, 인연에 대한 암시를 간파했다.

클레어는 조지아주의 평행사도平行沙島*에서 태어났고, 부모가 그곳에서 민박집을 운영했다. 찾아오는 손님들은 언제나 지역민의 의견에는 아랑곳없이 클레어의 고향을 천국이라는 둥 바가지 씌우는 곳이라는 둥 자기 입맛대로 평했다. 클레어가 보기엔 그것이 섬의 운명이었다. 아바나의 경우도 시그널이 다양하고 종종 모순되기도 해서, 사람들이 자기가 보려고 마음먹은 이야기에 맞는 것만 찾아내는 게 그리 어렵지 않았다.

금방 인터넷이 생기겠죠, 남자가 말을 이었다. 휴대폰도 잘 터지게 되고. 남자는 호주머니에서 검은색 스마트폰을 꺼내 흔들어 보였다. 어딜 가나 그렇듯 이 족쇄가 다시 채워질 겁니다. 거기에 무슨 낭만이 있겠어요?

과거는 상품이죠, 클레어가 말했다. 낭만도 그렇고.

가령 클레어가 몸담은 업계에서는 최근 들어 빈티지 스타일 엘리베이터 열풍이 불었다.

아니 어쩌면 진짜 상품은 향수일지도 몰랐다. 사람들은 잘 알지도 못하는 시대에 대해 향수를 품는 경향이 있다. 사실 그 '잘

---

* 해안선과 평행하게 형성된 좁고 긴 형태의 섬.

모른다'는 것이야말로 달콤한 향수를 가능하게 하는 요소였다. 클레어가 열 살 때 부모는 잭슨빌비치로 이사해 '시호스Seahorse'라는 이름의 펜션을 운영했다(어린 클레어도 플로리다로 이사온 것이 집안 사정이 나아져서가 아니라는 것쯤은 알았다). 그 펜션 객실의 벽지와 이 세번째 호텔 욕실의 코발트색 꽃과 초록색 덩굴 무늬가 놀랍도록 유사했다. 이곳 아바나 사람들은 모두 향수를 파는 데 열심이었다. 과거의 플로리다로 돌아간 듯 인위적이지 않은 해안과 낚시터가 있었다. 남쪽으로 좀더 내려가면 미 대륙에서 가장 오래된 석축 요새가 있지만, 그 피비린내나는 역사에 대해서는 언급하지 않았다. 이곳을 찾아오는 사람들은 현실의 전위가 아니라 현실과의 단절을 갈망했다─그러면서도 이 몇 겹의 단절은 보이지도 않고 감지되지도 않아야 했다. 사람들은 자신이 관광객이라는 사실을 콕 집어 상기시켜주는 것을 좋아하지 않았다. 몇 년 동안 클레어는 시호스에 대한 부정적인 트립어드바이저 평을 샅샅이 찾아내는 임무를 맡았고, 긍정적인 평에서 가장 자주 보이는 단어는 '진짜 고향집 같다'였다.

그 밖에는, 편안하다, 친절하다, 티끌 하나 없다, 안심된다, 안전하다.

만약 평을 쓴 사람들이 프런트에서 '따스한 환대를 받았다'고 칭찬했다면 그들은 클레어의 어머니를 만난 것이었다. 어머니는 낯선 이들에게 자신의 호의를 다 소진해버렸다. 아버지는 선심을 비축해놨다가 어느 순간 느닷없이 타오르는 불길처럼 마구 발산했다.

휴대폰은 우리로 하여금 너무 많은 것을 알게 하는 동시에 거의 알지 못하게 만들죠. 남자가 계속 주절거렸다.

말레콘에 가서 와이파이가 잡히는지 한번 확인해보세요. 클레어는 앞쪽의 바다를 가리켰다.

아까 사람들이 방파제 위에 걸터앉아 휴대폰을 사용하는 모습을 봤기 때문이다. 클레어는 백팩에 소형 쌍안경을 가지고 다녔고, 직접 보라며 이 남자한테 쌍안경을 건네줘볼까 잠시 고민했다. 에텍사* 카드를 사서—매점에 오늘치 카드가 동이 나지 않았다면 말이지만—방파제나 와이파이 공원에 가기만 하면 되는데. 클레어가 이용하는 통신사는 이 섬에서 어마어마하게 비싼 선불제만 지원하기 때문에, 그녀는 미리 다운로드한 오프라인 지도(알고 보니 대체로 부정확했다)를 보고 사진을 찍는 용도로만 휴대폰을 사용하고 있었다. 밤에는 리처드의 사진을 줄였다키웠다 하며 넘겨보면서 실마리를 찾곤 했다. 여기 온 후로는 자신의 이메일도 남편의 이메일도 확인하지 않았다. 리처드의 이

---

* 쿠바의 통신 업체.

메일 계정에 접속하기 위해 클레어는 사망자 관리 계정에 남편의 사망증서를 제출해야 했다. 계정 관리자에게 메일을 쓰는 건 몹시 고통스러운 일이었다. 남편의 암호를 도무지 추측할 수가 없었다. 생일과 주소와 영화 제목과 가족들 이름과 부부끼리만 아는 농담까지 몽땅 넣어봤지만 헛수고였다. 결국 알게 된 암호는 클레어에겐 아무 의미 없는 일련의 숫자였다.

테라스에서 남자는 손사래를 쳤다. 알고 싶지 않네요. 그러면 아내하고 연락해야 할 테니까.

왜 아내분과 연락하고 싶지 않은데요? 이제 그들의 대화가 어딘가에 다다랐다고 클레어는 생각했다.

남자는 아내와 함께 아바나에 왔고 원래 비냘레스 투어에 같이 갈 예정이었는데, 도중에 싸우는 바람에 아내가 남자를 두고 투어 버스를 타고 가버렸다.

왜 싸웠는데요?

그 질문에 대답하려면 우리가 처음 만난 날부터 시작해야 될걸요, 남자가 말했다. 여기서 밤을 새워도 모자라요. 남자는 아내가 여행만 가면 딴사람이 된다고, 아내는 여행을 좋아하고 딴사람이 되는 것도 좋아하지만 자신은 그 불쾌한 쌍둥이를 만나는 게 공포스럽다고, 다시는 아무데도 안 가는 게 낫겠다고 덧붙였다.

음료가 나왔다. 남자는 잔을 살짝 클레어 쪽으로 기울였다. 클레어도 잔을 마주 들었는데 그게 실수였다. 곧이어 남자가 저녁을 사도 되겠느냐고, 애원하는 듯하면서도 가부장적인 어조로 물으며 양면 공격을 감행했기 때문이다. 먼저 본인의 난처한 처지에 대해 연민을 끌어낸 다음, 다가올 밤을 혼자서 헤쳐나가기는 어려울 거라는 의구심을 상대 여자에게 불어넣는 전략이었다. 저녁이 쉽게 해결되면 좋지 않겠어요? 남자가 헤밍웨이를 화제에 올리지 않았다면 클레어는 그의 제안을 받아들였을지도 몰랐고, 그 제안은 척 봐도 그의 분홍색 살덩이와 부딪는 식으로 이어지겠고, 그러면 그녀의 머리에 들어찬 상념들이 해초처럼 찢겨 나가며 완전히 다른 의미로 속이 메스꺼워질 것이다.

하늘이 어두워졌다. 나무 사이로 바다 위에 비치는 은색 불빛이 언뜻 보였다. 크루즈선 불빛 같았다. 옆 건물 어디선가 수탉이 울었다. 하얀 수술용 마스크를 쓰고 또다른 세상에서 새로이 등장한 노부부가 근처 테이블에 앉았다.

아내분과 여행 잘 하세요, 클레어가 말했지만 남자는 이미 선택지를 가늠하며 다른 테이블을 훑어보는 중이었다.

클레어는 잔 밑에 돈을 찔러두고 얼른 테라스를 따라 쭉 내려갔다.

바다 앞에서 클레어는 그 불빛이 착각이었음을 알았다. 크루즈선이라고 생각했는데 웬걸, 테라스 저쪽 끝에 새하얀 웨딩 천막이 세워져 있고 은색 조명들이 매달려 있었다. 신랑 신부가 그 앞에 마주보며 서 있었다. 신부는 끝단에 레이스가 달리고 무릎까지 내려오는 새하얀 드레스를 입었다. 어깨에서 거대하게 부푼 태피터 재질의 소매는 한 쌍의 머랭 같았다. 신랑은 재킷과 셔츠를 입고 넥타이는 매지 않았다. 누가 결혼식을 진행하고 있는지 알 수 없었다. 어쩌면 진행자가 식장에 도착하기 전일지도. 저 커플은 자신들이 쿠바의 미사일 위기와 〈레볼루시온 좀비〉에 사용된 지하 터널 바로 위에서 결혼하고 있음을 알까 궁금했다. 하객들이 모두 자리에서 일어나 있었는데, 복장들이 참 독특했다. 무도회용 드레스와 검정 넥타이 옆에 내어 입은 버튼다운 셔츠와 청바지. 여기에도 나름의 이야기가 있겠지만 클레어가 접근할 수 있는 이야기는 아니었다. 어쩌면 급조된 예식일지도 몰랐다.

내 남편.

사망자 계정 관리자, 은행, 자동차 보험사와 얘기를 주고받으며 클레어는 '리처드가 사망했다'고 하지 않고 '내 남편이 사망했다'고 했다. 그 사람들은 리처드가 누군지에는 관심이 없었고,

그의 사망과 자신들의 관계 그리고 그 속에서 클레어가 자신들에게 기대하는 역할에만 신경을 썼다. 클레어는 '리처드'라고 소리 내어 말할 때면 뭔가 실수한 것 같았고, 없는 번호로 전화를 건 듯한 느낌이었다. '내 남편'이라는 말은 리처드가 더이상 이 세상에서 움직이는 사람이 아님을, 그저 빈 공간, 땅속 깊이 팬 구덩이임을, 대기 중의 찢어진 틈이라는 것을 상기시켰다.

  세번째 호텔에서 잠자리에 든 클레어는 별로 자는 것처럼 느껴지지 않는 무의식 상태에 들어갔고, 깨어나니 하늘에서 비가 쏟아지고 있었다. 여긴 어디지? 쿠바에 온 후로 한 번도 떠오르지 않았던 질문이었다. 비몽사몽의 어스름에 푹 잠겨 있을 때조차 이 도시는 떨칠 수 없는 영향력을 발휘하는 것 같았다. 클레어는 옆으로 돌아누워 이따금 리처드와 함께 갔던 그래프턴 호수를 떠올렸다. 둘이서 얼어붙은 땅을 걷고, 은빛으로 갈라지는 얼음 호수를 바라보곤 했었다. 이우는 겨울 해를 바라보곤 했었다. 그들은 그래프턴 호수는 겨울에 가장 아름답다고 생각했는데, 그곳에서 다른 사람은 거의 보지 못했으니 이 겨울의 아름다움을 향한 사랑은 소수만 공유하는 감성인 듯했다. 돌아오는 길에는 주유소에 들러 커피 한 잔을 사서 차 안에서 나눠 마셨다.

차고 세일 표지판을 발견하면 차를 세웠다—그들은 시커웨이에서는 포효하는 바다를 그린 유화를, 트로이에서는 기차역을 그린 수채화를 구매했다.* 한번은 클레어가 휑뎅그렁한 차고 안 깊숙이 들어가 유약을 바른 도자기 꽃병을 겨드랑이에 끼고 나왔는데 리처드가 어디 갔는지 보이지 않았다. 인도에도 가판대 사이에도 없었다. 알고 보니 블록 끝에 있는 모퉁이 가게에 과자를 사러 간 것이었지만, 그가 돌아오기 전까지 클레어는 두 사람의 결혼생활이 몽땅 꿈이었다는 무서운 망상에 사로잡혔다. 출장에서 돌아올 때 가끔 남편이 공항까지 차로 마중을 나오기도 했는데, 조수석에 앉아 남편에게 쓰러지듯 기대어 잠이 들면 무척 따스한 기분이 들었다. 집 앞 진입로에서 리처드가 그녀를 흔들어 깨우던 기억이 났다. 그의 손이 그녀의 머리칼을 쓰다듬고, 그의 숨결이 목덜미에 닿고, 클레어 하는 그의 음성이 들리던 기억. 분무기로 뿌린 듯한 물방울이 살갗에 닿는 게 느껴졌다. 누가 나한테 물을 뿌리나? 아니, 물기는 발코니에서 들어오고 있었다. 열린 문 사이로 비에 흠뻑 젖은 밤의 날개가 보였다.

---

* 시커웨이와 트로이는 모두 뉴욕주의 지명이다.

이튿날 오후, 길을 따라 걷다보니 존 레넌 공원이 나왔다. 공원 가장자리에서 AC/DC* 셔츠를 입은 남자가 행인들에게 일회용 면도칼을 팔고 있었다. 클레어는 벤치에 앉아 있는 존 레넌 청동상의 발치에 서서 봉황목 그림자가 드리운 기념 명판을 해석했다. 어디선가 슬랙스와 체크무늬 셔츠를 입은 남자가 나타나 동상 옆에 앉았다. 남자는 악기가 들었음직한 검은색 케이스를 들고 있었다. 클라리넷 혹은 플루트. 존 레넌의 안경이 보고 싶으신가요? 남자는 손가락으로 동그라미 두 개를 만들어 눈에 갖다댔고, 말을 하는 남자의 속눈썹이 파르르 떨렸다. 어쩌다 아

---

* 오스트레일리아의 유명 록 밴드.

바나에 존 레넌의 기념물이 생겼는지 클레어는 궁금했다. 이 남자가 여기 있는 이유는 오로지 안경을 관리하기 위해서인가? 클레어는 그렇다고, 그 안경이 무척 보고 싶다고 말했다.

남자는 케이스를 열고 검은 벨벳으로 된 내부에서 청동 안경을 꺼내 존 레넌의 얼굴에 씌웠다. 남자 앞에 서 있는 시간이 길어질수록 클레어는 분명 그를 어디선가 봤다 싶었고, 그때 생각이 났다. 남자는 〈레볼루시온 좀비〉에 나온 단역배우였다. 그는 정원에서 아가타 알론소를 공격하려 했고, 알론소는 삽으로 그를 처치했다.

남자가 사진을 찍고 싶냐고 묻기에 찍을까 말까 고민하는 사이, 인도를 걸어가는 한 여자가 클레어의 눈에 띄었다. 여자는 웨지 샌들을 신고, 헐렁한 검은 바지 주머니 깊숙이 양손을 찔러 넣고, 캣아이 선글라스로 얼굴을 가린 채 빠르게 걷고 있었다. 클레어의 주의를 끈 것은 군청색 민소매 탱크톱 위로 드러난 여자의 어깨였다. 가늘고 우아하며 조각상처럼 반듯한 모양이었다. 클레어는 그런 반듯한 어깨를 전에도 본 적이 있었다. 찰리 채플린 영화관의 스크린에서였다.

뱀장어가 속삭였다. 이동해.

아가타 알론소에게 자의로 영화제에서 모습을 감춘 것인지 아니면 무슨 문제가 있는지 물어볼 기회였다. 이쪽의 답답한 정체

국면에서 물꼬를 틀 기회였다. 영화 중간에 상영관을 뛰쳐나온 것에 대해, 스크린에 그녀가 나오고 있는 와중에 관객의 집중력을 흩트린 것에 대해 사과하든가, 순결한 딸 역할을 맡은 알론소의 연기에 찬사를 보내든가, 혹은 독일에서 어머니와 함께 사는 그 딸 캐릭터를 전혀 나쁘게 보지 않는다고 말하면 어떨까. 솔직히, 그 남자 주인공 캐릭터가 좀 재수없긴 했다.

클레어는 남자와 존 레넌의 안경에게 양해를 구했다.

그녀는 공원을 가로질러 냅다 뛰어가 인도를 걸어가는 아가타 알론소를 따라잡았다. 알론소의 머리는 클레어가 스크린과 몇몇 언론 사진에서 봤던 구릿빛 단발이 아니었다. 긴 머리 가발을 쓰고 있었고, 우윳빛 금발 끝이 견갑골을 때렸다.

바다에서 그리 멀지 않은 파세오 대로 모퉁이에서, 알론소는 피스타치오 색깔의 집으로 쏙 들어갔다. 크림색 몰딩과 철책을 두른 앞뜰 때문에 거대한 새장이 연상되는 집이었다. 창살 안쪽에는 분홍색 부겐빌레아가 철제 격자 구조물 위에 축 늘어져 있었고, 금방울을 단 뚱뚱한 검은 고양이가 돌 벤치에서 햇볕을 쬐고 있었다. 클레어는 길에서 창문을 통해 안을 들여다보려 했지만 블라인드가 다 내려져 있었다. 고양이가 벌러덩 눕더니 한쪽 발로 먼지 낀 기둥을 때렸다. 세찬 바람이 거리를 휘갈겼다. 지나치게 익은 과일과 소금 냄새가 났다. 두꺼운 대나무 블라인드

덕분에 유리창은 빈틈이 전혀 없었다. 실루엣이나 그림자조차
볼 수 없었다.

영화제 공식 호텔에 또다시 저녁이 찾아왔고, 로비에서는 또다시 파티가 열렸다. 클레어는 잠들지도 않고 심지어 앉지도 않은 채, 의식 아래 막을 한 겹 드리우고, 끝나지 않는 계단을 내려가는 꿈으로 빠져들었다. 바닥에 가까워졌다 싶을 때마다 발치에 대리석 계단이 여남은 개 더 펼쳐졌다. 더이상 꿈을 꾸지 않게 되자, 클레어는 빈 잔을 손에 들고 중이층 계단을 반쯤 내려갔다. 다비, 비행기에서 옆자리에 앉았던 그 평론가가 보였다. 다비는 숲 벽화 옆에 서서 아를로와 이야기하고 있었다. 모르긴 해도 아를로는 벽화 근처에서 클레어와 마주치고 싶지는 않을 듯했다.

조금 전 음료 줄에 선 클레어 앞에 아를로가 있었다. 주워듣기로 아를로는 아바나 태생이지만 그동안 멀리 나가 있었다. 그가 어떤 사람에게 말하길, 얼마 전에 영화예술산업연구소에서 제안한 일을 수락했고, 그의 삼촌이 그곳에서 꽤 높은 위치에 있었다. 대화 상대가 줄에서 나간 뒤 또다른 누군가가 아를로에게 인사했고, 아를로는 쌍둥이 누이가 그녀의 우상인 하트 크레인*처럼 서른세 살에 자살하기로 작정하는 바람에 쿠바로 돌아왔다고 말했다.

우리 발밑에 터널이 있잖아요. 자기 차례가 되어 음료를 받아든 클레어가 바텐더에게 그렇게 말을 붙여봤지만 돌아온 답은 없었다.

다비는 클레어가 오는 것을 보고 잔을 들어 인사했다. 그는 물기를 머금은 머리칼을 올백으로 빗어 넘겼다. 셔츠는 소맷단을 접어 올려 멋진 시계를 드러냈다. 클레어의 시선이 숲 벽화의 황금색으로 물든 나무 꼭대기를 스쳤다. 맥박이 빨라지고 혀가 축축해지며 부풀었다. 클레어는 몸으로 무언가를 하고 싶다는, 이해할 수 없는 충동으로 근질거렸다.

벽화에 키스하는 이 사람을 알아요? 아를로가 잔에 든 얼음을 흔들었다. 그는 코가 강렬하게 도드라졌고 속눈썹이 섬세했다.

---

* 미국의 시인으로 바다에 뛰어들어 자살했다.

아를로와 다비는 스페인어로 얘기하고 있었는데 클레어가 등장하는 순간 아를로가 유창한 영어로 전환했다—비난이라고, 그녀의 언어 능력에 대한 힐책이라고 클레어는 생각했다.

옆자리 친구였죠. 다비가 씨익 웃으며 어깨를 으쓱했다. 비행기에서 옆자리에 앉으면 우정을 지속한다는 조약에 의무 가입되기라도 한다는 투였다.

로비에서 클레어는 다비의 완벽한 눈썹을 다시 보았고, 그러자 갑자기 만져보고 싶어졌다. 다비는 사이드 테이블에 술잔을 내려놓고 아를로와 함께 전시회 오프닝에 가려던 참이라고 말했다. 같이 가실래요? 굉장히 좋은 시간이 될 거예요. 그의 미소는 비행기에서 보여줬던 연민어린 미소와는 달랐다. 지금은 호기심 많고 쾌활하며 세심한 배려가 담긴 미소였다. 혼자 여행하는 여자는 종종 호기심의 대상이 된다. 네브래스카로 그렇게 자주 출장을 다니면서 알게 된 사실이었다.

혹시 유니엘 마타가 거기 올 가능성도 있을까요? 클레어가 물었다.

기자 간담회 이후 그녀는 감독을 딱 한 번 봤다. 검은색 선글라스로 얼굴을 가린 채 노란 택시를 타는 모습을 쌍안경으로 얼핏 보았다.

뭐든 가능하죠, 다비가 말했다.

아를로는 영화제 스태프 신분증으로 제 손목을 긋는 시늉을 했다.

아를로와 저는 같이 일했었어요, 다비가 말했다. 리우에서요.

다비는 평론가로 활동하면서 다큐멘터리도 제작했다. 리우데자네이루에서 다비와 아를로는 저명한 브라질 사진가에 관한 다큐멘터리를 함께 작업했다. 아바나에서 영화 학교를 나온 아를로는, 클레어로서는 알 수 없는 인맥과 초청 네트워크를 통해 얼마간의 간격을 두고 여러 도시를 오갔다—리우에서 일 년, 부에노스아이레스에서 육 개월, 바르셀로나에서 열 달.

난 지금 실험중이에요, 아를로가 말했다. 정착민이 되는 실험.

리우 정착민이 되는 실험중이잖아, 다비가 아를로의 옆구리를 쿡 찌르며 말했다. 그게 자네에겐 행복의 지름길이야.

조금 전에 두 사람 사이에 오가던 대화는 아를로의 주거지에 관한 얘기였음이 분명했다. 잠깐이나마 클레어는 참견을 허락받은 것이었다.

두고 보자고요, 아를로가 말했다. 내가 그 사람을 만날 준비가 됐는지는 두고 보면 알겠죠.

아를로는 클레어 쪽으로 몸을 돌려 자신은 조명 기구에 관한 다큐멘터리를 만들기 위해 고향에 왔다고 말했다.

내가 스크린 위에 바라는 건 현재 시제밖에 없어요, 아를로가 말했다. 현재 시제로는 뭐든 가능하죠. 실패도 사랑도 정지도 변화도.

이 사람은 예술가예요, 다비가 말했다. 예술가들은 돈에만 관심 있지.

그 말을 하고 두 남자는 연신 폭소를 터뜨렸다.

택시에서 아를로는 앞좌석에 타고, 클레어와 다비는 뒷좌석으로 들어갔다. 택시는 말레콘을 따라 질주했고, 바다가 그림자처럼 따라왔다. 방파제를 때리는 파도 소리가 들렸고, 이 도시가 늪 한가운데에 두 번 세워졌다는 얘기를 읽은 기억이 났다. 원래 위치에서 두 번 옮긴 끝에 섬의 북쪽 해안가에 자리잡았다고 했다. 클레어는 무릎 위에 가방을 올려놨고, 갖고 다니는 현금 봉투가 가방 천 안쪽으로 만져졌다. 여기서 미국의 신용카드는 쓸모가 없었다. 곧 봉투가 빌 테지만 아직은 아니었다.

조수석에서 아를로가 운전사에게 종조부에 대한 얘기를 하고 있었다. 그의 종조부는 경제학자였고 정기적으로 파리로 여행을 갔는데, 거기서 늘 상사병이 나서 다리에서 뛰어내렸다. 집안에 전해지는 이야기에 의하면 오랜 세월에 걸쳐 여섯 개의 다리에서 뛰어내렸는데도 목숨을 건졌다. 그보다 운이 좋은 사람은 없었다. 결국 종조부는 아바나에서 한 여자를 만나 결혼했다. 마침내 진실한 사랑을 찾은 것이었다! 그런데 결혼하고 얼마 지나지 않아 암에 걸려 숨졌다. 아를로가 이야기를 마쳤을 때, 의외로 운전사는 그 얘기가 꽤 재미있다고 생각하는 모양이었다.

갑자기 클레어는 살짝 열린 차창 틈새로 얼굴을 들이밀고 킁킁대는 동물처럼 바람의 냄새를, 부패한 바다 냄새를 들이마시며 속으로 운전사에게 더 빨리, 더 빨리 달리라고 의지의 힘을 실어 명령했다. 시간을 초월한 공간으로 돌진할 수 있을 만큼 엄청난 스피드를 원했다. 과거와 미래로부터, 기억과 감정으로부터 자유로워지는 공간. 물론 그런 상태가 실제로 존재하며, 그것을 '죽음'이라 부른다는 것을 그녀는 곧 깨달았다.

택시가 도로에 팬 구멍을 지나며 덜컹거렸고, 클레어는 쿵 하는 충격과 함께 다시 대화로 돌아왔다.

아를로와 다비는 어느 제작자에 관한 얘기를 하고 있었다. 〈레볼루시온 좀비〉의 제작에 참여한 사람인데 스태프들이 굉장히 싫어했다. 유니엘 마타의 영화는 영화예술산업연구소에만 의존하지 않았다. 그 외에도 스페인, 쿠바, 이탈리아 제작사 세 곳의 투자를 받아 제작비를 확보했다. 클레어가 기억하기로, 1980년대에 잔혹한 무삭제판 이탈리아 공포영화 붐이 일었던 적이 있었다. 페이크 다큐멘터리 형식을 취한 것도 있었고, 특히 불쾌했던 영화 중 하나는 장면들이 너무 진짜 같아서 감독이 세트장에서 실제로 배우를 죽였다는 소문이 돌았다.

아를로와 다비의 말에 의하면 이탈리아 회사의 제작자가 문제였다. 그는 아가타 알론소에게 캐릭터에 몰입해야 한다며 소의 피를 마시라고 강요했다. 알론소가 울면서 토한 다음에도 말이다.

전시관은 올리브 오일 공장을 개조한 곳이었고, 높이 솟은 벽돌 굴뚝과 키 높은 유리창이 알멘다레스강을 훤하게 내려다보았다. 전시관 입장 줄이 그 일대를 휘감고 있었다. 안에 들어간 사람들은 카운터에서 하얀 정사각형 종이를 집어들었다. 바텐더들이 주문을 적을 때 사용할 종이였다.

잃어버리지 마세요, 다비가 종이 카드를 치켜들며 말했다. 잃어버리면 돈을 내야 해요.

카드를 분실하면 벌금 삼십 페소를 내야 했다. 보아하니 관광객들이 툭하면 카드를 잃어버리고 벌금에 불만을 토로하는 모양이었다.

클레어는 새로 사귄 친구들을 따라 방과 복도의 미로를 통과했다. 문을 지나면 계단이 나오고, 계단은 방으로 이어졌다가 점점 좁아져 복도가 되었다. 복도는 방금 지나온 방 바로 옆방으로 통했고, 창문으로 힐긋 내다보면 방금 전까지 그녀가 서 있던 곳에 서 있는 사람들이 보였다. 전체 배치가 관람객으로 하여금 자신이 방금 지났던 길을 돌아보도록, 혹은 길이라는 개념을 완전히 무시하도록 설계되어 있었다. 곳곳에 그림과 사진과 모빌과 스크린이 걸렸고 황동 열쇠로만 만든 쿠바섬 모형도 있고, 벽감 안쪽의 아담한 부티크에서는 수제 장신구와 신발 따위를 팔았다. 세상 위에 세상이 차곡차곡 쌓였다. 의자가 줄줄이 놓인 드넓은 홀이 반씩 나뉜 전시 공간을 연결했고, 홀 뒤쪽에는 형광 조명이 켜진 바가 있었다. 클레어 일행은 이 홀을 두 번 통과했고, 그때마다 다른 풍경이 펼쳐졌다. 금관악기 오중주단, 거대한 스크린에 영사되는 스케이트보딩 다큐멘터리. 다비가 말하길, 이 공장 전시관은 문을 연 지 일 년밖에 안 됐고, 정부 운영도 민간 운영도 아니었다. 땅은 정부 소유지만 아트 갤러리와 바는 민간 사업으로 분류되었다. 이것은 새로운 종류의 실험이자 틈새 공간이며 정교하고 미묘한 춤이었다.

세 사람은 바에서 맥주와 모히토를 받은 후 계단을 한 층 올라가 전시장으로 향했다. 새하얀 벽에 커다란 흑백사진 열 장이 걸렸는데, 제각기 사진을 찍고 있는 사람들 모습이었다. 한 사진에서는 어떤 여자가 금이 간 인도 위에 무릎을 꿇은 채 디지털 카메라를 가면처럼 얼굴에 대고 있었다. 다른 사진에서는 두 젊은 여자가 땅을 향해 카메라를 들고 있는데, 바닥에 뚫린 구멍을 촬영하는 것 같았다. 또다른 사진에서는 한 커플이 휴대폰을 앞으로 내밀고 있는데, 앞에 있는 것을 찍는지 셀카를 찍는지 불분명했다. 사실 거기엔 익명성이 두 겹으로 존재했다. 피사체의 피사체는 사진에서 배제되어 관객의 상상에 맡겨졌고, 피사체 또한 자신이 피사체임을 인지하지 못하는 듯했다. 하나의 예외는 주둥이가 긴 캐논 카메라를 들고 있는 중년의 여성이었다. 그녀가 다른 카메라의 시선에 실린 무게를 인지하는 바로 그 정확한 순간이 포착됐고, 그쪽을 이제 막 노려보는 찰나여서 얼굴이 일그러졌다. 윗입술이 살짝 말려 올라가 성인용 치아 교정기가 보였다.

리처드의 서재를 정리하던 중에 클레어는 캐비닛 서랍 밑바닥에서 종이로 싸놓은 슈퍼 8mm 카메라를 발견했다. 총 모양의 그 검은색 카메라는 생일 선물이었는데 몇 년 동안 그가 사용하는 것을 보지 못했다.

스크린은 주관을 실어나르는 매개체다, 라고 언젠가 리처드는 썼다. 그 어떤 눈도 객관적이지 않고, 따라서 그 어떤 렌즈도 객관적일 수 없다. 결국 영상에 대한 관객의 반응이 세번째 주관적 눈이 되고, 새로운 것을 드러내는 보이지 않는 힘이 된다. 스크린과 영상은, 관객에게 드러나는 만큼이나 관객을 드러낸다. 이 전시장 안에서도 마찬가지였다. 기쁨 또는 죄책감 또는 분노의 조류에 휘말려 그 자리에서 굳어버리는 사람. 주둥이가 긴 캐논을 든 피사체를 보며 자신의 엄마를 닮았다고 생각하는 사람. 그 생각에 사랑으로 고개가 절로 숙여지는 사람. 마음속에서 살기가 이는 사람. 한 쌍의 젊은 여자를 응시하며 그들의 탱크톱 속이 보였으면 하고 바라는 사람.

클레어는 아를로와 다비를 놓쳐버리고 혼자서 콘크리트 계단을 두 층 내려와 복도와 쌍여닫이문을 지나 댄스파티장으로 들어섰다. 벽면이 레게톤 음악으로 쿵쿵 울렸다. 천장에는 야광 별들이 흩뿌려져 있었다. 클레어는 유니엘 마타를 까맣게 잊었고, 대신 이런 장소에서 아가타 알론소를 찾아보는 것도 나쁘지 않겠다는 생각을 했다. 그 배우가 남들 눈에 띄지 않으려 한다면 이렇게 그림자로 뒤덮인 군중 틈이 숨어들기에 좋은 장소일 터였다. 한 남자가 클레어의 팔꿈치를 교묘히 꼬집고 사라졌다. 클레어는 주변에 있는 남자들의 번쩍거리는 머리를 쳐다봤다. 둘씩 붙어 있거나, 활기찬 무리를 이루고 있거나, 음료를 가슴 앞에 바싹 붙여 들고 혼자 있는 남자들. 리처드, 클레어는 순간 생각했다. 그 손길의 흔적이 여전히 팔꿈치에서 뜨겁게 느껴졌다. 아냐, 아냐, 아냐. 클레어는 음료를 한 잔 더 받아서 플라스틱 빨대가 너덜너덜해질 때까지, 목구멍에 감각이 없어질 때까지 빨아 마셨다. 섬광등이 번쩍이며 주위를 갈랐고, 불빛이 벽에 기대어 엉켜 있는 젊은 커플을 비추었다. 클레어는 바닥에 쭈그려앉았다. 폐가 애타게 공기를 찾았다.

클레어는 파티장을 나와 너바나 콘서트 장면이 스크린을 장악한 거대한 홀을 지나 콘크리트 계단참에 올라섰다. 사람들이 여기저기 구석진 곳에 모여 푸른 불빛을 받으며 식물들의 길게 갈라진 초록잎에 연기를 내뿜고 있었다. 한쪽 벽면에는 작은 정사각형 창문 세 개가 레스토랑을 향해 나 있었는데, 안내판에 따르면 특별한 손님들만 이용할 수 있는 회원제 레스토랑이었다. 나름 민주적으로 보이는 공장 전시관의 세계에 자리한 작은 특권 구역인 셈이었다. 계단참 한가운데에는 청동 조각상이 서 있었다—망토를 두른 키 큰 인물, 여자, 유령. 조각상을 둘러싼 거대한 검은색 타이어들은 벤치로 이용되고 있었다.

조각상 앞에서 뱀장어가 클레어의 등골을 타고 내려갔다. 청동상에 얼굴이 없었다.

리즐! 뒤에서 누가 소리쳤다. 축축한 손이 클레어의 어깨를 움켜잡았다. 목소리는 그 이름을 마치 긴 한숨처럼 발음했다. 리이-즈을.

클레어가 돌아보니 살갗이 햇볕에 무섭게 타고 금발머리를 곱슬곱슬하게 늘어뜨린 영국 여자가 앞에 서 있었다. 여자는 네크라인이 둥근 민소매 리넨 원피스를 입었고, 가슴과 어깨는 벌겋게 타서 피부가 벗겨졌다. 콧잔등이 마치 삶아놓은 것처럼 보였다.

리즐, 여자가 다시 말했다. 왜 여기 올 거라고 나한테 말을 안 했어요?

여자는 곱슬거리는 머리를 한 손으로 쓸어넘겼다. 여자의 턱에 힘이 들어갔다. 당황했지만 내색하지 않으려 애쓰는 듯했다. 자면서 이를 가는 사람일 거라고, 클레어는 생각했다.

그러니까, 딴 그룹하고 온 거예요?

클레어는 고개를 갸웃했다. 딴 그룹이요?

계단참 맞은편에 나 있는 창문으로 한 층 아래 댄스 플로어가, 사람들 몸뚱이로 물결치는 파티장이 보였다. 클레어도 저 몸뚱이 중 하나였다―뱀장어가 흉골을 타고 올라와 목구멍 언저리로 파고드는 느낌을 받고 뛰쳐나오기 전까지는.

해외여행을 단체 여행으로 시작한 사람은 거의 단체 여행으로만 다닌다고, 영국 여자가 말했다. 여자는 '킹스 트래블 주식회사'라고 전사된 빨간 토트백을 들고 있었다.

변하기 힘들죠, 여자가 말을 이었다. 문자 그대로 모든 걸 남이 다 알아서 해주는 방식에 익숙해지면.

글쎄요, 딴 그룹은 없는데요, 클레어가 말했다. 전 혼자 왔어요.

클레어는 이 상황이 이해되기 시작했다. 단체 여행은 영국 여자의 사업이었고, 여자는 리즐이 여행사를 바꿔버렸을 가능성에 기분이 상한 듯했다.

사람들은 여행 막바지에 이르면 감상적이 되어 자신에게 온갖 얘기를 털어놓는다고, 영국 여자가 클레어에게 말했다. 인생 최고의 시간을 보냈다고, 다 당신 덕분이라고 이야기한다고.

생각해봐요! 여자가 말했다. 내가 누군가에게 인생 최고의 시간을 선사했다니.

여자는 원피스 앞주머니에서 담배를 꺼내 불을 붙였다.

혼자 여행도 하고 엄청난 발전이네요, 잘됐네, 여자가 계속 말했다. 내가 처음 쿠바에 왔을 때는 히치하이크로 사방을 돌아다녔어요, 가이드라곤 아예 없었죠. 난 내일 호세 마르티 공항에서 단체 여행객을 인솔해 여기저기 데리고 다닐 예정이에요. 근데 내가 왜 당신한테 이런 걸 시시콜콜 다 얘기하고 있을까, 리즐? 분명 당신도 다 아는 얘기일 텐데.

클레어는 이 리즐이라는 사람이 궁금해졌다. 조상이 독일계일지도. 영국 여자가 클레어의 악센트에 대해 아무 말이 없는 걸 보니 미국인일지도. 현재 영국에 거주하는 사람일지도. 클레어는 웨일스나 카디프 아니면 스완지의 어느 동네에 사는 리즐을 상상했다. 아주 작은 차를 몰고 로터리를 지나는 리즐을 상상했다. 해질녘에 바닷가에서 맥주를 마시는 리즐, 바닷물에 머리가 젖은 리즐을 상상했다. 도서관 사서일까 아니면 은행원일까? 은퇴한 암살자일까? 고양이를 기를까?

계단참에서 클레어는 바로 옆에 한 남자가 와 있음을 알아차렸
다. 리즐이라면 무슨 말을 할지, 이 곤란한 상황을 어떻게 처리할
지 고민하느라 남자의 존재를 즉각 인지하지 못했다.

리즐? 영국 여자가 샌들 앞코로 클레어의 정강이를 톡 쳤다.
이 사람, 당신 친구?

아를로예요, 클레어는 아를로의 팔꿈치를 잡으며 말했다. 이
사람은 예술가이고, 그 말은 곧 돈에만 관심이 있다는 뜻이죠.
클레어는 그렇게 말하며 미소를 지으려 했지만 얼굴 근육이 말
을 듣지 않았다.

아를로는 클레어의 손을 홱 뿌리쳤고, 그 서슬에 클레어 뱃속
의 뱀장어가 공중제비를 돌았다. 그러나 아를로는 클레어의 가
짜 이야기를 무너뜨리지는 않았다. 영국 여자는 자신을 브라이
어니라고 소개했다.

방금 리즐한테 식구들 안부를 물으려던 참이었어요, 브라이어
니가 이어서 말했다. 아쉽게도 전 그분들을 사진으로만 봤지만.

가족이 있다는 말에 클레어가 조금 전에 상상했던 리즐의 이
미지가 무너졌다. 이제 상상 속에서는 스테이션왜건이 로터리를
지나고, 바닷가에는 종이배처럼 생긴 일회용 용기 안에 감자칩
이 수북이 쌓여 있다. 그러나 리즐의 식구들은 아바나에 같이 오
지 않았다, 브라이어니가 그들을 사진으로만 봤다고 했으니 말

이다. 클레어는 대화에서 벗어나 리즐 가족의 부재에 대해 생각해보고 싶었지만, 아를로와 브라이어니 둘 다 기대에 찬 눈빛으로 그녀를 응시하고 있었다. 클레어가 함정에 빠져 난감한 상황임을 알아차린 아를로는 신이 난 것 같았고, 자기도 그녀의 식구들이 잘 있는지 궁금하다고 거들었다.

클레어 부부의 공통점이지만 그들이 거의 입에 올리지 않던 주제는 자식에 대한 욕구의 결핍, 그들 자신 외에 다른 사람으로 집안을 채우고자 하는 욕망의 부재였다. 그것은 무언의 합의였고, 말로 하기보다 느껴지는 것이었으며, 그녀의 경험으로 볼 때 가장 공고한 협정은 언어로 재확인할 필요가 없는 협정이었다. 그러므로 이런 유의 질문은 평소 클레어에게 제기되던 의문과는 정반대였다. 남자든 여자든 상관없이, 다들 아이 없는 삼십대 기혼 여성을 이해할 수 없는 사람 또는 가엾은 사람으로 여겼으니까. 도대체 어쩌다가? 사람들은 묻곤 했다. 아이를 갖지 않겠다는 선택이 실제로 얼마나 극악무도한 패악질인지 인식하지 못하는 건 내 인성의 기형적 결함 때문일까 하고 클레어 같은 여자들이 스스로를 의심하게 만드는 호구조사.

클레어는 손가락에 낀 결혼반지를 돌렸다. 웨일스의 바닷가를, 감자칩이 든 종이배를, 황금빛 조개껍데기를 움켜잡는 조막만한 손을 상상했다. 이제는 텅 빈 종이배 속으로 기어들어가 노를 저어 바다로 나가는 리즐을.

다들 잘 지내고 있어요, 라고 말하는 클레어의 심장을 뱀장어가 잽싸게 가로질렀다.

널따란 홀에서는 지미 스튜어트의 영화가 다음 타자로 스크린을 차지했다. 계단참의 조명이 바뀌었고, 브라이어니의 햇볕에 탄 피부가 훨씬 더 충격적인 색조의 빨강으로 변했다. 방사능에 노출되어 인광을 내뿜는 것만 같았다.

그럼 두 사람은 어떻게 아는 사이? 브라이어니가 담배로 클레어를, 이어서 아를로를 가리키며 물었다.

저는 자살에 관한 다큐멘터리를 만들기 위해 고향인 이곳 아바나로 돌아왔어요, 아를로가 말했다. 여기 리즐은 우리 스태프고요.

아! 그럼 일 때문에 온 거로군요. 브라이어니가 담배를 눌러 껐다. 리즐이 왜 단체 여행으로 쿠바에 오지 않았는지에 대한 의문이 드디어 풀린 것이었다.

근데 영화계에서 일한다고 들은 기억은 없는데, 브라이어니가 덧붙였다.

뭐, 거기서 일해요, 클레어가 말했다.

아바나는 놀라운 자살의 역사를 자랑합니다, 아를로가 말을 이었다. 예를 들어 수많은 시장들이 자살했어요. 수페르비에예만 해도, 새 수도관 망을 건설하겠다는 공약에 실패해서 신세를 망쳤죠. 개인적으로 제일 좋아하는 건 치바스예요. 라디오 프로그램을 진행하던 도중에 자살한 정치인인데, 안타깝게도 타이밍을 못 맞춰서 광고가 나가는 사이에 치명타를 쏘고 말았죠. 여기선 고양이들까지 자살을 해요. 가만 보면 발코니에서 뛰어내리는 고양이가 보일걸요. 그 감염병이 이제 제 누이까지 위협하고 있어요. 하트 크레인처럼 서른셋에 자살할 계획이거든요. 지금은 국립 아쿠아리움에서 포유류 훈련사로 일하고, 여가 시간에는 물 빠진 수영장에서 스케이트보드를 타면서 남은 시간을 보내고 있어요. 그런 인생을 선택하는 걸 이해한다고는 말 못하겠네요.

브라이어니가 얼굴을 찡그렸다. 아래에서는 쿵짝거리는 리듬이 더욱 격렬해졌다.

클레어는 스케이트보드에 관해서라면 허접한 농담 하나를 제외하고는 아는 게 전혀 없었다. 넘어져서 팔꿈치가 부러진 스케이터가 뭐라고 했게? 이건 별로 웃을 일은 못 되는군.*

하트 크레인은 누이가 제일 좋아하는 시인입니다, 아를로가

---

* '우습다'는 뜻의 'humorous'와 팔꿈치뼈를 의미하는 단어 'humerus'의 발음이 유사하다는 점에 착안한 농담.

어깨를 으쓱하며 말했다. 개인적으로 저는 우리 쿠바의 시인 니콜라스 기옌을 더 좋아해요.

보시다시피 이건 아주 개인적인 프로젝트예요, 클레어가 말했다.

계속 얘기할 수 있는데요, 아를로가 말했다.

됐어요, 그만. 브라이어니가 콧잔등을 찡그리며 말했다.

누이가 있긴 해요? 둘만 있었다면 클레어는 아를로에게 그렇게 물어봤을 것이다.

하트 크레인은 유서를 남기지 않았어요, 아를로는 계속 얘기했다. 배에서 뛰어내리기 전에 마지막으로 이렇게 말했죠. 모두들 안녕히!

요점만 말해요, 클레어가 말했다. 헛짓할 시간 없으니까.

내가 기억하는 리즐은 이렇지 않았는데, 하며 브라이어니는 클레어에게 한 발짝 다가서서 파란 눈을 가늘게 떴다. 머리 모양이 좀 달라졌나?

어쩌면 이 리즐이라는 사람은 미치광이일지도 모른다. 카디프나 스완지에 숨어 사는 연쇄살인범일지도 모른다. 가족이 쿠바에 함께 오지 않은 이유가 있을지도 모른다. 그들은 한동안 보이지 않았을지도 모른다.

클레어는 브라이어니의 기억이 잘못됐다고, 전과 달라진 건 하나도 없다고 우겼다. 브라이어니는 통통한 손가락을 들어 보이며 뭔가 들어맞지 않는다고 말했다. 그녀에게 뭔가 이상한 점이 있다고. 브라이어니는 숨을 한 번 들이마시고 계속 지적하려는 듯하더니, 그냥 입을 다물었다. 문제에 대해 인지했으니 그걸로 충분한 듯했다. 자신이 그 문제를 해결해야 할 의무는 없었다. 브라이어니는 그대로 뒤로 돌아 그 넓고 벌건 어깨를 크게 흔들며 널다란 홀 쪽으로 기세 좋게 가버렸다. 클레어는 며칠 후 브라이어니가 리즐의 여행에 동행했던 여행사 동료에게 이야기하는 장면을 상상했다. 리즐의 가족 사진도 같이 봤고 리즐의 이름을 똑같이 한숨처럼 발음하는 동료에게 이렇게 말하는 장면을. 아바나에서 리즐을 다시 봤다고. 근데 아주 달라 보였다고. 참 이상하고 별스럽고 멍했다고. 머리 모양도 달랐다고. 별로 안 어울렸다고.

저 여자, 저기서 조금만 더 그을리면 구급차 불러야 할 것 같아요. 아를로가 브라이어니의 뒷모습을 보며 말했다. 그나저나 당신은 이름이 몇 개예요?

스크린이 캄캄해졌고 계단참에 사람들이 넘쳐나기 시작했다. 클레어는 이대로 꼼짝 않고 있으면 쓸려가는 건 시간문제라는 생각이 들었다. 아를로가 너무 빨리 결탁을 끊어버려서 조금 실망스러웠다. 이 연극을 좀더 밀고 나가고 싶었는데. 브라이어니가 사람을 혼동한 것 같다는 클레어의 말에, 아를로는 햇볕을 너무 많이 쬔 사람은 브라이어니만이 아니라고 한마디했다.

클레어는 동물원에 가고 싶다는 참을 수 없는 욕구와 함께 잠에서 깼다. 동물원, 동물원, 동물원, 그녀는 욕실의 원형 세면대에서 세수를 하면서 연신 중얼거렸다. 머리카락 몇 가닥이 아직도 배수구에 붙어 있었다. 거리에서도 묘지에서도 영화제에서도 리처드를 찾는 데 성공하지 못했고, 영화제는 곧 마지막 주간에 들어설 터였다―동물원에 가보면 안 될 이유가 있나? 동물원 안내서가 침대맡 협탁으로 옮겨와 있었고, 자고 있을 때 호랑이가 그녀의 머릿속에 동물원 생각을 심었나 싶었다.

택시에서 운전사는 오페라를 들었고, 정지신호에 걸리면 허공에 대고 지휘를 했다. 영구차처럼 커다란 그 택시는 의자 커버가 꽃무늬였고 안전벨트는 없었으며 운전석 뒤에 작은 소화기가 묶여 있었다. 동물원에서 클레어는 이쪽 줄에서 저쪽 줄로 계속 옮겨다녔다. 입장 줄, 매표소 줄, 공원 여기저기로 관람객을 싣고 다니는 낡은 빨간색 히론 버스 승차 줄.

내일 그녀는 공항으로 출발할 것이고, 내일 그녀는 귀국행 비행기에 오를 것이다. 내일이라는 단어는 입안에서 연거푸 중얼거릴수록 허구처럼 들렸다. 누군가가 고안해냈다는 측면에서 보면 모든 단어가 허구이긴 하지만.

동물원의 대기 줄은 느리게 움직였다. 저번 생에서 리처드는 줄 서기를 무척 싫어했다.

안내서에 동물원이 최근에 실시한 시설 점검 및 정비에 대해 아주 자세히 설명되어 있었는데, 나미비아에서 야생동물 백오십 마리를 수입했다는 내용도 있었다. '노아의 방주'라는 별명이 붙은 프로젝트로, 수입된 동물 중에는 아기 코뿔소 열두 마리와 코끼리 다섯 마리와 희귀종 악어 한 마리도 있었다. 코끼리 다섯 마리를 어떻게 비행기에 싣지? 안내서는 운송에 관한 자세한 설명은 하지 않고, 대신 독자들의 주의를 다른 정비 사업으로 돌렸다. 새 울타리와 재포장한 길과 사자 우리와 악어 우리와 플라밍고 연못―이 모든 게 정부자금으로 만들어졌다. 직원들은 나미비아에서 온 동물들을 돌보기 위해 특별 훈련을 받았다. 더욱 희귀한 품종의 악어를 만드는 데 중점을 둔 번식 프로그램을 수립

했다. 이 동물원은 이제 새로운 쿠바의 일부였다.

매표소 줄에 서 있는 내내 클레어는 어느 날 잠에서 깨보니 아바나에 와 있는 동물들의 심정은 어떨지 궁금해했다.

버스를 탔는데 혼자 온 사람은 클레어뿐이었다. 다들 가족 단위였다. 클레어는 앞쪽 창가 좌석에 앉았고, 옆자리에 앉은 부스스한 구릿빛 머리칼의 미국인 남자애는 스쿠터를 빌리는 일에 관해 쉬지 않고 떠들어댔다. 스쿠터는 언제 탈 수 있어? 무슨 색깔로 들여왔대? 얼마나 빨리 가? 언제 탈 수 있을까? 언제? 아이의 부모는 바로 앞줄에 앉아 있었다. 그들은 아이의 말을 들은 척도 하지 않았다. 엄마의 턱이 아이와 똑같이 뾰족하지 않았다면, 아빠의 머리칼이 똑같은 구릿빛이 아니었다면 그들이 아이의 부모라고 전혀 생각하지 못했을 것이다.

아, 애정과 피곤 사이의 가느다란 선. 애정과 무관심 사이의 가느다란 선. '네가 없으면 나는 폭풍우 속에 밧줄 풀린 작은 배와 같다'와 '너 때문에 내가 정말 돌아버리겠다' 사이의 가느다란 선.

엔진이 부르릉거렸다. 좌석이 부르르 떨렸고, 클레어는 가이드 역할을 겸하는 버스기사의 말에 필사적으로 귀를 기울였다. 기사는 올리브색 제복을 입고 있었다. 그의 음성이 검은색 마이크로 빨려 들어갔다. 첫번째 우리는 타조 우리였는데 비어 있었다. 어제 싱크홀 때문에 울타리의 주요 부위가 크게 파손됐고, 그때 생긴 구멍으로 타조 세 마리가 달아났다. 그 타조들은 이미 벨라 아바나 호텔 앞과 콜론 묘지 안에서 목격된 듯했다. 기사는 승객들에게 혹시 풀려난 타조를 보게 되더라도 가까이 접근하지 말라고 경고했다. 발에 세게 차여 죽을 수도 있으니까.

다음으로 버스는 사자 우리 앞에 섰다. 다 쓰러져가는 콘크리트 벽돌 궁전이 초록색 거품이 이는 해자로 둘러싸여 있었다. 사자들은—집고양이처럼 날렵한 놈도 있고, 거대한 적갈색 갈기가 달린 놈도 있었다—살인범처럼 치명적인 용의주도함을 드러내며 자신들의 영역을 유유히 걸어다녔다. 가이드는 이제 마이크에 대고 소리를 지르며 승객들에게 창문을 열지 말라고 조언했다. 파나마모자를 쓴 커플이 셀카를 찍으며 가짜 비명을 질렀다. 클레어는 유니엘 마타가 이 동물원에서 한 장면쯤 촬영할 생각을 해봤을지 궁금했다.

가이드가 뭐라 말을 했는데 클레어는 엔진 소음 때문에 알아듣지 못했고, 앞에 앉아 있던 아이 엄마는, 말고기다! 하고 외치더니 슬금슬금 돌아다니는 사자들을 경악의 눈초리로 바라보며 주먹을 깨물었다. 아이가 뒤에서 자기 엄마의 좌석을 발로 찼다. 버스가 구불구불한 숲길을 휘청휘청 빠져나오자, 진창 속에 가슴 높이까지 잠긴 하마와 꼬리를 휘두르며 갈색 풀밭을 빠르게 걸어가는 얼룩말이 보였고, 야자수에 둘러싸인 에메랄드빛 웅덩이를 성큼성큼 가로지르는 저녁놀 색깔의 플라밍고도 보였다. 클레어는 플라밍고 한 마리가 마치 생각을 가다듬는 것처럼 목을 길게 빼더니 머리를 물속에 처박는 모습을 보았다.

마지막은 악어 우리였는데, 선사시대부터 살았던 이 짐승들은 콘크리트 판석 위에서 햇볕을 쬐고 있었다. 일반 악어의 두 배 크기였고, 주둥이는 총신처럼 좁고 길었으며, 비늘이 기름을 바른 것처럼 반짝반짝 빛났다. 클레어는 가이드에게 어느 것이 희귀종 악어인지 물었고, 알아들을 수 없는 답이 돌아왔다. 어쩌면 그 악어 번식 프로그램은 허풍일지도 몰랐다. 악어 우리에서 이동하려고 할 때 야구 모자를 쓴 사내가, 저것 봐! 하고 소리쳤고, 다들 때맞춰 고개를 돌려 악어들이 물속으로 미끄러져 들어가며 한 지점을 향해 돌진하는 장면을 목격했다. 밝은 노란색 형체가 휙 스쳐갔고―깃털과 목 졸린 듯 꽥꽥거리는 울음소리로 미루어 새 종류인 듯했다―곧이어 악어들이 달려들자 깃털 달린 그것은 물속으로 사라졌다. 클레어 옆에 앉은 아이는 엄마 좌석을 차던 짓을 멈추고 오해의 여지가 없는 기쁨과 즐거움을 담아 외쳤다. 악어가 새를 죽이고 있어! 악어가 새를 죽이고 있다고!

새벽에 생리가 터졌고, 클레어는 호텔 침대 시트에 온통 피를 흘렸다(이제 삼십대 후반이 되니 이런 식이었다. 갑자기 칼로 찌르는 듯한 통증, 범죄 현장을 방불케 하는 피바다, 문화와 자연의 시각에서 볼 때 그녀의 몸이 조금씩 쓸모없음에 가까워지고 있다는 맹렬한 암시). 이사나 혹은 전혀 모르는 타인이 이 피칠갑을 발견한다고 생각하니 견딜 수 없었다. 클레어는 파자마를 벗고, 리넨 침대 시트를 걷어 욕조에 던져 넣었다. 증거를 없앨 것이다. 이곳에서는 어떤 범죄행위도 일어나지 않았다.

클레어는 욕조 안에 웅크리고 앉았다. 수도꼭지 아래 시트를 대고 핏물이 배수구로 내려가는 것을 바라보았다. 흔들리는 어금니를 혀로 밀어보았다. 두 손으로 물을 받아 몸을 씻었다. 몸속에 든 뱀장어가 칼에 베여 속을 드러낸 채 피를 철철 흘리는 장면을 상상했다.

옷을 입고 발코니에 시트를 널어 말렸다. 새로 태어난 아침을 가르는 오토바이 굉음을 들었다. 클레어는 문득 소스라치며 시간의 흐름 속으로 되돌아왔다.

길 건너 건물의 아치형 창문에 환하게 불이 들어왔다. 클레어는 쌍안경을 가져와 눈에 대고, 부엌에서 한 여자가 설거지하는 모습을 보았다. 여자는 팔꿈치까지 올라오는 분홍색 고무장갑을 끼고 있었다. 잠깐 여자가 고개를 들었고, 누군가가 지켜보고 있음을 알아차렸나 싶었다.

여자가 부엌에서 사라졌다. 창문 안쪽의 불빛도 꺼졌다. 클레어는 여자가 여전히 분홍색 고무장갑을 낀 채로 침대에 들어가는 장면을 상상했다.

클레어는 수건을 욕실에 개어놓고, 쓰레기를 쓰레기통에 던져넣고, 서랍을 모두 닫았다. 그녀 안의 아주 작은 일부는 죽을 때까지 호텔방 서랍을 열 때마다 손톱이 있지 않을까 기대할 것이다. 클레어는 혹시 빠뜨리고 가는 게 없는지 확인하기 위해 무릎을 꿇고 침대 밑 공간을 더듬었다. 마룻바닥에서 구멍이 만져졌다. 이런 행동을 하나하나 할 때마다 그녀 내면의 목소리가 포효했다. 우리집. 욕실에서 클레어는 머리를 단정히 곧게 빗어 내렸고, 자신은 여기 도착했을 때나 지금이나 똑같아 보인다고 속으로 말했다.

검정 스팽글로 'DESIGN'이라고 쓰인 티셔츠를 입은 이사가 프런트 데스크에서 천문학 책을 탁 덮고 혹시 두고 가는 잡지는 없는지 물었다. 가장 최근에 혼자 여행을 온 미국 여자가 〈US 위클리〉를 한 무더기 놓고 간 모양이었다.

클레어는 백팩 지퍼를 열고 『1월의 두 얼굴』을 꺼내 데스크 건너편으로 밀었다.

어젯밤에 다 읽었어요, 클레어가 말했다. 원한다면 드릴게요.

클레어는 아바나까지 그 책을 가지고 와서 단 한 낱말도 읽지 않았다. 사람들은 타지에서 평소보다 거짓말을 세 배는 더 한다는 기사를 어디선가 읽었는데, 그 수치는 좀 박하게 잡은 것 같았다.

이사는 책을 집어들고 뒷면의 카피를 읽기 시작했다. 앞표지에는 정장을 입고 페도라를 쓴 남자가 그리스 유적의 그늘 아래서 있었다. 이사는 영국과 미국과 캐나다 손님들이 두고 간 추리소설을 번역하며 영어 소설 읽는 법을 독학했다고 말했다.

이젠 추리소설을 질릴 만큼 읽었는데, 이사가 말했다. 배경이 그리스인 소설은 처음 보네요.

호세 마르티 국제공항이요. 클레어는 택시기사에게 말했다. 백미러에 조그만 곰인형이 매달려 있었다. 대시보드에는 의사면허증이 테이프로 부착되어 있었다.

택시기사가 내려준 터미널은 며칠 전 도착했을 때 내린 터미널보다 훨씬 최신식이었다. 의자도 넉넉하고 보안 검색도 효율적이고 가게와 카페도 있었다. 이 터미널은 완전히 다른 세상이었다. 어떻게 이런 곳에 온 거지?

비행기는 정시에 이륙할 예정이었다.

클레어는 세관에 출국 신고서를 내고 사진이 찍힐 때까지 카메라를 노려보았다. 보안 검색대를 넘어가는 순간, 우리집을 울부짖던 내면의 목소리가 잦아들기 시작했다.

클레어는 그 잦아듦을 무시했다. 성큼성큼 걸어 면세점과 기념품가게와 와이파이 카드를 파는 가판대와 겨자색과 흰색이 섞인 환전소를 지나쳤다. 화장실에 들어가니 매표 직원 두 명이 나란히 서서 담배 연기를 거울을 향해 내뿜으며 끽연중이었다. 여기 리처드가 있었다면, 이곳을 공과 사가 충돌하는 취약한 내부 구역이라고 명명했을 것이다. 모르는 사람이 힘겹게 똥을 누는 소리를 듣는 것보다 더 내밀한 일이 있을까? 그러나 이 구역은 침묵에 의존하고 있었다. 내밀함을 느끼기는 해도 인정해서는 안 된다. 인정하는 것은 규칙 위반이다. 리처드가 책을 쓰기 위해 연구하던 어느 도시 배경의 공포영화에서는 사건이 오로지 바르셀로나의 한 아파트 건물 안에서만 일어난다. 취약한 내부 구역 안에서, 복도와 화장실과 엘리베이터 안에서.

클레어는 커피라고 적힌 표지판을 따라 한 층 아래로 내려가, 어린애만한 플라스틱 인형을 들고 있는 남자 뒤에 줄을 섰다. 인형은 랩에 둘둘 싸인 채 쇼핑백 안에 똑바로 서 있었고, 비닐 속의 눈이 클레어를 공포스럽게 마주보았다. 클레어는 재채기를 했고, 뒤에서 낯익은 목소리가 크게 말했다. 블레스 유! 클레어가 뒤로 빙그르 돌아서니 붉은 시멘트 기둥에 기대어 활짝 웃고 있는 다비가 보였다. 더플백을 발치에 내려놓고 검정 헤드폰을 목에 걸고 있었다. 주요 작품은 영화제 첫 주에 이미 모두 상영을 마쳤으므로, 그도 집으로 향하는 길이었다. 신기하네요, 다비의 미소가 그렇게 말하는 것 같았다. 비행기 안에서 만나고 공항에서 또 보게 되다니, 신기하네요. 한 바퀴 돌아 원이 완성됐군요.

두 사람은 한 테이블에 합석했고, 클레어는 계단을 마주보는 자리에 앉았다. 검은색과 흰색이 섞인 스패니얼이 빛바랜 군용견 조끼를 입고 계단 밑바닥에 앉아서 나른하게 보초를 서고 있었다. 커피는 분홍색 꽃무늬가 그려진 하얀 자기 잔에 담겨 나왔고, 잔과 잔 받침이 너무 앙증맞아서 어린이 손에 맞게 디자인됐다는 생각을 하지 않을 수 없었다.

이 공항은 머지않아 개축 공사에 들어갈 거예요, 다비가 말했다. 프랑스 건축회사가 작업을 수주했다. 빠르면 빠를수록 좋았다. 다비는 최고급 호텔도 곧 더 생길 거라고 덧붙였다. 스위스 회사가 가비오타호텔 체인과 제휴를 맺고 아바나에 첫 오성급 호텔을 들여오는 중이었다. 대규모 스파와 다양한 레스토랑 다섯 곳과 명품 쇼핑몰이 들어설 예정이었다. 호텔도 공항 개축 공사를 맡은 프랑스 건축회사에서 짓기로 했다. 외국 자본과 외국 인력. 이제 반자본주의의 시대는 끝난 셈이고, 여기 사는 어느 누구도 그 때문에 손해볼 일은 없을 것이다─관광객을 더 많이 끌어들일 테고, 그 이점에 대해서는 논쟁의 여지가 있겠지만, 뭐 그것만 빼면.

그래도 만약 다시 오게 된다면, 어딜 가야 근사한 스위스 마사지를 받을 수 있는지는 알게 되는 거죠, 다비가 커피잔을 들며 말했다. 당신은 불만 없을 것 같은데, 맞나요?

클레어는 센트럴공원 근처에서 지면 위로 건물이 올라가고 있는 호텔 부지 앞을 지나친 적이 있었다. 비계가 주변 건물을 굽어보았다. 어느 날 오후에는 교복을 입은 십대 여자애 두 명이 구조물 앞에서 셀카를 찍는 것도 봤다. 기내 잡지에서는 동일한 호텔 체인의 광고를 봤었다. 몸에 꼭 맞는 검은색 서비스직 유니폼을 입은 여자가 버번 온더록스를 쟁반에 받쳐들고, 언제든 말씀만 하세요, 라고 말하듯 빨갛게 칠한 입술로 활짝 웃고 있었다.

집에 가면 무슨 일이 기다리고 있어요? 클레어가 물었다. 그녀는 집에 가면 무슨 일이 기다리고 있을지 정말로 알 수 없었기 때문이다. 뉴스코틀랜드의 텅 빈 아파트가 떠올랐다. 창밖으로 구름 한 점 없는 하늘을 날아오르는 비행기가 언뜻 보였다. 수화기 너머에서 들리던 아버지의 음성이 생각났고, 유리창이 부르르 떨렸다.

무슨 일이 기다리고 있느냐고요? 다비가 커피를 홀짝였다. 마감, 마감, 마감이죠. 콜롬비아에서 제작된 영화들은 엄청난 화제가 될 거예요. 그리고 여자친구가 일 년 내내 출장만 다닌다면서 제게 화를 냈던 기억을 싹 잊어버릴 만큼 완벽하고 멋진 크리스마스 선물을 할 계획이에요. 여자친구는 화가 나면 저한테 이러거든요. 거울 앞에 서서 그 속에 보이는 게 세상의 중심인지 스스로에게 물어보라고요.

다비는 고개를 젓더니 웃음을 터뜨렸고, 여자들 눈 밖에 나는 데 익숙하지만 다시 사랑받는 비결을 잘 알기 때문에 냉대에도 꿋꿋한 사람의 분위기를 풍겼다.

크리스마스에 클레어는 플로리다에 가기로 되어 있었다. 요리해야 할 음식과 걸어야 할 장식용 화환과 사야 할 선물이 있을 것이다. 추수감사절은 링컨의 한 호텔방에서 보냈었다. 그때 그녀는 주유소에서 이름 없는 수면 보조제 두 상자를 샀다―죽은 듯이 잠들기에 충분한 양이었다. 클레어는 밤을 새운 듯한 기분으로 잠에서 깼다. 어머니는 딸이 플로리다에 오길 바랐지만, 클레어는 네브래스카 출장이 불가피하다고 주장했다. 지금 이 순간 클레어는 뉴욕에 있을 때보다 친정과 훨씬 가까이 있었다.

올린다에 계신 부모님께도 한번 가봐야 하고요, 다비가 말을 이었다. 바닷가에서 시간을 좀 보낼지도 모르죠. 당신은요?

계단 밑에서 스패니얼이 짖었다. 카키색 스커트 정장을 입고 오렌지색 스카프를 맨, 제복 차림의 보안 요원이 나타났다. 요원은 스패니얼의 줄을 풀어주더니 주머니에서 파란색 고무공을 꺼냈다. 요원이 공을 던지자 개가 공을 쫓아 몸을 던졌다.

클레어는 비행기 안에서 평생 살아가는 방법을 찾아낼 것이다. 아버지가 죽어가고 있다는 사실을 잊을 것이다. 이곳에서 남편을 봤다는 사실도, 현실이 완전히 전위되도록 방치했다는 사실도, 케케묵은 여행자의 덫—여행지에 가서 자신이 세상에서 가장 원하는 것을 투사한다—에 빠졌었다는 사실도 잊을 것이다.

일해야죠, 클레어가 말했다.

다비가 한쪽 눈썹을 치켜세웠다. 그리고?

붉은 기둥 위에 보안 카메라가 설치되어 있었다. 언젠가 클레어의 남편은 많은 공포영화가 살인자의 시선—숲속을 걷는 무거운 발걸음, 칼을 움켜잡은 장갑 낀 손—에 관객을 밀어넣으면서 시작된다고 했다. 관객이 살인자의 시선으로, 피해자가 사람에서 대상물로 변하는 것을 지켜보게 되면 전율이 일면서 살인자의 행위에 심적으로 연루되기 때문이다. 클레어는 보안 카메라의 렌즈를 노려보며 스스로를 대상물로, 하나의 장면으로 바꾸려고 노력했다. 살인자가 클레어에게 이제 가야 할 시간이라고 얘기하는 상상을 했다. 비행기가 곧 출발할 것이고 비행기가 출발하면 클레어는 둥그런 유리창에 코를 박고 있을 거라고 얘기하는 살인자.

그리고, 라는 건 없어요, 클레어는 다비에게 얘기하고 싶었다.

아니면, 적어도 클레어가 정확히 밝힐 수 있는 그리고는 없다고.

'우리집'을 울부짖던 내면의 목소리는 물러지다못해 녹아서 무너져내렸다, 눈사태처럼.

일이죠, 클레어는 다시 말했다.

뭔가 발밑을 휙 지나가는 느낌이 들더니 곧이어 스패니얼이 테이블 밑으로 뛰어들었고, 개의 털이 클레어의 정강이를 스쳤다. 개는 공을 덥석 물고는 꼬리를 빳빳이 쳐든 채 우쭐거리며 오렌지색 스카프를 맨 요원에게 빠른 걸음으로 돌아갔다.

클레어는 앙증맞은 커피잔을 엎었고, 커피가 테이블을 타고 흘러내려 다비의 슬랙스 위로 떨어졌다. 잠시 동안 클레어는 액체가 흘러내리는 장면을 물끄러미 바라보기만 했다.

맙소사, 미안해요. 퍼뜩 정신이 든 클레어는 허둥지둥 사과하며 얼굴이 빨개져서는 종이 냅킨으로 테이블을 닦고 이어서 다비의 무릎을 서툴게 문질렀다.

저 개가, 개가, 다비는 손사래를 치며 클레어를 말렸다. 그리고 실례한다며 화장실로 갔다. 오렌지색 스카프의 요원은 스패니얼에게 목줄을 채우고 도그 쇼에 출연한 개처럼 이리저리 데리고 다니기 시작했고, 줄 서서 기다리던 아이들은 그걸 보고 신이 났다.

안개에 살짝 휘감긴 초록 들판을 보라. 미니어처가 되어가는 도시를 보라. 거대하게 입을 쩍 벌린 푸른 바다를 보라.

아니면.

클레어는 자리에서 일어났다. 가방을 챙겼다.

다비의 말은 틀렸다. 원은 완성되지 않았다.

원이 완성되지 않은 이유는, 클레어가 원을 깨려 하기 때문이었다.

베다도로 돌아오는 길에 클레어는 거짓말을 지어냈다. 비행기가 취소됐다, 출발일이 무기한 연기됐다, 아무래도 성수기여서 그렇다. 고객 센터 담당자의 애매하게 둘러대는 화법이 귀에 들리는 듯했다. 화자에게서 일체의 대리권과 책임을 제거하도록 고안된 화법. 문제가 생겨서요, 현재 저희 시스템으로는 더이상 고객님께 드릴 정보가 없습니다. 엘리베이터의 세계에서 뭔가 잘못됐을 때 클레어 본인이 쓰던 화법.

세번째 호텔의 프런트에서는 그 독일 대학생이 이사에게 바라데로에 가는 비아술 버스의 시간표를 묻고 있었다. 그는 연필꽂이로 쓰는 플라스틱 컵에 분홍색 카네이션을 또 꽂아놓고 나갔다. 이사가 입구에 선 클레어를 보더니 『1월의 두 얼굴』표지 위에 흰색 커피 머그잔을 내려놓고 그녀를 한참 응시했다. 클레어는 회사 팀장에게 항공편에 문제가 생겨 체류를 연장할 수밖에 없었다는 메일을 써야겠다고 머릿속으로 메모했다.

호텔방에 들어온 클레어는 여권과 하얀 상자를 다시 금고에 넣었다. 페소화가 거의 다 떨어졌지만 공항 환전소는 몇 시간씩 줄을 서야 할 터라 포기했고, 호텔로 돌아오는 길에 그녀는 공항 터미널에서 가장 가까운 버스 정류장까지 그냥 걸어갔다. 리처드가 차에 치였을 때 걸었던 길과 그리 다르지 않은 갓길이었다. 차량 흐름이 편안한 속도로 이어지다가 관광버스 여러 대가 경적을 울리며 질주하는 통에 클레어는 도랑으로 뛰어들었다. 버스를 타고 아바나에 들어와서는 눈에 익은 듯한 첫 정류장에서 내렸는데 익숙하다고 생각한 교차로는 사실 아는 곳이 아니었다. 한동안 반쯤 길을 잃은 상태로 헤매다 베다도로 돌아오는 길을 겨우 찾았다. 세번째 호텔에서 가장 가까운 환전소는 라람파 거리의 길모퉁이에 있었고, 그 앞에 그늘을 드리운 바나나 나무는 콘크리트 바닥을 뚫고 발톱 같은 뿌리를 드러냈다. 클레어는 긴 줄의 맨 끝에 가서 섰다.

창구 앞에 섰을 때 유리창 안쪽의 남자가 환전을 거부했다. 절차상 기록을 남기려면 여권이 필수인데 클레어가 여권을 가져오지 않았기 때문이었다. 그녀는 세번째 호텔로 돌아가 여권을 가지고 다시 환전소로 갔다. 대기 줄이 사라져서 기뻐했는데 알고 보니 그날의 창구 영업이 마감된 후였다.

그리고 그때, 라람파와 카예엠 거리가 교차하는 모퉁이에, 리처드가 있었다. 그는 파란 자전거에 연결된 과일 수레에서 망고를 사는 중이었다. 인도가 흔들렸다. 콘크리트 바닥과 신발 밑창을 뚫고 올라온 열기가 클레어를 사로잡아 몸이 말을 듣지 않았다. 팀장에게 이메일을 쓰겠다던 머릿속 메모는 저멀리 날아가버렸다. 그녀를 둘러싼 대기의 찢어진 틈이 더 넓어졌다. 이번에는 과거의 실수를 반복하지 않으리라 클레어는 속으로 다짐했다. 남편에게 다가가지 않을 것이다. 한때 그가 썼던 이름을, 그녀가 입 밖에 내려다 간신히 멈춘 그 이름을 부르지 않을 것이다. 그런 옛 시니피앙은 지금의 그에게 아무 의미가 없었다.

클레어는 남편이 망고를 갈색 종이봉투에 담고 멀어질 때까지 길 맞은편에 그대로 서 있었다. 그러다 교통신호를 무시하고 후다닥 길을 건너 남편의 뒤를 쫓았다. 두 사람 사이에 행인들이 오가도록 적당히 간격을 두고 미행했다. 날은 무더웠고, 거리에서 지나치는 사람들은 제각기 열기어린 빛을 조금씩 발산하는 것 같았다.

허리가 긴 개 한 쌍이 피사체가 되거나 말거나 아랑곳하지 않고, 카메라로 무장한 관광객들을 지나 총총히 멀어져갔다. 클레어는 사진을 찍기가 두려웠다. 그 얼어붙은 잠깐의 시간이 그녀가 빠져들어온 현실을 산산이 부술까봐, 고개를 들면 리처드가 더이상 거기에 없을까봐, 그 사람 자체가 아니라 그 사람의 이미지를 선택했다는 괴로움에 시달릴까봐 겁이 났다.

한 블록을 가는 동안 두 사람 사이에는 아무도 없었다. 바짓가랑이 속에서 움직이는 남편의 다리 윤곽이 보였다. 클레어는 자신이 『캐리』에서처럼 초능력자가 된 건지 궁금했다. 비통함이 극에 달해 남편이 보고 싶을 때마다 남편을 소환하는 능력을 얻은 것인지. 하지만 그게 사실이라면 제자리에 멈춰 있는 남편도 불러낼 수 있어야 하지 않은가.

두 사람은 멜리아 코이바 호텔과 새롭게 다시 문을 연 미국 대사관을 지났다. 대사관 앞에는 성조기가 게양되어 있었다. 클레어는 모국의 국기를 봐서 특별히 기쁜 마음이 든 적은 없었다. 잔잔한 강 위를 가로지르는 철제 다리를 건너자 처음 보는 동네가 나왔다. 두 사람은 녹색 상점을 사이에 두고 양분된 넓은 길을 따라 올라갔고, 여러 외국 대사관—이탈리아, 스위스, 앙골라—을 지났다. 선글라스를 쓴 엄숙한 남자들이 진을 치고 있는 경비 초소를 보고 대사관임을 알아보았다. 정문 안쪽 진입로에 번쩍거리는 차가 세워진 대저택도 지났다. 실물 크기의 플라스틱 산타가 타이어의 휠 캡 옆에 주차원처럼 서 있었고, 털이 덥수룩한 골든레트리버 두 마리가 쇠난간 사이로 주둥이를 내밀고

서, 지나가는 클레어를 보고 짖었다. 공원에는 하얀 원형 판테온이 있었고, 녹색 이끼와 오래 묵은 거대한 반얀나무가 판테온의 돔 지붕을 잠식하는 중이었다.

그들은 길을 꺾어 어느 카페 앞을 지났다. 타일이 깔린 카페 테라스가 암청색 파라솔로 덮여 있었다. 32번 대로, 36번 대로. 그들은 길을 오르고 또 올랐다. 클레어는 바닥이 울퉁불퉁한 거리를 따라 남편을 뒤쫓았고, 모퉁이를 돌자 인도 가장자리가 바스러진 또다른 거리가 나왔다. 행인이 거의 없어서 발걸음을 늦추며 간격을 벌려야 했다. 그녀는 야자나무 뒤에 숨어서, 남편이 녹색 철제 그물망 울타리를 두른 청록색 건물 앞에서 걸음을 멈추는 것을 지켜보았다. 건물 입구는 웃자란 정원 식물로 둘러싸여 있었다. 클레어는 자주만년초와 실유카와 노란 히비스커스와 파릇한 라임나무의 수를 차례로 셌다. 문 앞에 놓인 빈 흔들의자 두 개가 따뜻한 바람에 흔들렸다. 남편은 망고의 무게를 가늠하듯 한 손에 종이봉투를 들고 그대로 잠시 인도에 서 있다가 이내 대문을 통과해 들어갔고 정원이 그를 삼켰다.

잠시 후, 골목길에 면한 방에 불이 들어왔다.

울타리는 허리 높이였고, 뛰어넘을 수 있을 만큼 낮았다. 골목에서 클레어는 안쪽으로 훌쩍 몸을 날렸고 풀 무더기 위에 착지했다. 그녀는 창가에 무릎을 꿇고 방안을 엿보았다. 침대 하나,

작은 테이블 하나, 의자 하나뿐인 단출한 방이었다. TV는 보이지 않았다. 한쪽 구석에 검은색과 흰색이 섞인 고양이가 있었고, 진짜 고양이가 아니라 도자기 인형이라는 것을 알게 되기까지 시간이 좀 걸렸다. 침대 위에 걸린 십자수 액자에는 스페인어로 '하느님이 우리집을 축복하시나니'라고 적혀 있었다.

클레어는 리처드가 테이블 앞에 앉는 모습을 지켜보았다. 그는 종이봉투를 잘 펴서 테이블에 깔고 작은 칼로 망고 껍질을 벗겼다. 그리고 햇빛처럼 말갛게 반짝이는 과일 조각을 입에 넣었다. 다 먹고 나서는 얇은 책을 꺼냈다. 제목은 알아볼 수 없었지만, 남편이 예전에 읽던 두꺼운 학술서하고는 전혀 달랐다. 희곡이나 시집 같았다. 그는 그 정체 모를 책을 한 손에, 왼손에 들고, 오른손으로는 팔꿈치를 받쳤다. 그리고 입술을 핥았다. 이따금 신발코를 바닥에 비볐다. 담배를 바닥에 천천히 비벼 끄는 사람처럼. 클레어는 그의 일거수일투족에 주목했다. 남편에게 이토록 철저하게 주목한 것은 확실히 처음이었다. 극도로 집중하여 극도로 민감하게. 아니 도대체 이런 관심을 주기까지 왜 이렇게나 오래 걸렸던 걸까.

사방에 밤이 깔리면서 도시가 어두워지는 것이 느껴졌지만, 그럴수록 남편의 방은 점점 더 환해지는 듯해 클레어는 넋을 잃었다. 이 빛이 다 어디서 나오는 걸까? 무릎도 허리도 아파야 마땅하건만, 아프지 않았다. 그녀의 몸은 땅과 융합되었다. 남편이 책을 한 장 한 장 넘기는 모습을 바라보며 뭔가 실마리가 될 만한 게 없을까 살피다가, 가장 명백한 실마리를 간과했음을 깨닫고 그녀는 낯이 달아올랐다. 클레어는 과감하게 코를 유리창에 갖다댔다. 내쉬는 숨에 유리가 뿌옇게 흐려질 만큼 아주 가까이. 너무 가까웠다. 속에서 뭔가가 들끓는 느낌이었다.

그 방에는 실제로 둥근 상판에 튼튼한 다리 네 개가 달린 테이블이 있었고, 그것은 뉴스코틀랜드의 아파트에 있는 그들의 식탁과 크게 다르지 않았다. 다만 이곳에는 의자가 하나밖에 없었다. 그들의 부엌에는 늘 의자가 두 개였다―세 개인 적도, 네 개인 적도, 아예 없던 적도, 한 개인 적도 없었다. 항상 두 개였다. 의자 하나는 고독을 암시했다. 친구든, 다른 도시에서 오는 손님이든, 가끔 밤을 함께 보내는 여인이든, 누군가와 저녁을 함께할 거라는 기대가 아예 없다는 뜻이었다. 벗삼을 이는 자기 자신뿐이었다.

이번 생에서, 그는 혼자였다.

2부

병적인
욕구

클레어의 남편이 집필중이던 책에서 다룬 또하나의 영화는
'돌아온 사람들'에 관한 프랑스 영화였다. 이 '돌아온 사람들'은
이미 세상을 떠나서 그들 이름으로 장례식도 다 치렀는데, 어느
날 옷을 갖춰 입고 멀쩡하게 도심 한가운데에 나타난다. 처음에
그들은 나이와 성별에 따라 분류되어 비행기 격납고에 임시로
수용된다. 가족들은 언데드가 자기 식구임을 증명하는 서류와
여권과 사진을 제출해야 한다. 이 영화에는 피도, 물어뜯기도 비
틀걸음도 나오지 않는다. 언데드들은 이전 기억의 흔적을 가지
고 있고, 체온이 이삼 도쯤 낮다. 밤이면 자는 척하지만 그건 시
늉일 뿐이고, 실제로는 아무도 자지 않는다. 다들 조용하고 겁에
질려 보인다. 한 의사는 그들이 잠복기에 있으며 새로운 삶 속에

서 깨어나는 중이라는 가설을 세우지만, 결국 그 잠복기라는 것이 영원히 끝나지 않으리라는 결론에 이른다. 한편, 언데드들은 무언의 집단적 깨달음을 경험한다. 갑자기 가족들 곁을 떠나, 바깥을 배회하다 시골로 모여든다. 그들은 지하로, 하수관과 터널로 끌려들듯 내려간다. 한 장면에서는 언데드인 아내가 집을 탈출하기 위해 정원의 담을 타넘으려 한다. 남편은 잠옷 바람으로 마당으로 달려나오고, 그의 맨발이 초록색 잔디밭에서 하얗게 빛난다. 아내는 더욱 서둘러 담벼락을 기어오른다. 남편이 아내의 발목을 붙잡는다. 이때 영화는 고개를 돌려 남편을 바라보는 아내의 표정을 보여줌으로써, 여기서 이상한 것은 그녀의 언데드 상태가 아님을 암시한다. 오히려 살아 있는 자들의 상태— 너무도 굶주려 있고 이기적이어서 아내를 곁에 두기 위해서라면 그녀를 죄수처럼 가두는 짓도 서슴지 않는 상태—가 그 무엇보다 정상이 아니다.

　어딘가where는 존재하지 않고, 이곳here 역시 존재하지 않을지도 모른다.

　좀비 이야기의 가장 내밀한 즐거움은 언제나 파괴의 상세한 묘사에 있다. 오랫동안 바라왔던 격변이 일어나는 신나는 순간, 권력이 마침내 무너지고 결국엔 초토화되어 사지가 갈갈이 찢기는 것을 보고 싶다는 욕망, 우리가 때로는 인정하고 때로는 부정하는 그 욕망의 성취. 그리하여 우리의 지배와 통치 구조는 드디어 영원한 유토피아로 대체된다. 비록 그것이 죽은 자들만을 위한 세상일지라도. ─제리 캐너번.* 27쪽 두번째 문단. 클레어가 리처드의 서재를 정리하다 발견한 검은색 가죽 노트에 그렇게 적혀 있었고, 오른쪽 위 모서리에는 반원형의 갈색 커피 자국이 있었다.

　클레어는 리처드의 서재 바닥에 책상다리를 하고 앉아서 좀비에 관한 이야기를 계속 읽다가 작은 마닐라 봉투를 발견했다. 페이지 사이에 끼어 있던 그 봉투의 앞에는 클레어의 이름이, 발신인 주소에는 그녀 부모의 집주소가 적혀 있었다. 봉투 안에서 작은 붉은색 수첩이 나왔다. 클레어는 그 조그만 수첩을 펼쳤다가 바로 덮었다. 찰싹 얻어맞은 기분이었다. 노트와 수첩을 둘 다 파일 캐비닛 서랍에 던져 넣고 서재에서 뛰쳐나오다 의자를 넘어뜨렸다. 책상 위 스탠드도 환하게 켜놓은 채였다. 문짝 밑에서 새어 나오던 금빛 사각형은 사흘 뒤에 저절로 꺼졌다.

---

* 미국의 영문학자로, 20세기와 21세기 문학, 특히 SF를 연구한다.

그렇게 된 거라면 어쩌지? 클레어는 영화제 호텔을 서성이며 고민했다. 리처드가 그 영화에서처럼 그냥 돌아와버린 거라면? 그날 오후에도, 전날 오후에도 클레어는 철제 다리를 건너 미라마르에 갔었고, 카페 파티오에서 암청색 파라솔 그늘 아래 카페 시토*를 마시는 남편을 관찰했다. 그는 신문을 읽었다. 아무하고도 대화하지 않았다. 그리고 두 번 다, 근처 테이블에 검은색 정장 차림의 왜소한 남자가 앉아 있었다. 남자는 얼굴에 비해 너무 텁수룩한 아마씨색 콧수염을 길렀다. 미국 억양의 스페인어로 말했는데, 미라마르에 위치한 대사관의 수로 보아 외교관일지도 몰랐다. 리처드가 카페를 나온 후, 클레어는 남편 뒤를 쫓아 과일가게까지 갔다. 거기서 리처드는 망고를 엄청 많이 샀다. 그가 일을 하러 가거나 거리에서 다른 사람과 인사하는 모습은 한 번도 보지 못했다. 이번 생에서 그는 한량인 듯했다. 정확히 오후 두시에는 강변의 어느 병원에 들어가 한 시간 동안 나오지 않았다. 리처드는 일몰 즈음 작은 공원이 내려다보이는 바에서 한잔했고, 그 공원에는 반얀나무가 없었다. 클레어는 가이드북 뒷면

---

* 설탕이 들어간 쿠바식 에스프레소.

에 자신이 목격한 것들을 하나하나 꼼꼼히 기록했다. 그녀는 늘 자신이 공항이나 호텔에서 눈에 띄지 않는 종류의 사람이라고 생각했다. 평범한 외모의 중년 백인 여성, 황갈색 바지 정장과 유행을 타지 않는 펌프스. 눈에 띄지 않고 돌아다니는 이 능력은 클레어에게 주어진 드문 호사였고, 그녀는 지금 그것을 십분 활용하는 중이었다.

영화제 상영관 중 한 곳인 칼 마르크스 영화관이 미라마르에 있었다. 그곳에서 〈레볼루시온 좀비〉가 상영중이라는 사실을 알게 되었을 때, 클레어는 영화관 문이 벌컥 열리며 자신을 안으로 끌어당기는 기분이었다.

두번째 관람에서 그녀는 언데드가 권력을 무너뜨릴 수 있다는 말이 사실임을 실감했다. 산 자들에게는 불가능한 일이 그들에게는 가능했다. 언데드가 전복시킬 수 없는 것은 아무것도 없었다. 만약 시민들이 권력을 무너뜨리려 들면 체포되거나 심문당하거나 투옥되겠지만, 이 좀비들은 체포되는 일도 없고 감옥에 들어갈 일도 없었다. 자유롭게 미쳐 날뛰고 분노할 수 있었다.

남편은 일단 상영관 불이 꺼지고 영화가 시작되면 관객은 혼자가 된다고 믿었다. 영화관에 들어올 때는 일행과 함께였다고 해도 말이다. 관객이 속한 바깥세상의 법칙과 논리를 해체하고 그러한 원칙들을 스크린의 법칙과 논리로 대체하기 위해서는 고독감이 필요하다. 그렇게 유니엘 마타의 뱀장어가 슬쩍 들어오는 것이다. 이런 과정을 거치면 아주 친밀한 사람과 상영관에 들어왔다 하더라도, 일단 불이 다시 켜지고 나면 옆자리에 낯선 이가 앉아 있음을 깨닫게 되는 것이다.

클레어는 호텔 테라스 끝에서 걸음을 멈추고 사납게 날뛰는 바다를 내다보았다. 모든 죽음 뒤에는 일련의 질문이 놓여 있다. 잊고 앞으로 나아간다는 것은 그런 질문들을 건드리지 않겠다고, 시신과 함께 땅속에 묻겠다고 합의하는 것이다. 그러나 어떤 질문은 삶의 조건들을 너무나 철저히 해체해버리기 때문에 거기서 등을 돌리는 건 중력을 벗어나는 것처럼 불가능하다. 그러므로 클레어는 잊고 나아가지 않을 생각이었다. 계속 건드리고 또 건드릴 생각이었다. 그녀는 삽을 들고 무덤 위에 서서 흙을 마구 파헤치는 자신의 모습을 상상했다.

말레콘에서 반제국주의광장 방향으로 허겁지겁 달려가는 여자가 흘긋 보였다. 이렇게 멀리서 봐도 저 반듯한 어깨는 알아볼 수 있었다. 클레어는 백팩에서 쌍안경을 꺼내 동그란 렌즈를 눈에 댔다. 아가타 알론소의 머리 모양이 달라졌다―이번에는 짧고 검은 머리에 1920년대 영화배우처럼 산뜻한 뱅 스타일이었다. 알론소는 둥근 케이스를 들고 있었다. 클레어가 관찰한 바로는 빨간색이었고, 아마도 가죽 재질인 듯했다. 대체 어딜 가는 걸까?

    클레어는 평생 딱 한 번 엘리베이터에 갇힌 적이 있었다. 인디
애나주 헬턴빌의 한 인형 공장에서였다. 케이블 고장으로 엘리
베이터가 층과 층 사이에서 멈췄다. 공장의 현장 주임과 함께 타
고 있었고, 엘리베이터가 멈췄을 때 주임은 인형 머리를 만드는
과정을 설명하던 참이었다. 그는 인형 머리에 홀딱 빠졌다는 것
만 빼면 지극히 정상인으로 보였다.

    그들은 비상 버튼을 눌렀고 긴급 구조대에 연락이 닿았다. 그
후로는 기다리는 것밖에 할일이 없었다. 클레어는 언젠가 지구
상에서 가장 조용한 장소는 미네소타주에 있는 어느 반향실이
라는 이야기를 기내 잡지에서 읽은 적이 있었다. 그 안에서 가장
오래 머문 사람의 기록은 사십오 분이었고, 클레어는 자신이 그
보다 오래 버틸 리 없음을 잘 알았다.

    엘리베이터 안이 너무 고요해서 클레어는 슬금슬금 팔이 가려
워졌고, 주임이 그 고요를 깨자 그녀는 안도했다. 주임이 방금 그
녀의 영혼이 몸을 떠나는 것을 봤다고 알려주기 전까지는. 당연
히 영혼은 시시때때로 몸을 떠난다─이따금 휴식을 필요로 하지
않는 존재가 어디 있겠는가? 주임은 영혼이 돌아올 이유를 찾지

못하는 경우가 아니라면 문제가 없다는 투로 말했다. 그는 클레어의 영혼이 가슴 밖으로 곧장 기어나와서—그는 그렇게 말하며 몇 발짝 다가와 주근깨투성이 손으로 클레어의 쇄골을 짚었다—그녀의 어깨에 괴물 석상처럼 앉아 있었다고 설명했다. 그 상황을 당신이 전혀 의식하지 못하고 있길래, 뭐……

주임은 한숨을 내쉬고 어깨를 으쓱했다. 마치 영혼이 떠나는 게 굉장히 딱한 일이긴 해도 달리 어찌할 도리가 없는 상황이라는 듯한 태도였다. 클레어가 그에게 영혼이 몸을 떠나는 건 사람이 죽을 때뿐이라는 가설을 믿는 편이라고 말하자 주임은 웃음을 터뜨렸고, 이제 그의 말투는 생전 이렇게 무식한 얘기는 처음 들어본다는 쪽으로 기울었다. 사람이 죽으면 그렇게 된다고 생각한단 말이죠? 그가 말했다. 그러고는 고개를 절레절레 젓더니 천장의 점검구를 응시했다. 점검구는 오래지 않아 열렸고, 구조대의 손길이 내려왔다.

그날 저녁, 헬턴빌의 호텔 헬스장에서 클레어는 문득 체중을 재보고 싶어졌다. 하룻밤 사이에 삼 파운드가 줄었다. 영혼은 삼 파운드보다는 가벼울 거라고, 물리적 무게가 아예 없을 거라고 제법 확신했지만 그럼에도 불구하고 오슬오슬 한기가 느껴졌다. 이튿날 원래는 다시 공장에 가기로 되어 있었지만 클레어는 멋대로 일정을 빼고 차를 몰아 교외로 나갔고, 자연이 지닌 무게감에 위로를 받았다.

주임은 영적 세계의 작동 방식에 대해 완전히 다른 관념에 사로잡혀 있었고 당시에는 그가 어처구니없는 자신감을 갖고 얘기한다고 생각했지만, 그렇다고 그가 틀렸다고 어느 누가 장담할수 있겠는가. 생의 어느 순간에 문득 누군가를 사로잡는 허탈감이 실은 영혼이―어쩌면 일시적으로, 어쩌면 영원히―몸을 떠나버렸기 때문이 아니라고 어느 누가 단언할 수 있겠는가.

어느 누구도 그럴 수 없다. 그게 답이다.

세번째 호텔에서 클레어는 어머니에게 전화를 걸었고, 아버지의 새로운 버릇을 알게 됐다. 아버지는 현관문을 활짝 열어놓고 밖으로 나가 집 주변에서 길을 잃는다. 어머니는 아버지가 도로 한복판에 있거나, 뒤뜰에서 발을 잘못 디뎌 뒤꿈치에 개똥을 묻히고 덤불 옆에 쭈그려앉은 것을 발견하곤 한다. 지난주에는 토실토실한 수컷 밥테일이 집을 빠져나갔고 그 이후로 보이지 않는다. 아버지는 아직 살날이 많이 남았는데, 그게 좋은 날들이 되진 않을 것 같다.

고양이가 어떻게 됐는지는 생각하기도 싫구나, 그녀의 어머니가 말했다. 들짐승한테 갈갈이 찢겼는지, 차에 치였는지.

전화선에 침묵이 흘렀다. 어머니가 헛기침을 했다.

미안하다, 차 얘긴 하지 말았어야 했는데.

발병 초기에 아버지는 다소 흐리멍덩해도 쾌활했고 쉽게 다시 중심을 잡았으며, 늘 부모의 집을 휘돌던 분노의 급류도 잠잠했었다. 두 분이 손을 잡고 뒤뜰을 거닐거나 소파에 앉아 영화를 보는 모습이 언뜻언뜻 눈에 띄었고, 건강할 때는 거의 찾아볼 수 없었던 다정함이 뚜렷이 드러났다. 하지만 이제 아버지의 혼망은 더이상 온화하지 않았고, 저항이 최고조에 달해 고혈압의 분노가 되돌아왔다—클레어를 가능한 한 무감각해지고 싶게 만들었던, 얼음덩이를 심장에 갖다댄 채 꽉 누르고 싶게 만들었던 그 분노.

시호스 시절 부모의 결혼생활은 해안의 불운한 작은 땅에 눌러앉아 그 땅만 두들겨패는 폭풍우 같았다. 부모는 오 년 전에 은퇴하고 클레어가 어린 시절을 보낸 살림채에서 나와 플로리다의 폰테비드라 근처 단층집으로 이사했지만, 변하기엔 너무 늦었다. 그들이 아는 유일한 기상 시스템은 폭풍우였고, 대체로 시스템이란 탈피하기가 매우 어려운 법이다.

반면 손님들은 왔다가 금방 가버리는 국지성 호우였다. 클레어는 그들의 내면에 은밀히 자리하고 있을지 모르는 각자의 폭풍우는 고려하지 않았다. 그들이 뭔가 피할 수 없는 지독한 것에 끊임없이 쫓기는 사람처럼 초조하고 근심어린 분위기로 바깥 복

도를 오가는 모습을 목격할 때조차 그랬다. 계속 움직여, 클레어
는 스스로 깨우쳤다. 폭풍을 피해 달아나.

이동해.

어머니는 전화 통화의 화제를 크리스마스로 돌렸다. 누가 올
건지, 뭘 가져올 건지. 올해는 너무 힘들어서 이 엄마의 자랑인
클라우드베리 케이크는 못 만들겠다. 그 겹겹이 올린 크림과 잼
이라니. 너희 아버지는 유명인들이 요즘은 몽땅 광대가 되어간
다면서 영화를 아예 안 보는 게 낫겠다고 한다. 우리 딸 요즘 엄
청 힘든 거 엄마도 다 안다. 엄마도 부모님이 돌아가셨을 때 어
땠는지 기억난다. 끔찍하게 고통스러워서 이러다 눈이 멀어버리
겠다는 생각이 들 때도 있었다. 인간에게 주어진 죽을 운명이라
는 게 참 잔인한 거다. 죽음은 누구한테나 오지만 준비된 사람은
아무도 없으니까. 올해는 다들 리처드를 그리워할 거다. 그러니
까 너 혼자 그리워하지 않아도 된다.

넌 혼자가 아니야, 어머니가 거듭 말했다. 하지만 클레어는 그
말을 듣지 못했다. 이미 수화기를 침대 위에 내려놓고 자리를 비
운 후였다.

나중에 클레어는 욕실 바닥에서 잠을 깼다. 그녀는 침대가 아
닌 데서 잠들기 시작했다. 변기 위에서, 옷장 옆 의자에서.

상자는 계속 금고 안에 넣어두었다.

그날 밤 클레어는 미래에서 사는 꿈을 꾸었고, 그 미래에서는 더이상 아무도 어디에도 가지 않았다. 그 대신 가고 싶은 장소를 투사해주는 홀로그램을 통해 집안에서 곧장 여행—그걸 여행이라고 부를 수 있다면—을 떠났다. 여기서 묘수는, 홀로그램이 장소뿐만 아니라 여행자가 그곳에서 경험하고 싶은 활동, 이를테면 알프스의 암벽을 등반하며 영적 해방을 경험한다든가 하는 것까지 투사해준다는 점이었다. 진짜를 경험하기 위한 전통적 탐색법은 마침내 힘을 잃었다. 기실 그것은 탐색이라기보다 자기 자신으로부터 멀리 떠나고 싶은 욕구, 자기 정체성의 경계로부터 벗어나고 싶은 욕구였다. 거짓말을 하고, 그 거짓이 현실이라 믿어버리고 싶은 욕구. 영화제 호텔의 테라스에서 그 미국 남자는 말했었다. 우리는 지금 여기에 왔으니 다행이지 않은가? 우리를 있는 그대로 보여줄 뿐인 그저 그런 장소 중 하나가 되어버리기 전에 왔으니? 자기 나라에서, 그리고 자기 나라 사람들에게서 벗어나고자 하는 욕구는 제국 출신의 사람들에게 가장 큰 법이다. 제국은 벗어날 수 없도록 설계되어 있으니까. 제국 시민들은 어딜 가든 제국의 흔적을 찾을 수 있고, 그 흔적이 눈에 띄지 않으면 스스로의 존재가 그것을 증명한다—그러니까 제국의 시민이라는 건 모종의 보균자라는 뜻이기도 하다. 꿈속에서는 이 홀로그램 시스템이 있으면 언제든 집을 떠나지 않고 여행을 시작할 수 있었다. 그래서 클레어는 뉴스코틀랜드의 집 침대에서 아바나의 구시가지를 어슬렁어슬렁 산책했다. 혁명박물관 앞에 서 있는 남편과 우연히 마주칠 때까지.

우린 아직 서로를 끝맺지 못했어, 클레어는 꿈속에서 리처드에게 말했다.

아침에 클레어는 〈레볼루시온 좀비〉 촬영지에, 적어도 어디인지 알아볼 수 있었던 몇몇 장소에 가보려고 길을 나섰다. 그녀는 가이드북에 메모를 하며 돌아다녔다. 어쩌면 진짜로 원고를 써서 영화평론가가 될 수 있을지도 몰랐다. 도시 공포와 관련된 영화의 공간적 특징에 관해 쓰면 어떨까. 도시는 비어 있으면 안 된다. 거주민이 없는 도시는 아픈 도시이고, 두려움의 대상이다. 도시에는 사람들이 있어야 하지만, 또 사람이 너무 많으면 안 된다. 인구 과잉의(가령 좀비떼로 인한) 도시 역시 마찬가지로 섬뜩하다. 유니엘 마타의 영화는 도시가 텅 비고, 아직 조사가 이루어지지 않은 지역이 숨죽인 채 기다리고 있을 때, 아니면 도시가 들끓고, 그 숨겨진 지역의 주민들이 봉기하여 자기들도 봐달라고 아우성칠 때 가장 공포스러웠다. 클레어의 남편이라면 이런 관찰과 소견은 초보적인 수준이라고 하겠지만, 그녀도 어디서든 시작은 해야 하니까.

말레콘과 혁명광장과 고급 호텔이 올라가고 있는 센트럴공원에 또 한번 들른 후, 클레어는 람파리야 대로에서 커피를 마시며 잠시 휴식을 취했다. 야외 파라솔 그늘에 앉아 있는데 인도를 걸어가는 아를로가 보였다. 그는 작은 케이크가 들어 있을 법한 장방형 종이 상자를 들고 있었다. 클레어는 그의 이름을 소리쳐 부르며 손을 흔들어 같이 앉자고 청했다.

그 안엔 뭐가 들었어요? 클레어가 물었다.

별거 아녜요. 아를로는 자리에 앉으며 상자를 의자 밑으로 보이지 않게 밀어넣었다. 영화제 일을 하는 중이에요.

웨이터가 왔고 아를로는 맥주를 주문했다. 스태프 신분증은 티셔츠 안으로 집어넣었지만 옷 아래로 네모난 플라스틱의 윤곽이 비쳤고 목에 걸린 검은색 끈이 보였다.

왼손잡이로군요, 아를로가 말했다.

그는 스푼을 들어 클레어의 손등을 가볍게 두드렸다.

우리 아버지 말에 의하면 왼손잡이들은 어머니 자궁에서 같이 살던 형제자매가 있었던 거래요. 근데 자기 쌍둥이를 흡수해버리면서 그 과정에서 모든 게 뒤집혀 왼손잡이가 된 거죠. 우리

아버진 왼손잡이를 쌍둥이 잡아먹은 사람이라고 불러요. 저한테는 자궁에 있을 때 왜 쌍둥이 누이를 흡수할 생각을 못했느냐며 안타까워하시죠.

그들이 앉아 있는 곳 맞은편 건물에는 여자 얼굴을 그린 벽화가 있었고, 여자의 머리카락은 보라색 밧줄이었다. 그때 건물의 창문이 열리면서 여자의 머리 한옆에 푹 꺼진 공간이 생겼다. 그 옆 가로등 밑에서 몸을 단단히 말고 열기를 피해 자고 있는 작고 하얀 강아지는 눈 밑 털이 구릿빛으로 물들어 있었다.

뭘 쓰고 있어요? 아를로는 펼쳐놓은 가이드북과 뚜껑 열린 펜을 고갯짓으로 가리켰다. 클레어가 유니엘 마타의 영화에 관해 쓰고 있다고 하자, 아를로가 코웃음을 쳤다.

공포영화는 관객을 겁준다고 주장하지만 실제로 하는 일은 정반대죠.

그럼 난 겁이 많은가보네요, 클레어가 말했다. 그녀는 유니엘 마타의 뱀장어가 생각날 때마다 몸서리쳤다.

아를로는 사람들이 불안을 예상하며 공포영화를 보러 가고, 그래서 진정한 불안은 불가능에 가깝다고 말을 이었다. 진정한 불안은 예상을 할 수 없는 것이기 때문이다. 관객은 공포에 끝이 있다는 걸 알기에 비명은 그저 유희일 뿐이다. 관객의 공포는 상품이다. 모조품이고 일회용이다. 물론 그런 특징들이 그 장르를 그토록 수익성 있게 만들긴 했다.

아를로가 다큐멘터리 제작자임을 감안하면, 그런 시각은 놀라울 게 없었다. 클레어의 남편은 이상적인 영화는 의식과 무의식 사이에 존재한다고 쓴 적이 있었고, 클레어에게는 그것이 진정한 공포의 영역으로 보였다. 공포는 경계선 위에 놓인 장르였고, 중간에 낀 장르였다. 클레어가 이미지란 어떤 것이든 조작될 수 있으며 공포영화는 매우 특수한 종류의 조작일 뿐이라고 지적하자, 아를로는 영화를 찍는다는 건 조작을 한다는 것이며, 그 두 가지 행위는 구분될 수 없다고 답했다. 렌즈에 중립은 없다. 그러나 감독은 관객의 세상과 스크린의 세상 사이에 있는 얇은 막을 더욱 얇게 만드는 것을 목표로 삼아야 한다. 그는 한 러시아 평론가가 '진실성의 충격'에 대해 한 말을 인용하며, 가령 배경이 시골인 어떤 영화를 보고 피부에 내려앉은 흙먼지를 맛본 듯한 기분으로 극장을 나서지 못한다면 그런 영화에는 아무 흥미가 없다고 말했다. 그러면서 공포영화의 목적은 정반대라고 했다. 관객이 안전하다고 느낄 때까지 피칠갑을 하고, 세상과 스크린 사이의 막을 두껍게 만드는 것.

반면에 다큐멘터리는, 아를로가 말했다. 다큐멘터리는 설득의 장르죠.

그럼 당신이 기획한 다큐멘터리는 조명 기구에 관한 건가요,

아니면 자살에 관한 건가요? 클레어가 말했다. 어느 쪽?

그 두 가지 주제가 서로 관련이 없다고 누가 그래요?

나는 그 연관성이 뭔지 모르겠어서요. 설명을 해줄 수 있나요?

아를로는 그 둘의 관계가 카페에서 설명될 수 있는 거라면 영화로 만들 필요도 없을 거라고 답했다.

미국인들은 확실한 대답을 좋아하죠, 클레어는 자기 나라의 국민성을 두고 농담을 시도했다. 우린 단순한 얘기를 좋아해요.

땅덩이가 크고 호기심이라고는 없는 모국이 클레어는 종종 낯설게 느껴졌다. 상상력이 부족한 공약들과 유해한 애국심, 불편한 것과 복잡한 생각에 대한 엄청난 반감(남편 형제의 죽음만 해도 클레어에게 진부한 위로의 말에 대한 혐오감을 심어주기에 충분했다—지금 우리 삶이 엉망이고 상황이 언제 나아질지 정확히 알 수도 없다, 라고 말하는 게 뭐가 그리 힘들다고?), 실제로는 그렇게 행동하지도 않는 주제에 정의의 사도로 인식되길 바라는 욕망. 한편으로 미국은 클레어가 살아본 유일한 나라였고, 그래서 언제나 자신이 속해 있는 대상, 자신을 만들어낸 대상에 대해 우월감을 느낀다는 게 얼마나 솔직하지 못하고 심지어 위험할 수 있는지 잘 알고 있었다.

옆 테이블에 스페인 가족이 자리를 잡았다. 잘생기고 무심한 십대 아들 세 명에 둘러싸인 엄마가 메뉴판으로 부채질을 했다.

아들 셋 다 제 엄마보다 머리 몇 개가 더 컸다.

미국 어디서 왔어요? 아를로가 말했다. 물어본 적이 없네요.

이미 클레어는 사람들에게 뉴욕에서 왔다고 말해봤는데, 뉴욕시티가 아니라 뉴욕 북부라는 걸 알고 나면 다들 실망했다. 플로리다라고 했을 땐, 그게 노스플로리다를 뜻하고 그녀가 마이애미에 대해선 거의 아는 게 없음을 알고 나면 실망했다. 이번에 클레어는 망설이지 않았다.

네브래스카요.

네브래스카는 어때요?

네브래스카에 대해 알려달라는 건가요?

네, 아를로가 말했다. 네브래스카에 관해 간략히 듣고 싶어요.

네브래스카에 관해 얘기해달라는 요청은 처음이었고, 막상 그런 요청을 받자 클레어는 자신이 거짓말할 준비가 되어 있지 않다는 것을 깨달았다. 클레어의 출장 일정은 철새의 이동 패턴 같았다. 호텔과 공항과 사무실만 차례대로 돌았고, 사전에 조율되지 않은 만남의 여지는 거의 없었다. 네브래스카에 사는 사람들을 숱하게 만났지만, 그들과의 대화 주제가 엘리베이터를 벗어나는 경우는 극히 드물었다. 하지만 링컨에 있는 특정 호텔의 카펫냄새는 아주 선명하고 상세하게 묘사할 수 있었다. 일리노이에는 클레어가 '세계 최대'라고 부르는 고속도로 구간이 있었다.

거기서는 세계에서 가장 큰 골프티와 풍경風磬과 흔들의자를 광고하는 표지판을 차례로 지난다. 유사시에 클레어는 신용카드와 신발 뒷굽으로 자동차 앞유리에 낀 얼음을 긁어냈다. 공항 내식당과 술집에 자기만의 순위를 매겨두었다. 클레어는 그 지역의 단기 순회 여행에 빠삭했고, 기상이나 기체 결함이나 승무원 실종이나 폭탄 테러 위협 등으로 순회 일정에 문제가 생겨도 만일의 사태에 대비한 계획이 있었다. 그러나 그 순회 여행의 바깥은, 그냥 미지의 세계였다.

미국도 참 가지각색이야, 클레어는 리처드에게 여러 번 얘기했다.

그럼에도 각각의 지역을 깊이 있게 조사해본 적은 한 번도 없었다. 모국의 호기심 없는 성격에 클레어 역시 감염된 것이었다.

아를로가 주문한 맥주가 왔다. 그는 맥주를 한 모금 마셨다.

그래서 어떤데요? 그가 물었다.

클레어는 옥수수밭으로 이야기를 시작했다. 바람 부는 날 옥수수의 움직임은 지구상 그 어느 것보다 아름답다. 해바라기밭과 밀밭도 있다. 그 밭들 여기저기에 산재한, 거대한 탄환처럼 생긴 은빛 곡물 저장탑. 원통형으로 말아놓은 건초 더미에 엉덩이를 꼭 붙인 밤색 말들. 네브래스카의 어느 지역에 가느냐에 따라 초원도 있고 사구도 있다. 도시는 웅크린 모습이고 잿빛이다.

겨울에는 무척 춥다.

난 패스할래요, 아를로가 말했다.

클레어는 커피잔을 들었다.

난 좋아해요. 아름다운 곳이죠.

네브래스카가 그렇게 아름답다면, 아를로가 말했다, 당신은 여태 여기서 뭘 하는데요?

피부에 닿은 도자기 잔의 손잡이가 뜨거웠다. 너무 급하게 커피를 도로 내려놓는 바람에 잔이 덜그럭거렸고 하마터면 엎지를 뻔했다.

귀국행 비행기를 포기한 후 며칠 동안 클레어는 부재하는 것들에 대해 숙고했다. 비행기에 탄 그녀 몸의 부재, 기내 창문에 기댄 얼굴의 부재, 조종사의 의도에 관한 비관적 짐작으로 공포에 사로잡힌 마음의 부재. 완성된 원을 깨뜨리지 않은 삶과 이끌림을 거부하고 돌아선 삶의 부재.

남편이 여기 있거든요, 클레어가 말했다.

큰 소리로 그 말을 뱉고 나니 머리가 몸에서 깔끔하게 떨어져 나간 기분이었다.

아를로는 클레어가 무슨 음란한 얘기라도 내뱉은 것처럼 눈썹을 치키며 몸을 앞으로 기울였다. 그는 두 손을 모아 손가락 끝을 마주댔다. 남편분이 어디 있다고요?

클레어는 리처드가 여기 아바나에 있다고 말했다. 남편을 언급한 건 이번이 처음이고, 결혼했다는 언급 자체가 처음이며, 따라서 지금 그 말이 매우 이상하게 들릴 것임을 그녀는 알고 있었다. 아를로는 테이블 위의 맥주잔을 빙그르 돌렸다. 뭔가 얘기하려다 그냥 입을 다물었다. 말이 잠깐 끊기는 것은 구멍이다. 대화에 끊김이 너무 많으면 그 구멍이 넓어져 협곡이 되기도 한다. 아마도 아를로는 클레어가 또 게임을 하고 있다고 생각했을 것이다. 리즐이라는 이름의 여자인 척 게임을 했던 것처럼.

아를로는 맥주잔을 비웠다. 그런 다음 상자를 집어들고 자리에서 일어났다. 그는 손바닥을 펴고 상자를 아주 조심스럽게 그 위에 올렸다. 안에 뭔가 깨지기 쉬운 것 혹은 위험한 것이 든 게 분명하다고 클레어는 확신했다. 아를로는 파라솔 그늘에서 걸어나가, 안전거리를 확보했다. 그리고 클레어를 아래위로 훑어보더니 자기 말을 오해하지 말아달라고 했다. 언짢게 듣지는 말라면서, 그가 참견할 일은 아니지만, 남편을 진지하게 생각한다면 원피스를 입어보는 게 어떻겠냐고 했다.

이튿날 아침 클레어는 오래오래 시원하게 몸을 씻었다. 욕조가 좁아서 다리를 구부리고 있어야 했다. 살짝 늘어진 배와 털이 헝클어진 허벅지 사이를 내려다보았다. 그 헝클어진 검은 부분을 가볍게 토닥이며 자신이 역사의 다른 순간에 살고 있다고 즐거운 상상을 하기도 했다. 다리와 겨드랑이의 털을 밀었다. 아를로의 조언에 따라 딱 한 벌 챙겨 온 원피스를 입고 지퍼를 올렸다. 캡 소매가 달린 노란색 아일릿 여름용 원피스였다. 치맛단은 종아리 중간까지 내려왔고, 그게 그나마 다행이었는데, 클레어는 늘 자기 무릎이 못생겼다고 생각했기 때문이다. 게다가 발목도 너무 굵고, 왼쪽 복사뼈 주위로 굵은 자주색 혈관이 툭 불거졌다. 어떨 때 보면 혈관이 피부를 뚫고 나올 것 같다는 생각이 들었다. 클레어는 손톱에 낀 때를 긁어내고 볼에 로션을 발랐다.

아르마스광장에서 클레어는 『하트 크레인 시선집』을 샀다. 그리고 베다도로 돌아와 리네아 거리를 따라 공장 전시관까지 쭉 걸었다. 전시관은 저녁때 사람들이 몰리고 낮에는 문을 닫아서 그 블록 전체가 조용했다.

클레어는 천천히 강을 건넜다. 어쩐지 스스로가 자기답지 않다고 느꼈다.

미라마르에서는 곧장 그 카페로, 암청색 파라솔이 모여 있는 작은 바다로 갔다. 리처드는 그곳에 있었고, 신문을 읽는 중이었다. 클레어는 테이블 위에 놓인 물건들에 주목했다. 크림이 든 은색 주전자, 파란색 설탕 단지, 읽지 않고 버려둔 신문 섹션. 사소한 것 하나 놓치지 않았다. 비록 아직 남편은 클레어의 존재를 알아차리지 못했지만, 로션과 땀으로 불타는 듯한 양볼과 깨끗한 손톱에 아일릿 원피스를 차려입은 클레어가 파티오에 올라섰을 때 고개도 들지 않았지만.

클레어는 남편 바로 옆 테이블의 대나무 의자에 앉았다. 시집을 펼쳤다. 바다가 지키는 전설적인 망령에 대한 시구를 읽고, 바다가 지키는 망령이라는 개념이 절묘하다고 생각했다. 이제부터라도 시를 좀더 읽어야 하나 싶었다.

웨이터가 오자 클레어는 카페콘레체와 플랜 파이를 주문했다. 맞은편 파티오에서는 두 여자가 프랑스어로 다투고 있었다. 자세한 내용을 알아들을 정도로 거리가 가깝지는 않았다. 여자들은 마주보고 앉았고, 긴 구릿빛 다리를 창처럼 쭉 뻗고 있었다. 한 명이 테이블을 쾅 치는 바람에 작은 접시가 타일 바닥에 떨어져 하얀 파편이 흩어졌다. 아마씨색 콧수염을 기른 정장 차림의 남자가 옆구리에 신문을 끼고 뚜벅뚜벅 파티오에 올라오더니 싸우는 여자들 근처 자리를 골랐다. 가까이서 보니 얇은 입술에 입꼬리가 처진 얼굴이었다. 클레어의 아버지처럼 이마가 넓었다.

웨이터가 돌아왔다. 클레어는 책을 내려놓았다. 커피에 혀를 데었다. 플랜 파이는 달콤한 민달팽이처럼 목구멍 속으로 미끄러져 들어갔다. 나무를 상상하는 여인과 변화무쌍한 파란 하늘에 대한 시를 읽었다. 무엇을 뜻하는지는 알 수 없었지만, 황량한 들판에 있는 여인과 여인 앞에서 자라나는 나무의 이미지를 떨칠 수 없었다. 나무는 진짜 같아 보이지만, 정말 그럴까? 만약 그 나무에 오를 수 있다면, 그건 진짜일까? 나뭇가지에서 나뭇잎을 딴다면, 그건 진짜일까? 시험해볼 옳은 방법은 뭘까?

리처드가 신문에서 시선을 뗀 것은, 그리고 그 시선의 무게가 클레어의 어깨에 새처럼 내려앉은 것은, 아까부터 싸우던 프랑스 여자들 때문이었을 것이다. 리처드의 시선을 느낀 클레어는 움직이지 않았다. 주변의 소리 하나하나가 증폭됐고, 아바나에서 그녀는 어느 것 하나 허투루 흘려보낼 수 없었다. 살인자가 그녀에게 몸을 마비시키는 약을 주사해서 꼼짝달싹할 수 없는 거라고, 클레어는 혼잣속으로 말했다.

책장을 넘기자 사랑을 소변기 속에서 스케이트를 타는 불 꺼진 성냥에 비유한 구절이 나왔다. 그 시구가 검은 덩어리로 변해 파리떼처럼 눈앞을 맴돌았다.

하트 크레인은 오하이오주에서 태어났다. 그리고 멕시코만에서 스스로 목숨을 끊었다. 그의 아버지가 라이프세이버스 사탕[*]

---

[*] 구멍 튜브처럼 생긴 링 모양 사탕. 알사탕을 잘못 먹고 질식사하는 아이들 때문에 가운데 구멍을 뚫었다고 한다.

을 발명했다니 얼마나 아이러니한가.

웨이터는 목 깃털이 자줏빛인 비둘기들을 빗자루로 쿡쿡 찔렀다. 클레어는 고개를 돌려 리처드 쪽을 보며, 눈으로 쏟아지는 햇빛을 책으로 가렸다.

그를 향해 돌진하는 자동차가, 뜨겁고 눈부시게 작열하는 빛의 바다가 보였다.

당신은 죽었어, 클레어는 생각했다. 어떻게 그걸 잊은 거야?

클레어는 사랑하는 이들이 가짜와 바꿔치기됐다고 믿는 증후군에 대해 들어본 적이 있었다. 어쩌면 그 반대도 있을 것이다. 가짜를 진짜로 착각하는 증후군. 클레어는 그 병에 걸린 것이다. 하지만 눈앞의 그는 눈꺼풀에 희미한 주근깨 얼룩도 있었고 눈썹 위에 옅게 쉼표 모양의 흉터도 있었다. 어릴 때 형과 자전거를 타며 놀다가 사고가 나서 생긴 흉터였다. 두 형제 모두 자신들의 운명을 전혀 알지 못하던 시절이었다. 그런데 지금 보니 흉터가 더 옅었고, 코도 뭔가 조금 다르다는 걸 인정할 수밖에 없었다. 얼굴 위 코의 위치가 미묘하게 달라서, 아주 교묘히 성형수술을 받은 것 같았다. 그런 정도의 차이라면 지인들을 떨쳐버리기에는 충분할지 모르지만—지인들은 저 남자가 리처드를 닮긴 했지만 리처드는 아니다, 리처드는 죽었으니까, 하고 확신하며 마음을 놓을 터였다—클레어는 그렇게 쉽게 속지 않았다.

파티오에 앉은 클레어는 아일릿 원피스 속으로 땀을 줄줄 흘렸다. 안녕, 이라는 말이 두 귀 사이에서 들렸고, 그 인사말이 하늘 높이 떠가는 풍선처럼 입까지 두둥실 떠오르는 느낌이었지만, 목구멍의 축축한 피부에 걸려 찢어졌다.

리처드는 클레어에게 초점을 맞추려는 듯 눈을 가늘게 떴다. 나선형의 부드러운 가슴털이 햇빛에 엷게 빛났다. 그들의 저번 생에서, 클레어는 두 가지 다른 버전의 남편이 하나의 몸속에 살고 있음을 알아차렸다. 활기차고 건강한 청년을 볼 때도 있었고, 미래의 나이든 자아가 앞으로 나올 때도 있었다―관자놀이께가 희어지고 청바지 허리선이 살짝 굵어졌다. 클레어는 리처드가 그 과거와 미래의 유령들을 열심히 팔꿈치로 밀어내며, 현재 시제에 공간을 마련하기 위해 애쓰고 있다고 상상했었다. 파티오에서 그녀는 남편의 내면에서 전쟁을 벌이는 두 자아의 흔적을 살폈다.

프랑스 여자들은 서로 화해했고 이제 팔짱을 끼고 카페를 나서는 중이었다.

클레어, 그가 말했다. 남편의 죽은 입에서 나오는 자신의 이름을 듣다니, 발목이 막 절단된 것만 같은 느낌이었다. 혀를 가볍게 튕기고, 윗입술에 침을 묻힌다. 어려운 얘기를 꺼내기 전에 나오는 남편의 익숙한 버릇이었다.

클레어는 각오를 단단히 했다. 긴 침묵. 협곡.

리처드가 마침내 입을 열었다. 아바나에서 뭘 하고 있어?

두려워하던 질문. 그것이 마침내 그녀 앞에 왔다.

당신, 클레어는 말하지 못했다. 당신, 당신, 당신. 혀가 입안에서 꼼짝 않고 있었다. 팔이 납처럼 무거워지고, 손끝에 아무 감각이 없었다. 누가 그녀의 손을 얼음통에 집어넣었다. 클레어는 의자에서 스르르 미끄러졌고, 세상이 다시 보였을 때는 파티오에 누워 있었다. 아일릿 원피스 자락이 허벅지에 휘감겨 못생긴 무릎이 다 드러난 채로. 웨이터가 그녀 옆에 쭈그리고 앉아 메뉴판으로 부채질을 해주고 있었다. 남편은 시야 한구석의 작은 얼룩이었다. 속눈썹에 햇빛이 엉겨서 클레어는 눈을 깜박였고, 시야 가장자리에 두 개의 얼룩이 나타났다. 그녀의 남편과 정장 차림의 남자였다. 클레어는 웨이터의 부축을 받아 일어났다. 곧장 화장실로 가서 토했다. 고약한 냄새를 풍기며 헝클어진 머리로 밖에 나왔을 때, 정장 차림의 남자는 다시 신문을 읽고 있었고 리처드는 사라지고 없었다.

이번 생에서, 그들의 첫 만남은 그렇게 끝났다.

저번 생에서 둘의 첫 만남은 이렇게 시작됐다.

클레어는 시카고에 살고 있었고, 대학 도서관에서 사서로 일하며 앞으로 무엇을 하고 살면 좋을지 궁리하는 중이었다. 그녀의 고향과는 정반대인 내륙성 때문에 일리노이주의 지형에 매혹됐지만, 미시간호의 호숫가가 대양의 끄트머리로 느껴질 수도 있음을 곧 깨달았다. 그녀의 룸메이트는 늑대거북을 길렀고 곰팡이 알레르기가 있었다. 변기는 히스테리 환자 같았고 겨울이면 방은 아북극이었다. 그러한 단점들에도 불구하고 그 공간은 사치스럽게 느껴질 정도로 호젓했다. 시호스에서 살 때, 어머니가 살림채 현관에 '관계자 외 출입 금지!'라고 적은 종이를 압정으로 붙여두어도 손님들은 와서 문을 두드렸다. 한번은 웬 커플이 거실 창문으로 안을 들여다봐서 깜짝 놀랐다. 그들은 클레어가 안에 있는 것을 보고 미친듯이 유리창을 두들겨댔다. 어항에 든 물고기가 된 기분이었다.

너무나도 싫지만 없으면 안 되는 것—그게 바로 관광객들이었다. 클레어는 그 모든 낯선 이들의 존재가 자신을 바늘로 찌르는 듯한 느낌을 자주 받았지만, 비록 어린 나이였음에도 자신의 삶의 토대가 그들의 방문에 기반을 두고 있다는 것 역시 알고 있었다.

플로리다에 살던 시절, 클레어는 어머니의 성격이 거울처럼 반사면으로만 이루어져 있다고 생각하기에 이르렀다. 좀더 자세히 들여다보려 할 때마다 반사상 때문에 제대로 보이지 않았고, 표면에 잠깐씩 금이 갈 때 보이는 것은 대체로 무서웠다. 클레어가 어릴 때, 가끔 어머니는 한밤중에 슬그머니 클레어의 방에 들어와 침대 위로 올라와서는 딸과 등을 맞댄 채 흐느꼈고, 클레어는 조용히 숨을 죽였다. 마치 지금 일어나는 일은 그들 중 누구도 감히 알은체할 수 없는 비밀이라는 듯이—어른 여자가 된다는 의미가 그런 것이었을까? 시카고에서 클레어는 스물다섯이었고, 어릴 때 심장에 대고 눌러놓았던 얼음덩어리는 녹아내리는 속도가 아주 더디다는 게 입증되고 있었다. 그 해빙을 고대하고 있었음에도 두려움 또한 없지 않았다. 클레어는 가슴속에서 고동치는 붉은 장기가 온기를 띠며 겉으로 드러나는 상상을 하곤 했다. 한편 도서관은 두번째 자아, 은밀한 자아를 형성하는 데 최적의 장소였다. 고요 속에서 책을 선반에 꽂으며 보내는 기나긴 시간들. 클레어는 사람들을 거의 독립적인 파편으로만 인식하기 시작했다. 떨어진 연필을 주우려 책상 밑으로 내려온 팔. 음수대 위로 숙인 등. 스탠드의 주홍색 빛 아래 꼼짝 않는 손.

처음으로 플로리다를 떠나와서, 클레어는 젊은 여성이 되는 일과 관련해 그때까지 받아왔던 교육에 대해 재고하게 됐다. 클레어는 가장 귀중한 자산인 몸을 함부로 굴리면 벌을 받는 건 오직 시간문제라고 믿도록 교육받았다. 직설적으로 그렇게 말한 사람은 아무도 없었지만, 그 가르침은 절대 밤에 혼자 다니지 말라는 어머니의 경고와 평소에는 관대한 아버지가 데이트하러 나가는 딸에게 갑자기 강제하는 옷차림에 내재되어 있었다. 어깨가 드러나면 안 되고, 배도 드러나면 안 되며, 짧은 옷은 전부 다 안 된다. 별안간 자기 딸이 기후 때문에 피부를 드러낼 수밖에 없는 이곳 플로리다에 사는 사람이 아니라는 듯이. 피부의 존재가 딸을 영화관에 데려가는 남자애를 입에 담지 못할 끔찍한 방향으로 몰고 갈 수 있다는 듯이. 자판기 옆에서 손님이 클레어에게 치근댔을 때도 그건 반바지와 비키니 톱을 입은 클레어 탓이었다. 그자는 클레어에게 오 분에 백 달러를 제시했다. 공포영화에서는 헤픈 여자애들이 제일 먼저 죽는다. 클레어와 같은 고등학교에 다니던 한 여자애는 졸업 파티 때 강간을 당했다. 몸가짐에 대한 가르침은 당시 그애가 입고 있던 드레스―아주 가느다란 어깨끈, 가랑이를 가리는 둥 마는 둥 하는 치맛단―와 그애가 술을 얼마나 많이 마셨는지에 관해 수군거리는 말들에 내재되어 있었다.

강간범은 멀리 올랜도에서 온 다른 학교 학생이었고, 그 사실은 클레어의 부모에게 다시 한번 확신을 심어준 듯했다. 위험은 언제나 저 바깥에 있고, 밤의 경계를 따라다니며 소란을 피운다고. 집에서 가장 가까운 곳에 있는 위험에 대해서는 귓속말로라도 얘기해주지 않았다.

고등학교 졸업반 때 클레어는 밤늦게까지 남자애들과 음란한 대화를 하는 채팅방을 발견했고, 곧 그 남자애들―알고 보니 성인 남자일 때도 있었다―과 쇼핑센터 주차장이나 쇼핑몰이나 공원에서 만나기 시작했다. 집에는 스터디 모임에 간다거나 학교 친구들과 영화를 보러 간다고 거짓말을 했다. 거기서 만난 남자애 또는 성인 남자와 섹스를 한 적은 한 번도 없었다. 키스는 했다. 애무도 했다. 어느 타는 듯한 일요일 오후에는 K마트 주차장(그 시절엔 주차장이 목적지인 경우가 많았다)의 가장 외진 구역에서 입으로 했다. 어느 날 밤에는 크레센트비치에서 또다른 남자와 벌거벗고 수영했다. 물속에서 남자는 클레어의 젖은 머리칼을 얼굴에서 아주 다정하게 쓸어넘기며 이렇게 말했다. 지금 당장 널 강간할 수 있다면 얼마나 좋을까.

그러고는 웃음을 터뜨리며 물장구를 쳤다. 그냥 농담이랬다.

어둠 속에서 반짝이던 그의 치아. 파도를 가르는 하얀 물고기 같던 손. 넌 내가 어떤 사람이라고 생각하는 거야?

클레어는 땀을 흘리며 더딘 진도에 답답해하던 그 남자들을 뒤로하고 돌아왔다. 그녀의 몸은 털끝 하나도 다치지 않았다. 의기양양한 기분으로 집에 돌아왔다. 결국 저 바깥이 그렇게까지 위험하지는 않았다. 그녀는 몸을 함부로 굴렸지만 벌을 받지 않았다.

시카고에서 클레어는 그 어린 시절을 되돌아봤고 스스로에게 욕지기가 났다.

그때 클레어는 세상 물정을 전혀 몰랐고, 그건 순수함의 표시라기보다는 아주 특별한 형태의 아둔함이었다. 그 남자애들이나 성인 남자들 중 누구라도 그녀를 벌할 수 있었다는 끔찍함, 그들의 행위에 그녀는 완전히 무방비 상태였다는 사실의 끔찍함에 대한 이해가 전혀 없었다. 할 수 있었던 짓을 하지 않은 그들에게 감사한 마음이 들 정도였다.

대학교 3학년 때 노스플로리다의 어느 하우스 파티에서 남자친구와 싸우다가 놈이 클레어를 계단 아래로 밀친 적이 있었다. 남자친구의 얼굴이 낯설면서도 몸서리치게 익숙한 무엇으로 벌겋게 일그러지고, 그와 함께 진창으로 바뀌던 공기를 기억했다. 자신을 향해 날아오는 놈의 손을 바라보며 느낀 멍한 충격과, 깜짝 놀란 사슴처럼 얼어붙어 그 자리에 가만히 서 있던 자신의 모습을 클레어는 결코 잊지 못할 것이다. 클레어는 절뚝거리며 혼자 기숙사 방으로 돌아왔고, 아랫입술이 붓고 피로 끈적였으며 옆구리가 결렸다. 클레어는 곧바로 놈을 찼고 이후로 쭉 캠퍼스에서 그를 피해 다녔다―그도 못지않게 신중히 클레어를 피해 다녔다. 자기도 부끄러웠을 테니. 그동안 내내 위험은 저 바깥에 있는 게 아니었다. 위험은 그녀를 수업에 데려다주었고, 카페에서 그녀 바로 옆에 앉아 공부했고, 그녀의 침대에서 같이 잤다.

클레어는 집에 가서 부모에게 묻고 싶었다. 왜 아무도 나한테 말해주지 않았어?

시카고에서 클레어는 슈퍼마켓에 설치된 혈압계를 애용했다. 혈압은 정상이었다. 팔뚝을 꽉 조이는 게 왜 그리 좋은지 그녀 자신도 알 수 없었지만, 그 과정이 꽤 사색적이라고 느꼈다. 혈압계 앞에 얼마나 꼼짝 않고 앉아 있었던지 어떤 여자가 걸음을 멈추고 클레어를 마네킹으로 착각할 뻔했다며 말을 건넨 적도 있었다. 클레어는 리처드와 함께 처음으로 〈킬러스 키스〉를 봤던 그때를 다시 떠올리곤 했다. 마네킹 공장에서 두 남자가 도끼를 들고 싸우면서 벌거벗은 여자 마네킹들을 난도질하는 장면이 기억에 남았다. 클레어는 갑옷으로서의 비밀, 근본적 프라이버시로서의 비밀이라는 개념에 관한 이런저런 생각들을 발전시켰다. 리처드는 인생의 마지막 해에 침묵에 빠져들었지만, 클레어 안에는 이미 오래전부터 어떤 침묵들이 자리잡고 있었다. 그러니까 클레어는 그 두번째 자아, 은밀한 자아를 원했던 게 아니라, 달리 살아가는 법을 알아내지 못했을 따름이었다.

어느 해 여름 클레어는 캠퍼스에서 벌꿀색 머리칼의 키가 큰 남자가 자신을 따라다니고 있음을 알아차렸다—아니 따라다니는 게 맞나? 남자는 몇 블록을 따라오다가 갑자기 모퉁이를 돌아서 가버렸다. 괜한 착각이었나? 그러던 어느 날 오후, 착각이 아니라는 게 확실해졌다. 남자는 진짜로 클레어를 따라다녔다. 클레어를 따라서 근처 카페까지 왔고, 문가에 숨어 있다가 캠퍼스로 돌아가는 그녀의 뒤를 밟았다. 손가락과 발가락 사이에 흥건히 배어났던 땀을 클레어는 기억했다. 머리 위 구름은 하얗고 깔끔한 격자무늬를 그리고 있었다.

마침내 클레어가 소리를 지를 각오를 하고서, 달아나기 위해 필요하다면 남자의 얼굴에 뜨거운 커피를 끼얹을 태세로 휙 돌아섰을 때, 남자가 체포된 사람처럼 두 손을 들어올리며 말했다. 정말 죄송합니다. 제가 뭐에 씐 사람처럼 행동하고 있군요. 도서관 근처에서 당신을 본 뒤로 말을 걸고 싶었는데, 그러니까 인사라도 하고 싶었는데 도무지 방법을 찾지 못하다가 결국 이렇게 최악의 방법으로 말문을 트게 됐으니 저는 이제 망했네요.

긴장되면서도 설레게, 흥분되면서도 혹하게, 이 조우에 대한 느낌을 완전히 바꿔놓은 것은 다름 아닌 그의 미소였다. 한쪽 입매가 처진 수줍은 미소. 클레어는 보도 위 그 자리에서 폭소를 터뜨렸다. 완전히 예기치 못한 순간이었고, 그녀의 인생이 좀더 자유롭게 느껴지는 순간이었다.

남자의 홍채는 부드러운 초콜릿색이었고, 보는 사람의 위치와 빛에 따라 그 색이 변하기도 한다는 것을 클레어는 얼마 지나지 않아 알게 된다. 금빛이 도는 적갈색.

이거 정말 사상 최악의 첫 만남이 되겠는데요. 클레어는 터지는 웃음을 주체할 수 없어서 커피 컵을 내려놔야 했다. 서사시로 기록될 만큼, 역사에 길이 남을 만큼 나쁜 첫 만남.

맙소사, 하면서 남자는 두 손을 축 내려뜨렸다. 저도 알아요. 안다고요.

클레어는 여전히 웃고 있었고, 웃느라 거의 바닥에 주저앉을 뻔했다.

알고 보니 남자는 영화학 박사학위를 따기 위해 시카고에 온 학생이었다. 그는 클레어를 학교까지 데려다주고, 자기 전화번호를 건넸다. 나머지는 저절로 알아서 굴러갔다, 라고 몇 년이 지나 두 사람의 이야기를 할 때면 리처드는 말하곤 했다. 결혼에는 세 가지 면이 있다. 공적인 면, 사적인 면, 젠장-누가-알겠나 싶은 면. 살아가는 면, 연기하는 면, 우르르 쾅쾅 미스터리. 클레어가 연기하는 면에 대해 알게 된 것은, 리처드가 두 사람의 이야기를 할 때마다 자신이 클레어에게 마지막으로 털어놓은 고백을 빼먹었기 때문이었다. 그가 그녀에게 처음 접근한 방식이 분명 어처구니없었음에도 불구하고, 웃어젖히든 소리지르든 클레어에겐 당연히 그럴 권리가 있었음에도 불구하고, 클레어의 웃음에 그가 참담한 모멸감을 느꼈다는 고백. 클레어한테 전화가 오지 않기를 바랄 정도였고, 전화를 받고 나서는 너무 기뻐서 더욱 모멸감을 느꼈다는 고백.

남자들에게 모멸감이란 뭘까? 리처드의 고백을 들은 후 클레

어는 그것이 궁금했고, 모멸감에 마스크와 칼로 대응하는 살인
마들의 연이은 등장을 지켜보며 앞으로도 계속 궁금하게 된다.
모멸감이라는 게 원래 여자들이 더 받아들이기 쉬운 감정이었
나? 세상은 여자들이 그러한 감정에 더 익숙하기 마련이라고 우
기지만, 클레어는 그렇게 생각하지 않았다.

오후 두시에 클레어는 미라마르의 넓은 길을 따라 남쪽으로 걸었다. 프랑스 대사관과 네덜란드 대사관을 지나고, 키 큰 정문과 초록색 산울타리와 강풍에 시달리는 야자수가 있는 대저택들을 지났다. 바다는 그녀 왼편을 푸른 테두리처럼 감싸고 있었고, 파도가 밀려왔다가 쓸려 나가는 소리가 들릴 정도로 가까웠다. 클레어는 오래전 1900년대에는 말레콘의 방파제에 작게 굴을 파서 관광객들이 사생활을 보호받으며 바다에 몸을 담글 수 있는 공간을 제공했다는 이야기를 어딘가에서 읽고 플로리다의 호텔들을 떠올렸다. 그 호텔들은 공용 해변 일부의 점용권을 요구했는데, 공용 공간과 독점 공간을 동시에 누릴 수 있는, 내보일 수도 가릴 수도 있는 특별한 호사를 투숙객에게 제공하기 위해서였다. 클레어는 외벽이 햇빛에 바래고 작은 콘크리트 발코니가 딸린 어느 쇠락한 호텔을 지나쳤다. 그 발코니 중 하나에서, 웃통을 벗은 남자가 담배를 피우며 진입로에 시동이 걸린 채 서 있는 흰색 라다*의 지붕에 재를 날렸다. 라다의 후면 유리창 안에는 노란 택시 표지가 아늑하게 자리잡고 있었다. 클레어는 메모로 가득한 가이드북과 쌍안경으로 무장한 채 어느 병원을 찾아가는 길이었다. 병원은 흰색과 노란색이 섞인 건물로, 입구 계단 위에 둥근 콘크리트 돌출 처마가 달려 있고, 키 큰 창문들이 바람에 펄럭이는 쿠바 국기를 내다보고 있었다. 근처에서 담배 냄새가 났다. 자갈이 들어 있는 입식 재떨이 속에 아직도 타고 있는 담배가 놓여 있었는데, 담배 주인은 어디 있는지 보이지 않았다.

층고가 높은 로비에는 천장의 형광등이 시린 빛을 쏟아냈고 딱딱한 갈색 의자는 바닥에 드릴로 고정되어 있었다. 접수 직원은 수술복을 입은 간호사 한 명뿐이었고, 독서용 안경이 머리 위에 왕관처럼 얹혀 있었다. 클레어는 휴대폰을 꺼내 사진을 스크롤했다. 레스토랑에서 자신의 맞은편에 앉은 리처드의 사진이 있었다. 그래프턴 호수의 바위 위에 서 있는 리처드의 사진이 있었다. 혹시 이 남자를 보신 적 있나요?

---

* 러시아의 승용차 브랜드로, 쿠바에서 택시나 관용차로 많이 사용된다.

간호사는 잡지를 읽고 있었지만, 그 행위를 읽는다고 표현하는 건 적절하지 않은 듯했다. 간호사는 검은색 사인펜을 들고 페이지마다 사람들 얼굴에 동그라미를 한두 개씩 그렸다. 아주 신중하게 선을 그었다. 클레어를 쳐다보지도 않았다. 클레어의 스페인어가 정확하지 않았는지도 몰랐다. 그들 뒤에서 머리 몇 가닥이 하얗게 센 나이든 여인이 휠체어 탄 소년을 이리저리 밀고 다녔다. 소년은 눈 위쪽에 햇볕에 그을린 자국이 있었고, 휠체어가 잠시라도 멈출라치면 무시무시한 괴성을 내질렀다.

마침내 간호사가 고개를 들고 그래프턴 호수에서 찍은 리처드의 사진을 보았다. 간호사는 상체를 내밀고 화면을 터치해 사진을 확대했다. 그러면서 펠트로 된 사인펜 촉으로 관자놀이를 긁적였고, 그 자리에 검은 얼룩이 남았다.

봤을지도요, 간호사가 말했다.

그거 희소식이네요, 클레어가 말했다. 이 남자를 어디 가면 찾을 수 있을지 혹시 아세요?

간호사는 고개를 젓고 동그라미 그리기로 돌아갔다.

그 사람들 얼굴에 뭘 하고 계신 거예요? 클레어가 물었다.

간호사가 즉시 눈을 들었다. 이제야 관심이 동한 모양이었다.

나의 완벽한 얼굴을 만드는 중이에요. 간호사가 말했다. 처음부터 싹 다시 만드는 거죠.

수사관들이 결혼생활이 어땠는지 말해달라고 했을 때 클레어
는 자신과 리처드가 행복했다고 대답했다. 하지만 사실 그녀는
자신의 결혼이 행복하다고도 불행하다고도 생각하지 않았다—
그저 아직 끝나지 않았다고 생각했다. 두 사람은 이 년 동안 연
애했고 장난처럼 결혼했다. 그렇게 시험삼아 선택한 삶은 십여
년 동안 침대 속에서 서로 부비는 발, 쓰레기통 속의 피 묻은 치
실, 싱크대에 쌓인 커피 머그잔, 새벽녘에 자연스럽게 섹스를 하
고 그다음 한 달 동안은 하지 않는 것, 부엌 조리대 위에 놓인 잔
돈을 모아놓는 못생긴 도자기 그릇, 모든 결혼에는 팁 넣는 항아
리가 필요하다는 농담으로 이어졌다. 계단에서 서로를 뒤쫓아
오르락내리락, 주차장과 문간을 드나들며 왔다갔다, 현관 입구
의 구겨진 신발, 욕실 바닥의 축축한 목욕 수건, 베개 위 머리카
락, 한밤중의 식중독, '당신 꼭 그런 식으로 살아야 해?' 또는 '당
신이 없으면 나는 폭풍우 속에 밧줄 풀린 작은 배 같을 거야'라
고 말하며 가스불 위의 소스 팬 흔들기. 클레어는 지구상의 어느
누구보다 리처드를 잘 알았다. 전부 다 알았다. 아무것도 몰랐
다. 그 상황은 연 단위, 시간 단위, 분 단위로 달라졌다. 리처드는
초록 사과를 먹으면 입술이 따끔거렸다. 스트레스를 받으면 무

서울 정도의 열정으로 청소를 했다. 일이 잘 안 풀리면, 작년이 그런 경우였는데, 집의 모든 표면이 눈부시게 빛났고 집안에 소독약냄새가 진동했다. 심지어 음식에서도 화학약품맛이 날 지경이었다. 가장 최근에 클레어가 열이 났을 때는 리처드가 옆에 누워 젖은 수건으로 얼굴을 닦아주며 엄청나게 시원한 감각을 선사했다. 리처드는 식당에서 메뉴판의 목록을 손가락으로 짚어가며 주문하는 버릇이 있었다. 길에서 웬 남자가 클레어를 얼빠진 듯 바라보는 것을 알아차리면 이렇게 말했다. 아름다운 것은 숭배되어야 마땅하지. 그 말을 듣고 클레어는 이렇게 생각했지만 입 밖에 내지는 않았다. 나는 물건이 아니라 사람이야. 리처드는 대학 졸업식 때 단상 위를 걸어가며 담배에 불을 붙였다. 난생처음 피워보는 담배여서 그 직후에 덤불에 대고 속을 다 게워냈다. 그는 일출과 히치콕과 겨울 산책과 감초 사탕을 사랑했다. 클레어는 이런 식으로 무한히 나열할 수 있었지만, 타인을 안다는 것이 고정불변하는 상태가 아님을 이해했다. 안다는 것은 유동적이고, 말로 형언할 수 없고, 한계가 있지만 그 한계의 정확한 위치, 즉 앎이 끝나고 모름이 시작되는 지점은 보이지 않는다. 경계를 넘어선 다음에야 경계에 도달했음을 알게 된다.

클레어는 남편이 가끔 잠꼬대를 한다는 사실을 알고 있었다. 남편은 자다가 두 팔을 벌리며 일어나 앉고는 했다. 그리고 씻는 것처럼 한쪽 팔뚝을 문지른 다음 다른 쪽 팔뚝도 문지르면서 이렇게 말했다. 나 거의 다 씻었어, 거의 다 씻었어. 왜 한 번도 그가 잠의 풍경에서 빠져나올 때까지 어깨를 흔들어 깨운 다음 물어보지 않았을까? 뭔데? 무슨 얘기야? 뭘 씻어내려고 한 거야?

왜냐하면 클레어는 사생활은 보호되어야 한다고, 그것은 인간의 가장 근본적인 갑옷이라고 믿었으며, 꿈보다 더 사적인 것은 없기 때문이었다.

게다가 클레어는 너무 정직한 것, 너무 다 터놓는 것에 대해 의구심을 가지고 있었다. 커플 사이에 단 하나의 비밀도 없어야 한다고 주장하는 사람들은 정상이 아닌 것 같았다. 정직은 온갖 종류의 끔찍한 이름을 달고 나온다. 잔인함도 그중 하나이며, 지나친 정직함은 사람을 산산조각낼 수 있다.

병원 밖으로 나오니, 콘크리트 벽에 볼트로 고정된 파란 에텍사 공중전화 두 대와 그 주위에 흩어져 있는 각종 전단지가 보였다. 클레어는 콘서트 광고지 밑에서 트위드 정장을 입은 여자—웃음기 없는 얼굴에 동그란 안경을 쓰고 윤기 나는 머리를 틀어 올렸다—의 사진이 담긴 전단지를 발견했다. 클레어가 이해하기로 이 여자는 대략 '양자물리학과 내세來世'라는 제목으로 대학에서 세미나를 진행하고 있었다. 다음 세미나는 내일 오후였다. 클레어는 세미나 시간과 장소를 휴대폰 카메라로 찍었다.

클레어는 대학에서 전단지 속의 여자를 찾아냈다. 여자는 창문 없는 강의실의 칠판 앞에 서서 방정식을 휘갈겨쓰고 있었다. 클레어는 뒷모습만으로도 트위드 치마 정장과 단단히 틀어올린 머리를 알아보았다. 교수는 검정 펌프스와 함께, 이 더위에도 스타킹을 신고 있었다. 클레어가 스페인어로 인사하자 교수는 분필을 내려놓고 홱 돌아섰는데, 손바닥이 귀신처럼 새하얬다. 교수가 두 손을 치마에 문질러 가루를 떨어내자 자그마한 구름이 피어올랐다. 교수는 영어로 말했다. 몇 달 동안 이 세미나에 참석한 학생이 한 명도 없었는데. 도대체 어떻게 알고 왔어요?

클레어는 전단지를 보고 왔다고 열심히 설명했다. 여자는 자신이 베레스니악 교수라고 밝혔다. 교수는 먼지 구름을 뚫고 나와 안경을 추켜올리고, 클레어에게 자기 앞에서 다시는 그런 끔찍한 스페인어로 말하지 말라고 했다. 스페인의 언어와 관련해 완벽한 수준에 도달하지 못한 것은 무엇이든 자신의 귀에 대한 모욕이라면서.

클레어는 칠판 위의 방정식 회오리를 쳐다보았다. 저런 걸 이해하는 사람이 있다는 게 믿기지 않았다. 클레어는 교수에게 아무도 오지 않는 세미나를 계속 진행하는 이유를 물었고, 교수는 이 세미나는 일종의 커뮤니티 서비스여서 사람들은 그녀가 공동체의 이익에 봉사한다고 생각하지만, 실은 그녀 자신의 이익에 봉사하는 거라고 답했다.

예전 학생들은 내 교수법이 이상하다고, 어떨 때는 심리적으로 불안을 야기한다고 하더군요, 교수가 말했다. 뭐 그런 얘기를 들었습니다.

난 이미 이상한걸요, 하고 클레어는 속으로 생각했다. 그리고 스스로가 보기에도 이미 심리적으로 불안한 상태이기도 했다. 베레스니악 교수는 클레어가 이 세미나에 흥미를 잃고 자신의 오후에서 꺼져주기를 바라는 인상이 역력했다.

마침내 교수가 한숨을 내쉬고 말했다. 제 방으로 갈까요?

클레어는 교수를 따라 복도를 내려가 이전에 청소용품 창고의 문이었음직한 아주 좁은 문으로 들어갔다. 교수의 사무실은 작은

원탁과 밤색 나비 의자* 두 개로 공간이 거의 다 찼다. 스테인드
글라스 갓을 씌운 램프가 불을 밝혔다. 벽면은 붙박이 책장으로
빈틈없이 메워져 있었다. 오래된 뻐꾸기시계가 시간을 알렸다.
아주 작은 문이 열리고, 붉은 부리의 노란 새가 허공을 쪼았다.

베레스니악 교수는 정부에서 대학의 에어컨 사용을 하루 한
시간으로 제한하라는 지시를 내렸다고 했다. 심지어 여름에도.
애국심이 부족한 학자들이 더위에 땀을 흘리다 죽어서 싹 뿌리
가 뽑히기를 바라는 마음인 것 같다고 그녀는 말했다.

사람들은 이런 식으로 말하면 안 된다고 말리지만, 때가 됐다
는 거죠, 내 말은. 때가 됐습니다. 교수가 덧붙였다.

베레스니악 교수는 정장 재킷을 벗고 이어서 블라우스도 벗었
다. 매우 신중하게, 진주 단추를 한 번에 하나씩 공들여 끌렀고,
벗은 재킷과 블라우스는 의자 등받이에 걸쳐놓았다. 교수는 컵
사이즈가 크고 어깨끈이 달린 하얀 브래지어를 입고 있었다. 자
리에 앉자 갈비뼈 밑에서 살이 접혔다.

난 접힌 살이 정말 혐오스러워요, 교수가 말했다.

클레어는 교수 맞은편에 앉았고, 책장이 그들을 빙 둘러 에워
쌌다.

---

* 철제 프라임에 천이나 가죽을 씌워 만든 단순한 형태의 안락의자.

자, 그럼 무슨 얘기를 해볼까요? 교수의 어조는 커리큘럼을 제공하는 쪽이 클레어임을 분명히 했다. 두 사람 사이에 놓인 테이블에는 이가 나가고 손잡이가 깨지고 커피 찌꺼기로 바닥이 까맣게 변색된 다양한 머그잔들이 있었다.

내세라는 게, 클레어는 입을 열었다가 도로 다물었다. 쉽게 꺼낼 수 있는 이야기가 아니었다.

그 어느 곳이란 게 어디인가요? 클레어는 돌려 말했다.

뭐라고요?

어느 곳이요.

그거 과학 용어 맞아요?

톨스토이예요.

아, 네, 톨스토이. 무정부주의자. 러시아 비밀경찰의 감시 대상. 그 가엾은 안나 카레니나를 기차 앞에 뛰어들게 만들어놓고 자기도 똑같이 기차역에서 사망했죠.

베레스니악 교수는 안나 카레니나가 실존 인물인 것처럼 말했다. 그녀의 스타킹은 아주 낡아 보였다. 발목과 무릎 둘레가 헐렁하게 늘어졌다.

몇 년 전에 한 연구가 있었습니다, 교수가 말했다. 태어날 때부터 시각장애인이었으나 임사 체험을 한 후 그 체험 과정에서 눈으로 본 온갖 것들에 관해 얘기한 사람들에 대한 연구였죠. 빛,

해양, 오래전에 죽은 조상, 돌과 곤충의 변천사, 저 아래 생명이 결여된 채 누워 있는 자신의 몸.

클레어는 고개를 끄덕이며 교수가 계속 얘기하길 기다렸지만, 교수는 거기서 그쳤다.

저기, 클레어가 말했다. 그게 무엇을 입증하는지 잘 모르겠는데요.

기초적인 생태중심주의요! 교수는 벌써 인내심을 잃었다. 아마도 한동안 학생들과 교류가 없었던 듯했다.

잘 들어요, 교수가 말을 이었다. 우주의 모든 가능성은 동시에 발생하지만 우리 인간들은 너무 제한적이어서, 너무나도 제한된 존재라서, 우리의 의식이 그 모든 가능성을 단 하나의 가능성으로 납작하게 눌러버리는데, 그게 이른바 생生이라는 겁니다.

클레어는 그게 우리 자신의 다양한 버전이 동시에 여러 장소에 존재한다는 의미인지 물었다. 클레어는 자신이 알던 리처드, 더이상 살아 있지 않은 리처드와 구별할 수 없는 도플갱어 리처드 십여 명이 제각기 다른 도시를 돌아다니는 모습을 상상했다.

틀렸어요! 베레스니악 교수는 치마에서 작은 보푸라기 뭉치를 뜯어내며 말했다. 우리 두뇌가 그런 개념을 이해하려면 시간에 여러 제한을 두어야 합니다. 죽음이 그런 제한 중 하나죠.

리처드는 자기가 죽으면 어떻게 해달라는 얘기를 전혀 남기지 않았다. 장의사가 장례식 전에 그의 시신을 염습하는 과정을 자세히 설명해주었다. 시신을 씻긴다. 체액을 외과적으로 제거한다. 방부 처리제를 경동맥에 주사한다. 시신을 다시 씻긴다. 장례식은 그들이 한 번도 가본 적 없는 교회에서 치러졌고, 설교는 만나본 적 없는 목사가 했다. 시어머니가 그렇게 하자고 주장했다. 목사는 클레어에게 그녀가 느끼는 고통에 대해 하느님께 감사드려야 한다고 했다. 그 고통이 사랑의 증거라면서. 그 말에 클레어는 제단에 침을 뱉고 싶었다.

몇 달 전, 클레어의 아버지는 자신의 바람을 천명했다. 화장을 하고, 재는 플로리다에서 멀리 떨어진 캘리포니아의 자기 고향 마을에 뿌릴 것.

베레스니악 교수는 치마 밑단에서 풀린 실오라기를 잡아당기며, 자신의 어머니는 쿠바인이고 아버지는 러시아인이라고 말을 이었다. 그녀 역시 젊은 시절 모스크바에서 삼 년간 물리학을 공부했다. 러시아 겨울의 추위는 두 번 다시 겪고 싶지 않다. 오빠가 한 명 있는데, 그는 쿠바 밖을 나가본 적이 없다.

오빠는 평생 동안 아주 평범한 젊은이에 불과했다고, 교수는 실오라기를 손가락에 감으며 말했다. 그는 1973년에 올긴에서 목숨을 잃었다. 살해당했다.

살해당했어요, 교수가 재차 말했다.

교수는 자신의 부모가 오빠를 도울 수 있었음에도 아무것도 하지 않기로 선택했다고 덧붙였다. 지금은 두 분 다 돌아가셨고, 솔직히 말해서 부모의 의식이 이 세상에 영원히 살아서 존재한다는 게 화가 나며, 마음 같아서는 그들의 자취가 몽땅 뿌리 뽑혔으면 좋겠지만, 과학적 실체를 무시할 수는 없다고 했다.

반면에 우리 오빠는 말이죠.

교수는 치마에서 실을 깔끔하게 제거했다. 그녀 입 주변의 희미한 붉은 기는 립스틱의 끈질긴 흔적이었다.

교수가 말했다. 오빠의 경우엔 동시다발적인 가능성을 생각하면 기쁩니다. 그러니 계속해보죠. 동시다발적인 가능성들에 관해서.

클레어는 신중히 어휘를 고르며 말했다. 하나의 가능성에서 다른 가능성으로 변모한 누군가를 알고 있다고 가정해볼게요. 그냥 그런 일이 가능하다고 가정해봐요. 그럼 교수님은 어떻게 하실 거예요? 어떻게 그들에게 가닿죠?

무언가를 해야 한다고 누가 그러죠? 베레스니악 교수는 윗입술을 문질러 붉은 기를 지우며 말했다. 다들 현재 자신의 육신과 그 속의 생명만이 자기 의식을 담을 수 있는 유일한 것이라고 생각한다는 게 신기하지 않아요? 외계인과 데자뷔와 환생의 가능성을 선뜻 믿어버리는 세상에서 말이에요. 사람들이 사라졌다

결코 돌아오지 않는 세상에서.

클레어는 '사라졌다'는 단어를 따라 말했고, 갑자기 어릴 적 자기 방으로 되돌아갔다. 고요한 한밤중에 클레어는 몸을 둥글게 말고 모로 누워 있고, 어머니의 떨리는 척추가 등에 닿는다. 그 조그만 사람이 되어 '사라짐'이라는 단어를 생각한다.

모두가 사라지고 싶어합니다, 베레스니악 교수는 이어서 말했다. 그 두 가지 충동은 분리될 수 없어요. 삶을 살아가고자 하는 욕망과 삶에서 사라지고 싶은 욕망. 세상은 살 만한 곳이 못 되지만 그래도 우리는 매일 그 속에서 살아갑니다. 아니, 살아가는 게 맞나요? 우린 모두 자기 자신을 아주 조금씩 지워가고 있어요. 음주, 공상, 비밀, 부정否定, 히스테리, 이중생활, 자살, 권태, 책략. 그런 것들은 우리가 사라지는 방법의 일부일 뿐이죠.

클레어는 의자 등받이에 깊숙이 기대앉았다. 땀방울이 옆구리를 타고 흘렀다. 시호스에서 그녀의 어머니는 사람들은 자신의 삶에서 도망치지 않으려고 휴가를 가는 거라고 늘 말했었다—일시적인 도피는 영구적인 도피를 예방할 수 있다.

한 가지 가능성을 당신에게 제시해보지요, 교수가 말했다. 그냥 농담삼아 들어볼래요? 당신은 자신이 가벼운 실존적 위기를 겪고 있다고 생각해요. 제가 가볍다고 얘기한 건, 진정한 실존적 위기는 그야말로 드문 일이니까. 그리고 미국인들은 남의 나라에서 자잘한 위기를 겪는 일을 정말 좋아하잖아요. 지금까지 태양 아래서 내내 흥청망청 술을 마시다가 갑자기 '관념론적 질문'을 하기 시작하지요.

남편이 죽었어요, 클레어가 말했다. 그리고 그전에 남편의 형이 죽었고요.

그다음엔 우리 아버지 차례가 그리 멀지 않고요.

그다음엔, 그다음엔, 그다음엔.

그는 흙에서 왔고 이제 흙으로 돌아갈 것입니다, 목사는 장례 예배를 집전하며 설교했었다.

교수는 브래지어 끈 밑에 손가락 하나를 넣었다. 우리에게 주어지는 '관념론적 질문'.

남편이 죽었어요, 클레어는 다시 한번 말했다. 이번에는 목청을 돋웠고, 자신의 목소리에 책장에 꽂힌 책들이 흔들리길 바랐다. 죽음은 사람들이 정당성 없는 행위를 하면서 자신이 정당하다고 느끼게 만들 수 있다. 세상에 그보다 더한 인신공격이 없고, 그처럼 심장에 곧장 날아와 꽂히는 독화살이 없다.

당신 남편의 육체가 죽은 겁니다. 베레스니악 교수가 기침을 했고, 드러난 뱃살이 출렁였다. 교수는 한 손으로 마룻바닥을 허둥지둥 가로지르는 거미의 동작을 흉내 냈다.

교수가 말했다, 남편분의 의식은 어디론가 가야 해요.

대학에서 나오니 또 오후 두시였다. 클레어는 세번째 호텔에 가서 백팩의 캔버스 천이 불룩해질 때까지 짐을 쑤셔넣었다. 가방 지퍼를 닫기 전에 마지막으로 그 하얀 상자를 티셔츠 소매로 둘둘 감싸서 잘 챙겨넣었다. 상자 밑에는 얇은 현금 봉투가 있었다. 수중에 남은 마지막 달러를 마침내 환전한 돈이었다. 클레어는 침대맡 협탁에 쪽지를 남겼다. 한동안 돌아오지 않을 거라는 느낌이 들었고, 누군가 클레어의 행방에 대한 단서를 찾으러 방에 들어왔을 때, 타국에서 실종되거나 죽은 채 발견되는 유의 여자라는 인상을 주고 싶지 않았다.

그날 오후에는 수고롭게 병원을 찾아가는 짓은 하지 않았다. 곧바로 다리를 건너 녹색 울타리로 둘러싸인 무성한 뜰이 있는 청록색 건물로 향했다. 가는 길에 말레콘에서 온몸에 금칠을 한 그 마임 배우를 다시 보았다. 남자는 하얀 양동이를 뒤집어놓고 그 위에 올라서서 동상으로 변신해 있었다. 줄무늬 스웨터를 입은 여자가, 남자의 옆구리를 미니어처 쿠바 국기로 슬쩍 찌르는 제 아이의 모습을 카메라에 담았다. 클레어는 내내 공중에 붕 떠 있는 기분이었다. 누가 그녀의 발을 가리키며 저거 봐! 저 여자 공중에 떠 있어! 하고 말하길 기다렸다. 길가에서 보니 청록색 건물은 호스텔이나 게스트 하우스임이 분명했다. 그물망 울타리에 낯익은 파란 닻이 그려진 흰색 플래카드가 걸려 있었다. 빈 흔들의자가 바람이 잠잠한데도 혼자 흔들거렸다. 빨간 투콜라 캔이 포치 가장자리에 놓여 있었다. 이 건물은 현대식이었지만, 그 주위를 저마다 다양한 파손 단계에 있는 광대한 부지의 바로크식 대저택들이 둘러싸고 있었다. 어느 집의 노란 전면부는 회색 막으로 코팅되어 마치 누군가 외벽에 정성 들여 재를 바른 것 같았다. 두 채는 보수공사중으로, 비계를 빙 둘러쳐놓았다. 높은 콘크리트 담장에 둘러싸인 학교가 그 블록 끝을 장식했다.

클레어는 인도를 흘긋 쳐다봤고, 분홍색 원피스에 플립플롭을 신고 머리를 뒤로 넘겨 금색 핀으로 고정한 여자와 눈이 마주쳤다. 여자의 손목에는 자그마한 캐러멜색 개의 목끈이 감겨 있었다. 클레어와 시선이 마주친 여자는 양쪽 입꼬리를 내리며 인상을 찌푸렸다. 개가 나무에 대고 한쪽 뒷발을 들었다. 클레어는 손을 흔들었고, 친근하고 무해한 인상을 주고자 이를 드러내며 씩 웃었다. 여자는 돌아서서 개를 끌고 가버렸다.

대문은 열려 있었고, 현관문도 잠겨 있지 않았다. 초인종 옆에 누가 덕트 테이프를 잘라 붙이고 그 위에 '체육관'이라고 써놓았다. 클레어는 투콜라 캔을 집어들었다. 비어 있었다. 현관홀은 어두웠다. 벽에서 축축하고 달콤한 냄새가 났다. 잎이 코끼리

귀처럼 생긴 거대한 식물이 이 빠진 화분에 심긴 채 외계 생물처럼 그녀를 내려다보았고, 사람 얼굴만큼 넓적한 초록색 이파리가 천장을 쓸었다.

일층에는 골목에 면한 방 하나밖에 없었다. 문은 잠겨 있었다.

클레어가 어릴 때 어머니는 해마다 9월이 되면 가방을 싸서 차를 몰고 떠나 한 달 동안 돌아오지 않았다. 어디 가는지 말하지 않았고, 돌아와서도 여행의 구체적 내용을 얘기하지 않았다. 한번은 캘리포니아까지 그 먼길을 운전해서 갔다. 한번은 멕시코시티에 갔다. 어머니는 여행중에 일요일마다 저녁 먹을 무렵 전화를 했다. 엽서는 딱 한 장씩만 보냈다. 포인트레이스에서. 그랜드캐니언에서. 아카풀코에서. 한번은 어머니가 없는 동안 아버지가 실수로 사무실에서 나오면서 열쇠를 안에 놔둔 채 문을 잠가버렸고, 아버지는 딸에게 잠긴 방문을 여는 법을 알려주었다.

클레어는 백팩을 열고 지갑을 찾아 꺼냈다. 신용카드가 결국 그렇게까지 쓸모가 없지는 않은 셈이었다. 클레어는 카드를 문과 문설주 사이의 빈틈에 밀어넣었다. 카드를 손잡이 쪽으로 틀었다가 빼냈다. 잠금쇠가 찰칵 소리를 내며 열렸다.

리처드의 방에서는 범죄 현장의 질감이 느껴졌다. 눈길 닿는 곳마다 뭔가 약간 어수선했다. 침대 위 이부자리가 흐트러졌다.

방바닥에 던져놓은 바지는 가랑이가 멋대로 뻗어 있었다. 전등
갓은 뒤틀렸고, 안쪽은 군데군데 누렇게 그을었다. 딱 하나 있는
의자는 주인이 급하게 일어난 듯 테이블에서 멀리 밀려나 있었
다. 창문 블라인드는 반쯤 올라간 채 삐뚜름하게 매달렸다. 침대
맡 협탁 위의 다이얼식 전화기는 수화기 연결선이 마구 꼬였다.
벽지는 습기 때문에 부풀어 떴다.

　클레어는 욕실을 살펴보다가 경첩이 녹슨 빈 구급함을 발견했
다. 젖은 빨간 양말 한 켤레가 샤워 커튼 봉에 널려 있었다. 고양
이 우는 소리에 클레어는 허겁지겁 방으로 되돌아왔다. 그녀는
검은색과 흰색이 섞인 고양이 도자기 인형 앞에서 걸음을 멈췄
고, 그것이 눈을 깜박이고 꼬리를 흔들고 로봇 같은 야옹 소리를
내며 움직이도록 설계되어 있다는 것을 알고 안도했다. 그녀는
고양이를 들고 흔들었다. 야옹, 야옹, 고양이가 길게 울었다. 클
레어는 다시 공중에 붕 뜬 느낌이 들었다. 고양이를 도로 내려놓
았다. 모든 표면이 불안하게 흔들렸다.

　고리버들 문이 달린 벽장이 침대를 마주보고 있었다. 문을 열
고 똑같은 슬랙스 세 벌을 옆으로 밀치니 안에는 아무것도 없었
다. 클레어는 벽장 안으로 들어갔고, 높이가 서 있을 정도는 아
니어서 바닥에 앉은 채 무릎을 세워 끌어안았다. 그리고 문 틈새
로 햇빛이 마루에 그림자를 조각하는 모습을 지켜보았다.

클레어는 한 손을 벽에 대고 눌렀다. 피부가 끈적했고, 리처드가 손바닥 모양의 땀자국을, 과열된 유령의 작품을 발견하는 장면을 상상했다.

뱃속에서 긴장감이 단단한 공처럼 뭉쳤다. 문이 쾅 닫히는 소리가 났다. 위층 방에서 덜컥거리는 발소리가 들렸다. 마치 누가 나무 덧신을 신고 쿵쿵대며 돌아다니는 것 같았다. 벽 뒤에 감춰진 수도관에서 물이 흘렀다. 소리 하나하나에 가슴속에서 심장이 잭나이프처럼 접혔다.

클레어가 열두 살이던 9월의 어느 날, 3급 허리케인이 잭슨 빌비치를 강타했다. 어머니는 그때 메인에 있었다. 시호스의 손님들은 대피했지만 클레어와 아버지는 집에 머물렀다. 가족 단위의 손님들이 비바람 속에서 차에 짐을 실으며 먹구름이 뒤엉킨 하늘을 자꾸만 올려다보던 모습을 그녀는 기억했다. 아버지와 함께 벽장이나 침대 밑에 숨어야 하는 게 아닌지 생각했던 기억도 있었다. 모래주머니를 받으러 함께 주민 센터에 가는 길에, 아버지는 그날 밤을 단둘이서 보낼 일은 없을 거라고 했고, 공교롭게도 정말 여자 손님 한 명이 뒤늦게 찾아오는 바람에 그 손님은 객실이 아닌 살림채로 들이게 되었다.

부녀가 주민 센터에서 돌아왔을 때 웬 여자 손님이 살림채 앞에 서 있었다. 여자는 마른 몸에 피부가 하얬고, 청바지와 검은색 레오타드 상의를 입고 있었다. 자세히 보니 맨발이었고, 그 태평함에 클레어는 깜짝 놀랐다. 플로리다에서는 원래 다들 맨발로 다니긴 하지만. 여자는 빨간 손수건으로 밤색 머리를 포니테일로 묶어 훤칠한 이마와 조개 모양 광대를 뽐냈다. 여자의 이름은 엘리스 마틴이었다.

살림채에서 아버지는 판자로 창문을 막는 작업에 착수했다. 클레어는 지금 거실에 서 있는 이 낯선 여자를 즐겁게 해주는 것이 자신의 임무임을 직감했다.

차가 고장났거든, 엘리스 마틴은 머리를 묶은 손수건을 매만지며 말했다. 마틴의 상의는 등이 깊숙이 파였고, 훅으로 조인 검은색 새틴 브래지어 끈이 그녀의 척추를 단단히 압박했다. 어깨에는 주근깨가 나 있었다. 그녀가 움직일 때면 살가죽 아래서 움직이는 척추뼈의 마디마디가 훤히 보였다.

우리 엄마 차도 고장난 적이 있어요, 클레어가 말했다. 새러토가스프링스에서요. 엄마가 트리플에이*에 전화했더니 다 알아서 해주더래요.

---

* 미국자동차협회(AAA). 회원들에게 배터리 충전, 타이어 교체 등 긴급 출장 서비스와 지도 및 여행 편의 서비스 등을 제공하는 비영리단체.

글쎄, 난 트리플에이에 가입하지 않아서. 엘리스 마틴이 말했다.

플로리다에서 지내는 건 즐거우신가요? 클레어는 어깨너머로 들어왔던, 어머니가 손님들한테 하던 말을 흉내냈다. 어머니는 손님들이 있으면 마침내 알맞은 각도로 내리쬐는 햇빛을 받은 꽃처럼 외향적으로 변하곤 했다.

날씨가 도와줬다면 더 좋았겠지, 엘리스 마틴은 발가락을 오므리며 말했다. 그리고 담뱃갑을 꺼내더니 거실 안에서 곧장 담배에 불을 붙였다. 마틴은 천장을 향해 연기를 내뿜고 클레어에게 걱정 말라고 하면서, 자기는 의사이고 담배의 해악에 대해선 잘 안다고 말했다.

클레어는 엘리스 마틴에게 필요하다면 문가에 있는 여분의 젤리 샌들을 신어도 된다고 얘기했다. 마틴의 발은 아주 작았다. 어쩌면 이 여자는 신발도 못 신고 민박집 앞에 나타날 정도로 절박한 상황이었을지도 몰랐다. 엘리스 마틴은 경멸의 눈초리로 한참 동안 젤리 샌들을 바라보더니 클레어에게 저 샌들은 흉측한 발명품이라고 말했다. 발을 짝짝 때리고 꼬집고 꽉 조이고— 저것보다 불쾌한 건 세상에 몇 없을 거라고 했다. 마틴은 발을 완전히 감싸는 신발이나 맨발을 선호했다.

클레어는 여기가 플로리다라는 걸 저 여자가 알고나 있는지 궁금했다. 플로리다에서는 아무도 샌들을 나쁘게 말하지 않았다.

한참 뒤에야 엘리스 마틴이 남쪽으로 몇백 마일 떨어진 포트세 인트루시에서 왔다는 걸 알았지만, 아마도 이 첫 만남 당시 마틴의 주소지는 어딘가 다른 곳이었을 것이다. 그날 저녁을 떠올리면 아버지의 망치질소리가 기억났다. 한 번에 창문 하나씩 어두워지던 살림채, 엘리스 마틴이 숨을 내쉴 때 그녀의 얼굴 위에, 그리고 짐작만 할 수 있을 뿐이지만 클레어 자신의 얼굴 위에 드리우던 어둠. 서서히 닫히는 입 속에 앉아 있는 기분이었다.

리처드가 방으로 돌아온 것은 저녁때였다. 그는 갈색 종이봉
투를 들고 왔다. 클레어는 벽장 문의 나무판 틈을 손가락으로 벌
리고 그 좁은 틈새에 눈을 갖다댔다. 그녀는 옷장에 걸린 슬랙스
의 바짓가랑이 사이에 쭈그려앉아 있었다. 널찍한 직물이 얼굴
양편으로 눈가리개처럼 내려왔다. 리처드는 머뭇거리지도 의심
하지도 않는 듯했다. 클레어는 자신의 존재를 제법 잘 숨겼다.

다이얼식 전화기가 울렸다. 리처드는 종이봉투를 흐트러진 침
대 위에 놓고 수화기를 들어 귀에 바짝 붙인 채 전화를 받았다.
검지로 협탁을 가볍게 두들겼다. 그는 말이 없었지만 그래도 대
화는, 모종의 의사소통은 계속되고 있었다. 공기의 밀도를 통해
알 수 있었다. 클레어는 물리법칙에 희한한 문제가 생겨 리처드

가 어떤 다른 미래로 훌쩍 날아와버렸을 가능성에 대해 숙고해보았다. 이 미래에서 리처드는 살아남아 아바나행 비행기를 탔지만, 동시에 이것은 그의 미래가 아니었다. 이곳에서 그는 다른 사람이었다. 이게 베레스니악 교수가 암시했던 것일까? 한 일 년은 물리학과 철학을 공부한 다음에 교수를 다시 찾아가봐야 할 듯 싶었다.

그때 리처드가 전화를 끊었고, 방바닥에 엎드리더니 침대 밑에서 검은색 더플백을 꺼냈다. 클레어는 움찔하며 어둠 속으로 움츠러들었고, 리처드가 벽장으로 올 거라고 확신했다. 금방이라도 그가 문을 휙 열 것이고, 그러면 그녀는 결심했던 대로 살인마처럼 괴성을 지르며 튀어나가는 수밖에 없을 것이다. 그러나 리처드는 더플백 안에 종이봉투에 든 내용물을 비웠다. 망고여남은 개가 쏟아졌고, 전부 푸릇푸릇하게 빛났다. 그는 욕실에 걸려 있던 빨간 양말과 비누도 가방에 넣었다. 여행가방을 꾸리는 모양이었다.

리처드는 짐을 그대로 침대 위에 둔 채 방을 나갔다. 라벤더색 구름이 하늘에 짙게 깔리면서 방이 그림자 속에 잠겼다. 클레어는 벽장에서 살그머니 나와 스탠드를 켰고, 비뚤한 갓이 밝아졌다. 방이 아까보다 더 작아진 느낌이었다. 기차표 한 장이 협탁 위의 스탠드 밑에 끼워져 있었다. 클레어는 갖고 다니던 가이드북에 출발 시각과 목적지를 적었다. 내일 아침, 시엔푸에고스. 가이드북의 지도를 찾아보니 아바나에서 백오십 마일가량 떨어진 남부의 해안 도시였다. 다이얼식 전화기가 또 울려대기 시작했고, 벨소리가 너무 우렁차서 작달막한 다리에 얹힌 협탁 상판이 부르르 떨렸다.

밖에서 무슨 소리가 났고, 얼른 내다보니 검은색 정장을 입은 남자가 건물 옆을 돌아서 걸어가는 모습이 눈에 들어왔다. 클레어는 창가로 달려가 블라인드를 걷었다. 골목에는 가로등이 없었고 어둠이 너무 짙어 똑똑히 보이지는 않았지만, 그 남자가 허둥지둥 나무 위로 올라가는 것을 봤다고 맹세할 수 있었다. 다이얼식 전화기는 계속해서 울려댔고, 그 소음이 클레어에게 물리적으로 영향을 미치고 있었다. 전화벨을 집어삼키기라도 한 것처럼 이제 그 소리는 그녀의 몸속에서 울렸고, 복강 안에서 장기를 흔들어댔다.

클레어는 수화기를 집어들었다. 잡음이 매우 심했다.

여보세요, 클레어는 스페인어로 말하며 수화기를 귀에서 좀 멀찌감치 들었다.

목소리가 들렸지만 잡음 때문에 무슨 말인지는 분간하기 힘들었다. 클레어는 등을 구부려 배를 오목하게 만들었다. 그리고 전화선 속으로 사라져 그 목소리의 임자가 존재하는 공간에 불쑥 난입하는 상상을 했다.

클레어는 다시 한번 여보세요, 하고 말했다. 일순 음질이 깨끗해졌다. 상대편 목소리가 여보세요, 라고 되받아 말했다.

클레어는 수화기를 떨어뜨렸다. 선에 연결된 수화기가 통통 튀다가 이내 잠잠해졌다.

현관문이 열렸다가 쾅 닫혔다. 습기에 들뜬 벽지가 흔들렸다. 클레어는 스탠드를 끄고 벽장 속으로 다시 뛰어들어갔다. 방으로 들어온 리처드는 곧장 욕실로 향했다. 그는 욕실 문을 약간 열어놨고, 새어 나온 불빛이 방바닥 한구석을 하얗게 씻어냈다. 클레어는 변기 물 내리는 소리, 수도꼭지 돌리는 소리, 벽 너머에서 물이 쏟아지는 소리에 귀를 기울였다. 세상들 속의 저 모든 세상들이 자기들을 알아봐달라고 아우성쳤다.

방으로 돌아온 리처드는 검은색 더플백을 구석으로 밀쳐놓고 매트리스 위에 똑바로 누웠다. 눈을 감고, 두 손은 배 위에 포갰다. 욕실 불을 켜놓아서 방에는 반쯤 빛이 들었다. 밤새 클레어는 거기 누워 있는 리처드를 지켜보았다. 그의 입매는 온화했고, 눈꺼풀은 잠잠했고, 숨소리는 고르게 났다. 그는 정말로 잠든 것처럼 보였다.

관음증scopophilia, 혹은 병적인 응시 욕구.

그 단어는 리처드의 논문 중 하나에 수없이 등장했다. 부엌 식탁에서 논문을 낭독할 때, 발음하기 까다로운 단어라는 생각을 했었다. 공포영화는 시각적 폭력을 행사하도록 설계되어 있다, 라고 리처드는 썼다. 공포영화는 관객의 은밀한 욕망을 충족시킨다. 관객은 심연을 들여다보고 무엇이든 거기 존재하는 것과 대면한 다음, 안내를 받아 익숙한 곳으로 안전하게 돌아온다. 아를로가 아주 불쾌하다고 했던 바로 그 과정이었다. 클레어는 그 단어를 오랫동안 잊고 있었는데, 벽장 속에서 문득 떠올랐다. 함께한 세월 동안 남편에게 참 많은 것을 배웠다.

새벽 무렵, 전화벨이 울렸고 남편이 소스라치며 잠에서 깼다. 그는 옆으로 몸을 굴리더니 머리 위에 베개를 얹고 눌렀다. 클레어는 바짓가랑이 뒤에 몸을 움츠리고 앉아 있었다. 등허리가 얼얼하게 쑤셨고 입안은 돌멩이처럼 메말랐다.

어젯밤 클레어가 받은 전화의 음성은 여자의 것이었고, 클레어는 혼잣속으로라도 인정해야 했다. 그 목소리가 자신의 목소리와 아주 흡사하게 들린다는 것을.

마지막 네브래스카 출장 때, 클레어는 상사의 질책을 들으면서도 회식을 다 빼먹고 저녁마다 조용한 시골길을 드라이브했다. 호텔방으로 돌아가 제빙기 소음을 듣고 싶지 않았다. 클레어는 계속 나아가고 싶었다―그것도 전에 가본 적 없는 곳으로. 그녀는 전조등을 껐다. 어둠은 급작스럽고 완벽했다. 액셀을 밟는 발의 압력. 핸들을 붙잡은 손의 무게. 클레어는 불사의 존재가 된 기분을 느꼈다. 다시 전조등을 켜고 좀더 달리다가 또다시 껐다. 오 초. 십 초. 뉴스코틀랜드에 돌아가도 리처드에게 이 얘기는 하지 않을 생각이었다. 그녀만 볼 수 있는 자신의 추한 내면으로부터 그를 보호할 것이다. 그녀의 내면에는 앞이 보이지 않는 상태로 차를 달리고 싶은 마음이 있었다. 그러다 개나 사람을

칠 가능성이 있다고 해도. 전조등을 끄고 달렸다는 사실을 일단 털어놓으면 더 많은 질문이 뒤따를 테고, 그 질문들이 어디로 귀결될지 생각해보라—회식을 왜 빼먹었어? 회사에서 잘려도 돼? 왜 그렇게 무모하게 정신 나간 것처럼 행동해?

어쩌면 클레어의 남편을 친 사람도 전조등을 끄고 달렸을지 몰랐다. 음주 운전이나 살인이 아닐지도 몰랐다. 그저 넋이 나갈 만큼 스스로에게 강한 자극을 주고 싶었는지도. 어쩌면 그녀 자신의 부주의와 남편의 사망은 그런 식으로 연결되어 있는지도 몰랐다. 리처드가 세상을 떠난 후, 클레어는 비가 올 조짐만 보여도, 이른 저녁에도 전조등을 켰다. 그러나 이미 너무 늦었다.

그건 나였을 수도 있어.

처음엔 그런 생각을 숨기려 애썼으나, 어느덧 그 생각을 기꺼워하게 됐다. 만약 클레어에게 얼마간 과실이 있다면, 그녀가 그 범죄에 일익을 담당했다면, 그녀가 취해야 할 직접적이고 유용한 행동 양식이 존재했다. 클레어는 인정할 수 있었고, 속죄할 수 있었고, 매듭지을 수 있었다. 자신의 행위를 용서받을 수 없는 짓이라 규정하고, 두 번 다시 그런 짓을 저지르지 않겠다고 다짐할 수 있었다.

이튿날 아침, 기차는 날카로운 경적과 뜨거운 연기를 내뿜으며 라쿠브레역에서 덜컹덜컹 출발했다. 리처드는 객차 맞은편 끝에 있는 클레어를 보더니 통로를 지나 녹슨 객차 연결문 너머로 달아나버렸다. 클레어는 남편을 뒤쫓아 다음 칸으로, 그다음 칸으로 건너갔다. 그는 동작이 재빨랐고 문 앞에서도 날렵했다. 클레어는 계속해서 낡은 의자 등받이를 붙잡고 몸을 지탱하며 나아갔고, 무거운 문짝에 기대어 중심을 잡은 다음 문을 힘껏 당겨 열면 객차 저쪽 끝에서 남편의 형체가 얼핏 보였다가 사라졌다.

기차는 사람들로 북적였고, 머리 위 선반은 밑면이 팽팽하게 불거진 짐 가방과 쇼핑백으로 터져나갈 지경이었다. 클레어는 세 식구로 이루어진 한 가족을 지나쳤다. 빨간 반바지를 입은 꼬마를 무릎에 앉힌 부모가 노래를 부르며 아이를 아래위로 흔들어주고 있었다. 한 여자는 양쪽 어깨뼈 사이에 갈색 머리칼을 늘어뜨리고, 스프링으로 제본한 공책에 미친듯이 뭔가를 써갈겼다. 뉴욕 메츠 모자를 쓴 남자는 양 손목을 거대한 더플백 위에 엇갈려 얹은 채 가방에 기대어 잠들었다. 십대 여자애 두 명이 바싹 붙어 앉아서 워크맨에 꽂은 검은색 이어폰을 나누어 끼고 있었다.

리처드는 마침내 맨 마지막 칸에 도착했고 더 나아갈 객차가 없었다. 코너에 몰린 것이었다. 반대편 끝으로 되돌아가거나 선로에 몸을 던질 계획이 아니라면 더이상 갈 곳이 없었다. 클레어는 그런 무모한 행동을 부추기고 싶지는 않았다. 아주 신중할 필요가 있었다. 그녀는 아바나의 거리에서 진정제 다트와 아주 큰 그물로 무장한 채 천천히 원을 그리며 도망친 타조를 향해 다가가는 동물원 사육사들을 상상했다.

리처드가 자리를 잡고 앉았고, 클레어도 다섯 줄 뒤의 좌석에 슬그머니 앉았다.

기차가 속도를 내는 느낌이었는데, 그냥 혼자만의 상상은 아닌지 확신할 수 없었다.

클레어는 손에 닿을 듯 가까워진 이 미스터리가 새로운 것이 아님을, 뉴스코틀랜드에서 일어났던 미스터리의 연속임을 깨달왔다. 그 이야기를 끝까지 따라갈 기회가 주어진 것이었고, 클레어는 그런 종류의 기회를 얻는 게 매우 드문 일임을 알았다. 그리고 만약 그녀와 리처드가 각자의 사적인 계획을 동시에, 그리고 평행하게 따라가다보면 그 별개의 계획들이 결국 하나로 합쳐질지도 모른다고 믿었다.

클레어는 리처드의 벌꿀색 머리가 흔들리는 모습을 바라보았다. 차창은 유령 같은 손바닥 자국과 유리에 비친 그녀의 상으로 얼룩덜룩했다. 그들이 타고 있는 기차는 '프렌치 트레인'이라 불렸고, 프랑스 국철에서 중고로 구입해서 그런 이름이 붙은 거라고 어디선가 읽은 적이 있었다.

기차는 둥근 언덕들로 경계가 구분된 초록빛 들판을 지났고, 풀을 뜯는 염소들이 여기저기 흩어져 있었다. 얼룩무늬 염소가 고개를 쭉 내밀어 나뭇가지의 푸른 꼭대기를 차지하는 모습이 보였다. 쌍안경을 통해 언덕의 비탈면에 자리잡은 시멘트 집들도 알아볼 수 있었다. 가스 탱크의 불룩한 둥근 면에 파란 페인트로 쓴 레스토랑 표지판도 보였다. 길게 뻗은 붉은 땅이 풀밭 사이를 가르며 길을 냈다. 클레어는 시골의 광활함에 놀랐다. 쌍안경이 없었다면 저런 산비탈은 백만 년쯤 떨어져 있는 것처럼 보였을 것이다.

클레어는 가이드북 뒷면에서 종이 한 장을 찢고 백팩에서 펜을 찾아냈다. 나한테서 그만 도망쳐! 도대체 어딜 가는 거야? 그녀는 객차 앞으로 천천히 걸어가 리처드의 발치에 쪽지를 떨어뜨렸다. 그는 두 손을 무릎 위에 포개어 얹고 정면을 바라보고 있었다. 클레어를 알은척도 하지 않았다. 제자리로 돌아온 클레어는 리처드가 쪽지를 집어드는 것을 보았고, 소들이 끊임없이 움직이는 들판을 지날 무렵, 리처드는 정확히 같은 방법으로 쪽지를 되돌려주었다. 클레어는 낚아채듯 종이를 집어들었고, 거기 적힌 흐트러진 문자 패턴은 곧 단어로, 소통 가능한 의미로, 죽은 자가 산 자에게 보내는 메시지로 바뀌었고, 그가 호텔 이름과 방 호수와 시간을 적었음을 알 수 있었다. 클레어는 종이를 얼굴 가까이 들었다.

종이에 쓰인 비스듬한 필기체는 딱히 리처드의 예전 글씨 같지 않았고, 또 어떻게 보면 딱히 그의 글씨가 아닌 것 같지도 않았다.

호텔 이름이 낯익었다. 에스캄브레이산맥에 있는 호텔이라는 게 생각났다. 영화제 파티에서, 어느 커플이 최근 그 호텔에 묵었다고 얘기하는 것을 우연히 들었다. 그 부지는 바티스타 정권 시절에는 결핵 요양원으로 쓰이다가 지금은 의료 관광객과 생태 관광객의 구미에 맞춘 호텔이 되었다. 아주 잠깐 동안 클레어는 자신이 평범한 의료 관광객을 따라 산으로 들어가고 있는 게 아닌가 하는 걱정에 휩싸였다. 그녀가 아는 가장 열정적인 생태 관광론자는 스티로폼 컵에 커피를 마셨다. 그 호텔은 아열대 숲 한가운데에 자리했다. 파티에서 그 커플은 수중 마사지와 조류 관찰이 얼마나 좋은지에 대해 찬사를 늘어놓았다. 그들이 발음하던 호텔 이름은 '큐어호텔Cure Hotel'*처럼 들렸다.

통로 건너편에서 한 남자가 붉은색과 흰색이 섞인 구겨진 담뱃갑에서 담배 한 개비를 꺼냈다. 남자는 불을 붙이기 전에 담배 끝을 유심히 바라보았다. 남자 옆에는 독특한 복장의 젊은 여자가 앉아 있었다. 밀짚모자와 허리에 커다란 리본이 달린 체크무늬 원피스, 모직 스타킹에 하이킹 부츠. 저렇게 입고도 안 더운가? 여자는 스페인어판 『전쟁과 평화』를 읽고 있었는데, 책등을 덕트 테이프로 보강해놓았다. 클레어는 여자가 곰이 나오는 부분까지 읽었을지 궁금했다.

흙길 어귀에 세워진 트럭이 눈에 띄었고, 번역하면 미래의 운송이라는 문구가 쓰인 스티커가 뒷문에 크게 붙어 있었다. 들판은 자유분방한 신록으로 물드는 중이었다. 기차는 가슴께까지 풀 속에 파묻힌 채 서 있는 말들을 지나쳤고, 바람에 초록색 풀잎이 고개를 숙였다. 클레어의 무릎 위로 뜨듯한 물방울이 똑 떨

---

* '치유호텔'이라는 뜻.

어졌다. 그녀는 위를 쳐다보았다. 며칠 동안 비도 안 왔는데 프렌치 트레인의 지붕에서 물이 새고 있었다.

한 시간 뒤, 기차가 선로 위에 서버렸다. 보라색 원피스를 입은 꼬마 여자애가 좌석 등받이를 탁탁 치며 통로를 마구 뛰어다녔다. 불볕이 창문 안으로 내리쬐었다. 클레어는 다섯 줄 앞에 앉은 남편의 형체에 시선을 고정하고 유능한 형사 흉내를 내보려 애썼지만, 고요와 태양과 부족한 잠이 늑대처럼 소리 없이 그녀의 뒤를 밟았고, 그녀는 얼마 못 가서 기차 좌석의 따스한 끈적함 속으로 미끄러져 들어갔다.

정신이 들었을 때 기차는 다시 움직이고 있었고, 창밖을 내다보니 지붕 없는 콘크리트 승강장과 거기 서서 떠나는 기차를 향해 검정 우산을 흔드는 구부정한 노인이 보였다.

방광이 터질 듯 부풀고 화끈거리는 바람에 클레어는 화장실을 찾아 자리에서 일어났고, 세 칸 뒤에서 관처럼 비좁은 화장실을 찾았다. 바닥에 구멍이 하나 대충 뚫려 있고, 그 밑으로 지나가는 땅이 보였다. 드문드문한 초록, 자갈로 이루어진 회색 줄무늬, 선로의 두꺼운 철제 광맥. 거울은 없었다. 제 모습을 마주하지 않아서 다행이었다. 세면대도 없고, 문에 잠금장치도 없고,

휴지도 없었다. 클레어는 얼른 볼일을 봤고, 뜨거운 물줄기를 변기통으로 흘려보냈다.

자리로 돌아오는 길에 정장 차림의 남자가 창문에 기대어 웅크린 채 혼자 앉아 있는 모습을 보았다. 남자는 클레어의 존재를 알아차리지 못했지만—그는 '포켓판 외딴섬의 지도책'*이라는 제목의 오렌지색 가이드북을 읽는 데 열중하고 있었다—클레어는 그가 미라마르의 카페에서 본 남자임을 알아보았다. 아마씨 색 콧수염을 기르고, 이마가 그녀의 아버지와 비슷한 남자. 프렌치 트레인에서 남자는 불안해 보였다. 페이지를 넘기며 인상을 썼고, 패드가 들어간 검은색 양복 어깨가 귀에 닿도록 몸을 움츠렸고, 미간을 찡그렸다. 클레어는 서둘러 자리로 돌아왔고, 뱃속에서 묘한 느낌이 이리저리 날뛰었다.

클레어는 공포영화를 통해 사람이 의지의 힘으로 무언가를 존재하게 만들 수 있음을 배웠다. 그런데 일단 그것이 사람의 의식 밖으로 나오면, 분주하게 동시다발적인 가능성들을 창조했던 그 의식의 바깥에 놓이면, 그 자체로 그것은 통제가 불가능한 흉포한 힘이 된다. 어쩌면 클레어의 보이지 않는 의식 일부가 의지

---

* 독일 작가 유디트 샬란스키의 2009년 저서로, '내가 가보지 못한, 그리고 절대 가볼 일 없는 50개의 섬들'이라는 부제가 달려 있다.

의 힘으로 남편을 되돌렸을지도 모르지만, 분명 그 의식의 일부
는 망고가 가득 든 더플백이나 그녀를 피해 도망치는 남자나 끊
임없이 울리는 다이얼식 전화기까지 소환할 생각은 없었을 것이
다. 이런 상황에서 영화 속 등장인물은 소환된 결과물과 싸워야
하고, 동시에 소환에 책임이 있는 자신의 일부와도 싸워야 한다.
예를 들어, 만약 그녀가 어떤 범행의 피해자를 소환해냈다면, 살
인자 또한 소환해냈다고 보는 것이 이치에 맞았다—어쩌면 피
해자를 죽인 바로 그 살인자가 아니라, 그냥 어떤 살인자, 이제는
그들이 피해서 도망쳐야만 하는 어떤 사람.

클레어는 아주 긴 적막 속에 앉아 있었다. 사실 결코 적막은
아니었다. 선로 위에서 기차가 덜컹거리는 소리, 책장 넘기는 소
리, 숨소리, 기침소리, 좌석이 삐걱이는 소리, 노인의 방귀 소리,
스페인어로 싸우는 애들 소리, 성냥 긋는 소리, 담배에 불붙이는
소리, 거의 인지할 수는 없지만 시간이 획획 지나는 소리, 바람
소리, 그 모든 게 들렸다. 클레어는 리처드가 준 쪽지를 구겨서
자리에 놓은 채 화장실에 다녀왔는데, 이제 보니 그건 아주 어리
석은 짓 같았다. 만일 그들이 쫓기고 있는 상황이라면.

클레어는 리처드의 뒤통수가 흐릿하게 여러 겹으로 보일 때까
지, 눈앞에서 그가 복제되는 것처럼 보일 때까지 힘주어 노려보
았고, 그러고 나서 쪽지를 삼켰다.

기차가 또 멈췄다. 창문 너머로 습지에 면한 짙은 초록색 석호가 보였고, 물위에 구름이 비쳤다. 한 줄 앞에 앉은 사람이 하얀 종이컵을 바닥에 거꾸로 엎어놓았고, 그것은 작은 성처럼 보였다. 프렌치 트레인에서는 커피를 살 수는 있지만, 컵은 각자 알아서 가져오도록 되어 있었다. 클레어의 피부는 발갛고 쓰라리고 화끈거렸다. 신경을 곤두세우고 경계하느라 기진맥진해서 살갗이 벗겨진 기분이었다. 클레어는 종이가 위장 속에서 녹아가는 모습을 상상했다. 잉크도. 그녀는 텅 빈 동시에 꽉 찬 느낌이었다. 자기도 모르게 하품이 나왔다. 입이 저절로 비틀리며 열렸다. 다른 승객들은 곯아떨어졌고(창문에 기댄 머리들, 앞좌석 등받이에 얹은 이마들), 객차 전체가 잠의 주술에 빠진 듯했다. 리처드마저 다섯 줄 앞에서 고개를 푹 꺾고 있었다. 클레어는 다시 잠이 들었고, 정신을 차렸을 때 리처드는 자리에서 사라지고 없었고 기차는 시엔푸에고스에 들어서는 중이었다.

리처드가 죽고 마흔여덟 시간이 지난 후, 클레어는 올버니 관할 경찰서에 갔었다. 밤이면 클레어는 남편을 죽이고도 계속 차를 몰고 간 사람을 상상했다. 그 차가 자연발화하기를 기원하며 의지의 힘을 실어 보내곤 했다. 그녀는 밀봉된 하얀 상자를 침대 맡 협탁 위에 올려둔 채 잠을 잤고, 그게 인간의 귀에 딱 맞는 크기라는 생각을 떨치지 못했다.

　경찰서 안은 추웠다. 클레어는 안에서도 코트와 장갑과 모자를 계속 걸치고 있고 싶었지만, 추위에 적응해서 반팔 차림인 두 수사관 맞은편에 앉고 나니 그러고 있는 게 이상해 보일 것 같았다. 클레어는 서두르는 것처럼 보이고 싶지 않았다. 이제 와서 서두를 이유가 무엇인지 떠올리기 어려웠다. 그녀는 모자를 벗었다. 지퍼를 턱까지 올린 코트와 장갑은 벗지 않고 두었다.

경찰서에서 클레어는 그 도로에 교통 감시 카메라가 없다는 사실을 알게 됐다. 그곳은 어두웠고, 목격자도 확보하지 못했다. 현장 감식—타이어 자국과 잔해에 대한—결과와 검시 보고서는 아직 기다리는 중이었다. 그러는 동안 단서가 될 만한 증거는 착한 사마리아인이 사고 후에 현장에서 목격한 것을 진술한 내용과 남편에 대한 클레어 자신의 이야기뿐이었다.

형사들은 클레어에게 시작할 준비가 됐는지 물었다.

그들은 뺑소니가 일어난 시점에 클레어가 어디 있었는지 알고 싶어했다. 클레어는 전화 회의를 하던 중이었다. 그녀는 관련자들의 이름과 정보를 제공했다.

그럼 그쪽 가능성은 배제해도 되겠군요, 윈터 수사관이 말했다.

그들은 리처드가 평소와 다름없이 행동했는지, 뭔가 특이한 점은 보이지 않았는지 물었다.

클레어는 묵묵히 머릿속으로 목록을 펼쳤다. 최근 들어 개를 무서워하게 됐고, 잘 먹던 바나나를 끊었고, 걸음걸이가 잠에 취한 것 같았고, 공책에 좀비에 대한 아이디어를 잔뜩 써놨는데, 그건 유니엘 마타의 영화를 보기 위한 준비일 것이었다. 클레어는 그 공책을 보고 윌리엄 시브룩*이 아이티로 여행을 다녀온 후—1915년부터 1934년까지 거의 이십 년에 걸친 미국 점령기 동안 여행이 가능했다—자신이 아이티의 크레올어 '좀비zombi' 를 영어 '좀비zombie'로 식민화한 첫번째 사람이라고 으스댔다 는 사실을 알게 됐다. 또한 윌리엄 시브룩은 가학성애자로도 유 명했다. 클레어는 조라 닐 허스턴**의 그 유명한 문장도 읽었다. "놈은 두 번 다시 말할 수 없습니다, 놈에게 소금을 주지 않는 한." 1887년 라프카디오 헌***이 프랑스령 서인도제도에서 통신 원으로 일했다는 사실도 알게 됐다. 마르티니크에서 그는 좀비 라는 말을 처음 듣고 그 단어의 뜻을 알아보러 다녔다. 밤늦게 길을 가다보면 커다란 불이 보이고, 가까이 다가갈수록 그 불은 더 멀어지는데, 그게 바로 좀비의 소행이라는 얘기를 들었다. 좀 비는 다리가 셋 달린 말이라든가, 가까운 사람이 무시무시한 악 마로 변신하는 악몽이라는 얘기도 들었다.

모서리가 테이프로 봉해진 하얀 상자, 클레어는 안에 무엇이 들었는지 전혀 알 수 없었다.

클레어는 이 모든 게 무엇을 의미하는지 알지 못했다.

---

* 미국의 작가이자 탐험가이자 저널리스트.

** 아프리카계 미국인 작가, 인류학자, 영화 제작자. 1930년대에 아이티와 자메 이카에서 부두교 풍습을 연구하고 기록했다.

*** 고이즈미 야쿠모라는 일본 이름으로도 알려진 그리스 태생 소설가. 일본 전 설과 기담을 모아 엮은 책으로 유명하다.

특이하다는 건 어떤 걸 말하나요? 클레어가 물었다.

무엇이든 떠오르는 대로 말씀해주세요, 윈터 수사관이 말했다. 뭐든 괜찮습니다.

남편은 뭔가에 정신이 팔린 것 같았어요, 클레어가 말문을 열었다.

그게 얼마나 됐죠? 수사관들이 질문했다.

한동안. 클레어는 잠시 말을 끊었다. 거의 일 년 가까이 됐어요.

그건 정신이 팔렸다고 하기엔 너무 긴 시간인데요, 홀 수사관이 말했다.

질문이 더 이어졌다. 남편이 직장에서 문제가 있었는지, 척을 진 사람이 있었는지, 정신병력, 빚, 나쁜 버릇이 있는지, 평소의 일과에서 벗어난 적이 있는지. 클레어는 다른 방에 서서 벽 너머로 대화를 듣는 것 같은 느낌이었다.

클레어는 오른쪽 장갑을 벗었다.

남편은 매일 저녁 산책을 했어요, 그녀가 말했다. 그게 그이의 평상시 일과 중 하나였죠.

443번 도로변은 산책 삼아 걷기엔 그리 좋은 장소 같지 않은데요.

윈터 수사관의 말이 맞았다. 그전까지 클레어는 리처드가 동네의 조용한 길이나 엘름 애비뉴 공원을 산책했을 거라고 생각했었다. 그녀는 델라웨어 애비뉴의 443번 도로 근처를 떠올리려 애썼다─거기에 뭐가 있지? 자살 방지용 조명이 달린 베이글가게, 세차장, 편물가게. 테이블에 홀로 앉아 베이글을 먹는 남편, 혀에 크림치즈를 잔뜩 묻힌 남편을 상상했다. 도로에서 남편 옆을 쌩쌩 달리는 차들, 너무 가까이 다가오는 차의 공포를 상상했다.

그이는 책을 쓰고 있었어요, 클레어가 말했다.

그게 특이한 일입니까?

아니요. 남편은 자기 분야에서 다양한 글을 출간해왔어요.

그 말은 참이면서도 거짓이었다. 리처드는 논문을 아주 많이 발표했지만, 단행본을 낸 적은 한 번도 없었다. 클레어는 남편이 사망할 당시 원고가 절반쯤 완성되어 있었다는 사실을 알고 있었고, 그때 원고의 몇 문장이 허공에 나타났다─도시와 좀비는 둘 다 변신에 재능이 있다. 도시의 표면은 사람이 그 위를 가로지를 때 모습을 바꾸었다가 곧 사람의 자취를 덮는다. 우리는 자기 존재가 지워지는 것을 몹시 꺼리기 때문에 다시 새로운 움직임을 만들어낸다. 도시에 산다는 것은 자기 소거와 자기주장의 끝없는 순환에 올라탄 것이며, 좀비 세계에 대해서는 알지 못한 채, 쉴새없는 변신의 사이클 속에서 자신의 존재를 증명할 궁리를 하는 것이다.

한쪽에는 장갑을 끼고 다른 쪽은 벗은 그녀의 손은 참 묘하게 보였다.

그 책 제목이 뭔가요? 윈터 수사관이 물었다.

제목은 '악몽은 가까이에 있다'예요.

수사관들은 흥미가 동하면서도 어리둥절한 듯했다. 클레어는 '무서운 장소'에 대해, 그곳은 인간의 영혼이 지닌 가장 최악의 특질이 담기는 장소라는 것에 대해, 그곳은 터널이나 지하실처럼 좁은 장소일 수도 있고, 워싱턴 DC나 바르셀로나, 파리, 아바나처럼 도시 전체가 될 수도 있다는 것에 대해 최선을 다해 설명했다.

그럼 그것이 새로운…… 관심사였습니까? 윈터 수사관이 물었다.

클레어는 장갑을 낀 쪽 손을 내저었다. 공포영화는 남편의 연구 분야입니다. 그이의 전공이죠. 죄송합니다. 진즉에 말씀드렸어야 했는데.

홀 수사관은 클레어가 무슨 일을 하는지 알고 싶어했다. 클레어는 자신의 직업에 대해 상세히 이야기했다.

엘리베이터에 관한 농담은 숱하게 들으셨겠네요, 윈터 수사관이 말했다.

별로요, 클레어가 말했다.

엘리베이터 농담은 하나의 장르죠, 윈터 수사관이 말했다. 가령, 두 사람이 엘리베이터에 탔어요. 한 사람이 다른 사람에게 오늘 하루를 어떻게 보내고 있냐고 물으니까 다른 사람이 이렇게 말하죠. 아, 뻔하잖아, 온종일 오르락내리락하지.

클레어는 두 수사관을 물끄러미 응시했다.

그럼 출장을 자주 가시겠네요? 홀 수사관이 말했다.

네. 클레어는 왼쪽 장갑도 벗었다. 네, 자주 갑니다.

얼마 전 콜럼버스로 가는 비행기에서 클레어의 옆자리에 신문에 글 쓰는 일을 한다는 남자가 앉았다. 그는 자신이 부고를 작성하는 일로 시작해서 점차 승진했다면서, 그 신문사에서 근무하는 기자들은 누구나 요청만 받으면 부고 기사를 쓸 수 있다고 덧붙였다. 훌륭한 군인이라면 누구나 유사시에 보병이 될 수 있는 것처럼.

리처드의 부고는 올버니의 〈타임스 유니언〉에 실렸다. 그의 형의 부고는 〈샌디에이고 유니언 트리뷴〉에 실렸다. 그녀 아버지의 부고는 〈플로리다 타임스 유니언〉에 실릴 것이다.

남자는 작은 마을에 있는 신문사라고 말을 이으며, 자기가 가장 놀랐던 것은 부고 기사의 양이라고 했다. 대략 하루에 다섯 건, 일주일에 마흔 건이었다. 이렇게 작은 마을에서 그렇게 많은 사람이 사망한다는 것을 전에는 미처 깨닫지 못했다고 했다. 아주 드물게 사망 건수가 하나도 없을 경우, 신문사는 지면을 통해 그 사정을 알려야 했다. 그러지 않으면 부고란에 무슨 일이 생긴 거냐는 전화 문의가 빗발쳤다.

그렇게 자주 출장을 가시니 집에서 실제로 무슨 일이 일어나는지는 알기 어렵겠군요, 홀 수사관이 말했다. 그녀는 불투명한 보석이 달린 결혼반지를 끼고 있었고, 클레어는 수사관의 어조에서 날 선 비난을 감지했다.

두 분 결혼식은 좋았습니까? 윈터 수사관이 물었다.

클레어는 그 질문이 좀 이상하고 불필요하다고 느꼈지만, 비협조적으로 보이고 싶지는 않았다.

결혼식은 오래전 일이라, 클레어가 말했다. 그러나 그들의 결혼식은 진짜로 좋았다. 샌디에이고 법원에서 약식 결혼을 한 다음, 선셋 클리프스 공원에 가족과 친지들이 오붓하게 모였다. 딸기와 작은 샌드위치를 넣은 소풍 바구니. 저렴하고 달콤한 샴페인. 종달새의 경쾌함. 알 수 없는 세계로의 과감한 돌진.

맞습니다, 홀 수사관이 말했다. 두 분의 결혼식은 오래전 일이죠. 우리 계산으론 십 년 전이네요. 그래도 제 경험상 출발점부터 되짚어보는 게 도움이 되더군요. 애초에 내가 왜 결혼을 하고 싶었는지 복기할 필요가 있을 때는 특히.

왜 결혼을 하고 싶었는지는 잘 알아요. 클레어가 말했다. 특별히 복기할 필요는 없어요.

클레어는 의례에 마음이 끌린 적이 한 번도 없었다. 종교의식은 결혼식과 장례식 때만 참석했다. 학교 졸업식에도 가지 않았다. 그래도 결혼이라는 특별한 도약은 완전함을 가져다줄지도 모른다고, 어쩌면 보이지 않는 질문에 대한 답까지 제공해줄 거라고, 느낄 수 있고 입안에서 맴돌기까지 하지만 명쾌하게 표현할 수는 없는 그 질문에 답을 줄 수 있을 거라고, 클레어는 그런 상상을 스스로에게 허락했다.

물론, 결혼은 클레어를 완전함으로 이끌지 않았다. 오히려 다양한 일련의 질문들이 잇따랐고, 궁극적으로 그녀는 죽음이라는 그 명확한 상황조차 불확실한 남자와 결혼함으로써 극단적인 불완전함에 이르렀다. 죽음이 불확실하면 그다음에는 삶이 불확실해진다—혹은 언제나 존재했던 불확실함이 겉으로 드러난다. 돌이켜보면 그들이 아이를 갖지 않은 것, 끝맺음을 향한 자연스러운 서사 충동을 거부한 것은 파격에 가까운 행위였다. 아이를 갖는 것이 끝맺음인 이유는 그를 통해 결혼의 목적—아이를 낳는 것—이 명백해지고, 한 개인의 정수精髓가 이 세상에 자리를 보존할 수 있게 되기 때문이다. 이런 식으로 죽은 사람들은 시간 속에서 계속 앞으로 나아갈 수 있다.

아버지의 죽음을 불확실하다고 여길 사람은 아무도 없을 거라고, 클레어는 취조실에 앉아서 생각했다. 다들 원인을 안다고 생각할 것이다.

클레어는 코트의 지퍼를 내렸다. 지퍼의 이가 분리되는 소리에 집중했다. 클레어는 그들 부부의 삶을 설명하는 일에 제대로 성공해본 적이 없었다.

클레어, 저희한테 혹시 하고 싶은 말은 없습니까? 윈터 수사관이 말했다.

클레어는 눈을 감았다. 자신이 아는 단 하나의 가장 진실된 것을 이 수사관들에게 말하고 싶었다. 표면에 흐르는 이 생각의 물결 아래로 잠수할 수만 있다면. 각도를 조금만 틀면 진실에 닿을 수 있을 것 같았지만 지금 당장은 그 간격이 메워지지 않았다.

전 그냥…… 클레어는 입을 열었지만 곧 자신이 어디로 가고자 하는지 알 수 없음을 깨달았다. 그곳까지 가는 언어로 된 길은 없었다.

클레어는 눈을 떴다.

전 그냥…… 다시 시도했지만, 두 수사관이 서로 눈빛을 주고받고 있음을 깨닫고 입을 다물었다. 홀 수사관의 얼굴에서 아주 희미하게 떠오른 미소를 봤다는 생각이 들었다.

죄송합니다, 윈터 수사관이 말했다. 이건 우리 파트너들끼리 종종 하는 농담 같은 겁니다. 사람들이 그런 식으로 문장을 시작하면 말이죠.

전 그냥, 전 그냥. 홀 수사관이 일부러 목소리에 새된 억양을 실어 말했다. 저 사람이 지금 나를 흉내내며 놀리는 건가?

윈터 수사관이 서류 폴더를 덮었다. 그건, 저희 의견으로는, 영어에서 문장을 시작하는 최악의 방법이죠.

나중에 클레어는 그 수사관들이 남편을 차로 치고 현장에서 달아난 범인이 그녀라고 의심한 건 아닐까 생각했다. 클레어가 경찰서를 떠난 직후 그녀의 이야기에 빈틈이 있을 거라 예상하면서 알리바이를 확인해본 건 아닐까. 클레어는 그후 전화 회의에 함께 참석했던 동료와 대화할 기회가 생겼을 때, 혹시나 불신의 향기가 떠돌지 않는지 살폈다.

산속 공기는 옅고 시원했다. 기차역에서 큐어호텔까지는 택시로 한 시간이 걸렸고, 택시 요금은 클레어의 현금 봉투를 거의 납작하게 만들었다. 하얀 라다는 가파른 길을 힘들게 기어올랐고, 차가 너무 심하게 골골거려서 기사는 호텔에서 남쪽으로 일 마일가량 떨어진 곳에 클레어를 내려주어야 했다. 이제 산악림에 둘러싸인 거대한 콘크리트 덩어리 앞에 선 클레어는 머리가 어질어질하고 허벅지가 부들부들 떨렸다. 블록 모양의 창문 백 개가 광활한 초록 잔디밭을 내다보고 있었다. 십층 높이의 그 건물은 구소련의 유적 같았다. 대자연에 버려진 콘크리트 우주 정거장 같았다. 다만 실제로는 버려진 것과는 거리가 멀었다. 아래위로 베이지색 운동복을 맞춰 입은 사람들—투숙객일 거라고

클레어는 짐작했다—이 호텔 구내를 어슬렁거리며 잔디밭에서
연기처럼 피어오르는 옅은 안개를 쿵쿵 밟고 다녔다.

로비 천장은 평평하고 낮았으며 타일 바닥과 가구는 운동복
과 똑같은 색조의 베이지색이었다. 벽면에는 놀라운 양의 미술
품—검은 프레임 속 다채로운 색감의 커다란 추상화들—이 걸
려 있었다. 프런트 데스크는 키 큰 양치식물에 둘러싸여 있었다.
클레어의 어머니가 시호스의 로비에서 키우던 양치식물과 매우
흡사했다.

붉은 폴로셔츠를 입은 남자 직원이 클레어의 체크인을 진행했
다. 클레어는 직원에게 남편이 적어준 호수의 방에 묵을 수 있는
지 물었다. 아니나다를까 그 방은 비어 있었다. 직원 뒤쪽의 열
린 문으로 짧은 통로와 사무실이 보였고, 사무실 안에는 한 여자
가 네모난 데스크톱 앞에 앉아 있었다. 여자는 초록색 블라우스
를 입고 있었고, 양쪽 소매에는 청록색 나비가 프린트되어 있었
다. 자세는 흠잡을 데 없이 완벽했지만 행동거지가 인위적으로
느껴졌고, 언제나 스스로에게 바른 자세로 앉으라고 애원하는 사
람 같았다. 클레어는 여자가 메모를 하는지 매뉴얼을 적는지 아
니면 살인 협박문을 작성하는지 궁금했다.

똑같은 베이지색 운동복을 입은 사람들이 계속 줄지어 로비를
들락거렸다. 클레어가 그 사람들에 대해 묻자 직원은 이곳에 머

무는 사람들은 두 종류라고 말했다. 환자와 투숙객. 환자가 되기를 원하는 경우, 비용만 지불할 수 있다면 언제든 가능하다. 직원은 이 호텔이 통증 완화에 특화되어 있다고 했다. 그들의 접근법은 환자의 전체적인 면을 고려하는 것이다. 허리 통증은 단순히 허리가 아픈 게 아니라 뭔가 더 심각한 질병의 증상이다. 만약 문제의 근원을 함께 찾아낸다면 통증을 제거할 수 있다.

이 남자에게는 깊은 감정의 우물을 억누르기 위해 애쓰는 사람 특유의 뻣뻣하고 꼿꼿한 태도가 있었다. 붉은 폴로셔츠의 칼라마저 세심하게 다림질되어 있었다. 클레어는 캐리어 한가득 고통을 짊어지고 나타난 저 사람들이 얼마나 골칫거리일지 능히 상상이 갔다.

직원은 클레어에게 수중 마사지실 안내책자를 건넸다.

클레어는 알려줘서 고맙다고 인사하고 물러났다.

그리고 길고 서늘한 복도를 따라 빠르게 걸어갔다. 발소리가 복도에 울렸다.

한 시간 정도 시간을 때워야 했고, 안내책자에 의하면 그녀의 몸은 이제 음식을 소화할 차례였으므로, 클레어는 호텔의 레스토랑 표지를 따라 복도 하나를 지나 또다른 복도로 접어들었다. 복도가 바뀔 때마다 좀더 어둡고 좀더 싸늘해졌다. 레스토랑에 도착하니 투숙객은 클레어가 유일했다. 하지만 운동복을 기준으로 판단하건대 환자는 많았다. 클레어는 등나무 의자에 앉아서 잔에 담긴 미지근한 물을 두 모금 만에 마셔버렸다. 그녀는 판 콘 쿠에소*를 주문했고, 그러는 내내 사실 자신은 혼자 여행하는 게 아니라고 자기 세뇌를 했다.

클레어는 백팩의 지퍼를 열고 하얀 상자를 꺼내 테이블에 올려놓았다. 손가락의 유분기 때문에 상자 겉면에 반투명한 원 모양의 손자국이 여러 개 찍혔다. 상자의 윗면은 찌그러져 있었고 모서리에 붙은 테이프가 살짝 떨어졌다. 산속에 와서 보니 상자는 이전보다 덜 위험해 보였다.

클레어는 상자를 빤히 내려다보았다. 그리고 스푼으로 쿡 찔러봤다. 상자 속에서 내용물이 움직이는 소리가 전혀 안 나서, 뚜껑을 열면 안에 아무것도 없는 게 아닐까 하는 생각이 문득 들었다.

클레어는 상자를 들어 눈앞에 바싹 갖다댔다. 한쪽 모서리의 테이프를 조금 뜯어 뚜껑을 살짝 들어올리고 그 좁은 틈새로 안을 엿보았다. 속눈썹이 마분지에 스쳤다.

필름 한 통. 그녀의 손바닥에 딱 들어갈 만큼 작았다.

클레어는 상자를 도로 내려놓았다.

---

* 치즈를 넣거나 곁들인 빵.

에어컨이 너무 세서 클레어는 의자에 앉은 채 오들오들 떨었고, 온기를 얻기 위해 천 냅킨을 펼쳐 무릎을 덮었다. 레스토랑 안에서 사진을 찍는 사람은 한 명도 없었다.

주문한 음식이 나왔고 클레어는 게걸스럽게 절반을 먹어치웠다. 상자를 도로 백팩에 쑤셔넣고 화장실을 찾아 자리에서 일어났다. 기차에서 다녀온 후로 몇 시간이 지났다. 자리로 돌아왔을 때 클레어는 본인이 절반을 먹어치운 음식을 보고 멈칫했다. 아까는 입구를 등지고 앉아서 먹었는데 지금은 접시와 물잔이 테이블 반대편으로 옮겨져 있었다. 마치 입구를 마주하고 앉았던 것처럼. 냅킨은 접시 왼쪽에 두었었다. 그런데 지금은 투명하고 볼록한 물잔 옆에 있었다. 트레이를 든 웨이터가 테이블 사이를 요리조리 지나다녔다. 베이지색 운동복을 입은 환자들이 포크를 들었다. 몇몇 테이블에는 빨간 장미가 호리호리한 은제 화병에 꽂혀 있었는데, 누가 불로 그을리기라도 한 듯 꽃잎 가장자리가 새카맸다. 클레어는 손가락 두 개로 잎을 만졌고, 뻣뻣한 플라스틱이 손끝에 느껴졌다. 머리 위에서 실링팬이 천천히 돌아갔다. 여전히 배가 매우 고팠기에 새로운 배치대로 앉아 점심을 마저 먹었다. 비록 다른 사람이 이 테이블에 앉아서 먹었던 것처럼 느껴졌고, 자기 것이 아닌 걸 먹고 있다는 두려움이 차오르긴 했지만.

엘리베이터는 작동하지 않았다. 클레어는 웅장한 석조 계단을 올라 단색의 복도에 들어섰다. 벽면과 카펫 모두 이제는 익숙해진 베이지색이었다. 그녀는 남편과 같이 묵기로 되어 있는 호텔 방에서 어떤 소리가 흘러나오는 바람에 당황했다. 클레어는 문에 귀를 댔고, 숨죽인 음성과 누군가가 손바닥으로 이불을 치는 듯한 가벼운 탁탁 소리를 들었다. 이어 비명소리가 들렸고 클레어는 깜짝 놀라 복도 한가운데까지 물러났다. 방 열쇠는 구식이었고, 클레어는 그 놋쇠 덩어리를 손에 들고 있었다. 그녀는 들쭉날쭉한 열쇠 날을 꾹 쥐었다.

클레어는 카펫 바닥에 무릎을 꿇고 앉아 종 모양의 열쇠 구멍을 통해 안을 엿보았다. 홍채가 짧아지고 동공이 커지며 어두운 방안에서 무슨 일이 벌어지는지 훤히 들여다보이는 상상을 했고, 이 시각적 훈련은 꽤나 성공적이었는데, 침대 위에서 남자와 여자가 섹스를 하는 장면을 알아볼 수 있었기 때문이다. 굶주린 헐떡임이 들렸다. 휙휙 움직이는 사지와 흔들리는 살이 보였다. 클레어의 시점에서는 그들의 머리 부분은 잘려서 보이지 않고 몸만 보였다. 두 사람의 발이 손처럼 앞뒤로 흔들렸다. 무릎은 흐릿한 구 모양이었다.

뭐하고 있어? 낯익은 음성이 말했다.

클레어는 깜짝 놀라 고개를 들었고, 자신을 내려다보며 서 있는 리처드를 보았다. 리처드는 더플백을 카펫에 내려놓았다. 그는 그녀와 똑같이 들쭉날쭉한 날이 달린 묵직한 열쇠를 들고 있었고, 그들의 방은 그녀가 몰래 들여다보고 있던 방의 맞은편이라고 주장했다. 클레어는 자신이 미행당하고 있진 않은지 미처 확인할 생각을 못 했고, 그러는 사이에 그가 몰래 다가온 것이었다.

우리 방은 7호야, 클레어는 머리 없는 커플을 방해하고 싶지 않아서 소곤거렸다.

그래, 7호. 리처드가 복도 맞은편 문을 가리켰다.

그의 눈빛은 맑았고 두 손은 깨끗했다. 바지는 마치 방금 다린 것 같았다. 그는 어떻게 이렇게 힘들이지 않고 도착했지? 죽은 사람은 다른 법칙에 따라 움직이나보다고 그녀는 생각했다.

클레어는 입을 굳게 다물고 고개를 저었다. 리처드는 어깨를 으쓱하고 문을 열었다.

클레어는 일어섰고, 카펫에 눌린 무릎이 빨갰다.

내 말이 맞지? 리처드는 비어 있는 방으로 호기롭게 들어갔다.

호텔방 창가에서는 아래쪽 테라스가 내려다보였는데, 차디찬 안개가 자욱한 에메랄드빛 숲속으로 번져 들어간 듯 보였다. 한 남자가 테라스에 앉아 책을 읽고 있었다. 거리가 너무 멀어서 무슨 책인지—그게 클레어가 예상하듯 『포켓판 외딴섬의 지도책』인지 아닌지—혹은 남자가 누구인지조차 알아볼 수 없었지만 그는 익숙함을 내뿜고 있었고, 편안한 종류의 익숙함은 아니었다. 공포가 박무처럼 내려앉았다. 클레어는 쌍안경을 가지러 갔지만, 창가로 돌아왔을 때 남자는 이미 사라진 후였다. 남자가 더이상 시야에 있지 않으니 더욱 불안했다. 이제 남자는 어디든 있을 수 있었다. 이 방 밖에, 계단에, 아니면 칼을 들고 샤워실 안에 은밀히.

클레어가 창가에서 몸을 돌리자, 남편이 발치에 검은색 더플백을 가만히 내려놓고 벽에 기대서 있었다. 신발을 벗고 양말만 신고 있었는데, 샤워 커튼 봉에 걸려 있던 그 빨간 양말이었다.

자, 리처드가 말했다. 드디어 그 얘기를 할 때가 온 것 같군.

클레어는 내키지 않는 마음을 부정하며 마음을 다잡았다.

그녀는 딱딱한 침대 가장자리에 걸터앉았다. 다시 경찰서로 돌아간 기분이었다. 옷을 어디까지 벗어야 하는지, 너무 소극적이거나 너무 과도하게 행동할 경우 어떤 결과를 낳을지도 알 수 없었다. 클레어는 신발을 그대로 신고 있었다. 가구와 비품이 단출한 것이 꼭 산꼭대기 기숙사 같았다. 방은 신기할 정도로 아무 냄새가 없었다. 환영 인사 쪽지가 침대 시트와 함께 비닐 커버로 밀봉되어 네모난 서랍장 위에 놓여 있었다. 쪽지에는 영어와 스페인어로 '어서 오세요, 행운을 빕니다!'라고 쓰여 있었다.

운동복으로 갈아입을 계획이야? 클레어가 물었다. 그녀는 남편의 체온이 이삼 도쯤 낮은 게 아닐까 궁금했다. 관자놀이께의 옥수수수염 같은 그의 머리는 더욱 희어져 거의 빛이 났고, 얼굴에는 털어놓을 수 없는 문제에 대해 여전히 깊이 고민하고 있음을 시사하는 표정이 떠올라 있었다.

나는 저들의 방법으로는 손에 닿지 않는 곳에 있어, 리처드가 말했다. 아마 당신도 마찬가지겠지.

클레어는 붉은 폴로셔츠를 입은 남자, 고통에 대해 알 만큼 아는 것처럼 보였던 남자가 문제의 근원을 찾는 것에 대해 했던 말이 생각났다. 남자는 그게 마치 주위의 땅을 파고 덩굴손을 잡아당겨 식물의 뿌리를 뽑는 것처럼 간단하다는 투로 이야기했다.

여기서 뭘 하고 있어? 클레어가 물었다. 어디로 가려는 거야?

나는 지금 아주 곤란한 상황이야, 리처드가 말했다. 쫓기고 있거든.

쫓기다니, 누구한테? 클레어의 복사뼈 주변에 불거진 정맥이 고동쳤다.

남편은 혀로 자기 입술을 쭉 훑었다. 그의 눈이 가늘어졌다.

당신한테 쫓기고 있다고 추정했었지.

나한테? 당신 아내한테?

당신이 지금까지 좀 이상하게 굴었다는 건 인정해야지.

이상하게 군 건 바로 당신이지!

리처드의 엄청난 변화는 죽음 이후에도 지속된 것 같았다.

이상함의 기준은 상황에 따라 다를 수 있겠지. 리처드는 한쪽 다리를 뒤로 구부려 양말을 신은 발바닥을 벽에 댔다. 옆방에서 전화벨이 울렸다. 리처드는 자신이 쫓기고 있다고, 협박 전화를 받아왔다고 설명했고, 아바나에서 클레어를 보았을 때…… 흠, 그는 논리적인 결론을 내렸다.

내가 도와줄 수 있어, 클레어가 말했다. 나는 감시 전문가가 되어가는 중이거든.

리처드는 팔짱을 끼고 미심쩍은 얼굴로 고개를 기울여 벽에 댔다. 당신이 감시에 대해 뭘 아는데?

이번에 클레어는 구경거리가 되지 않을 것이다. 구경거리를 만들어낼 것이다.

클레어는 의자를 들고 등받이를 문손잡이 아래 단단히 끼워 넣어 안에서 출구를 봉쇄했다. 가방을 뒤져 손톱 가위를 꺼내면서 그녀는 은신의 규칙을 되새겼다. 다락이나 지하실에 들어가지 말 것, 어두운 곳은 피할 것, 샤워는 꿈도 꾸지 말 것, 벽장에 들어가 숨을 것, 문손잡이 아래 의자를 끼워 넣을 것, 적극적으로 변장할 것, 결코 어떤 상황에서도 이상한 소리를 들었다고 해서 조사하려 들지 말 것.

좋은 예: 바로 지금 벽면을 통해 통곡 같은 소리가 들린다. 옆방 문을 두드리고 괜찮은지 알아봐야 할까? 당연히 아니다.

이렇게, 적어도, 그들은 준비가 되어 있었다.

클레어는 욕실에서 남편의 셔츠에 달린 진주알 단추를 한 번에 하나씩 풀었다. 베레스니악 교수와 접힌 살집을 혐오하던 모습이 떠올랐다. 클레어는 남편의 가슴 중앙에 난 부드러운 털을 가볍게 쓸었다. 배꼽도 어루만졌다. 오른팔 그리고 왼팔을 소매에서 차례로 빼고 셔츠를 스르륵 벗겨 못걸이에 걸었다. 클레어는 남편을 뒤로 돌렸다. 등허리에 난 점, 겨드랑이 냄새를 검사했다. 한 손을 들어 그의 타원형 손톱도 검사했다. 믿을 수 없을 만큼 깨끗했다.

멍도 열상도 흉터도 하나 없었다. 사고의 흔적이 전혀 없었다, 만약 '사고'라는 게 정말 맞는 단어라면.

리처드가 좌변기 위에 앉았고, 클레어는 그의 머리를 두피에 바싹 붙여 깎았다. 욕실에는 창문이 없었다. 벽면은 메스꺼운 녹색으로 칠해져 있었다. 클레어는 이곳이 은신처처럼 느껴졌다.

조심조심, 리처드는 머리를 자르는 동안 연거푸 말했다. 조심히.

높이가 명료함을 가져온다. 클레어의 아버지가 입버릇처럼 하던 말이었다. 고층 빌딩 꼭대기에서 보면 도시의 모양새가 한눈에 들어온다. 산꼭대기에서 보면 주변 땅이 한눈에 들어온다. 시에라네바다 산악지대에서 자란 아버지는 플로리다의 납작함을 결코 좋아하지 않았다. 아버지는 높이의 부재가 시각을 제한한다고 느꼈다.

클레어는 리처드의 머리통을 손으로 쓸었고 그 까슬까슬함이 만족스러웠다.

리처드가 일어나 벌겋게 일그러진 얼굴로 발치에 떨어진 머리카락을 살폈다. 수건으로 어깨를 털었다. 클레어는 셔츠를 벗었다. 브래지어에서 땀과 슬픔의 냄새가 났다. 피가 최고 속도로 몸속 터널을 통과했다. 클레어는 리처드에게 가위를 건네고 좀 더 자신처럼 보이지 않게 해달라고 부탁했다.

변기에 앉아서 클레어는 발밑으로 느껴지는 바닥이 얼마나 견고한지, 얼마나 차갑고 딱딱한지에 집중하려 애썼다. 흔들리는 어금니를 눌렀다. 리처드가 조심스럽게 클레어의 갈색 머리칼을 한 움큼씩 모아쥐기 시작하는 게 느껴졌다. 그녀의 머리칼은 상상할 수 있는 가장 평범한 색이었다. 적갈색이라고 하기엔 붉은 기가 부족하고, 짙은 금발이라고 하기엔 밝기가 부족했다. 클레어는 남편에게 조심하라고 말하지 않았다. 그녀에게 조심성 같은 건 더이상 필요하지 않았다. 두피를 따라 이리저리 움직이는 남편의 손길을 음미했다.

전등 스위치 바로 위쪽 벽에 묘한 수채화가 걸려 있었다. 괴물 같은 암회색 나무 두 그루가 하늘을 뚫고 자라났는데 다만 위아래가 반대였다. 구름 속에 꽂힌 나뭇가지 윗부분은 그림 밑바닥에 있고, 뿌리가 매달린 땅이 위쪽에 있었다. 청록색, 분홍색, 연두색 빗금들이 배경을 가로지르며 비행운처럼 뻗어 있었고, 그 것은 세계의 끝에서 저무는 일몰이었다. 나무들 사이에 그려진 자줏빛 왕관 같은 것은 아래턱 해부도를 연상시켰다.

리처드가 클레어의 어깨를 톡톡 쳤다. 클레어는 앙가슴에 떨어진 머리카락을 내려다보았다. 거울을 보니 머리를 아주 짧게 잘라냈고, 앞머리도 짧고 빼뚤빼뚤했다. 지금까지 그녀가 허물을 벗듯 예전 모습을 버려온 것을 감안하면, 이것은 그녀의 몸이 거쳐야 할 과정의 자연스러운 귀결로 느껴졌다. 머리칼이 갑자기 없어지니 이목구비가 과장되어 보였다. 모든 게 살짝 부은 듯 또 살짝 날카로운 듯 보였다.

거울 속 두 사람은 한쪽 팔과 골반이 서로 맞닿은 채 나란히 서 있었다. 잘린 머리카락들이 쇄골을 따라 늘어섰고 배꼽을 둘러쌌다. 그들의 몸은 무기 같아 보였다. 클레어는 남편의 표정이 미묘하게 바뀐 것을 감지했다. 눈과 입 주위가 부드러워지고 긴장이 풀렸다. 그러나 거울에 비친 그들의 모습을 자세히 살필수록 그 두 사람이 거울 속에 갇힌 완전히 다른 커플이라는 생각이 들어 불안해졌다. 자신은 움직였는데 거울 속의 상이 동시에 움직이지 않을까봐, 그 의심이 사실로 확인될까봐, 움직이기가 두려웠다.

그들의 정적인 자세를 깬 것은 리처드였다. 그는 몸을 돌려 못걸이에 걸린 셔츠를 집어들었다. 클레어도 동시에 거울에서 눈을 떼며 조심스럽게 몸을 돌렸고, 그러자 수채화를 마주보게 되었다. 알고 보니 그림은 위아래가 거꾸로 걸려 있었다. 화가의 서명이 바닥이 아니라 상단 구석에 있었다. 수채화를 똑바로 돌려놓은 후에도 클레어는 뒤집힌 숲을 머릿속에서 떨칠 수가 없었다.

잠깐만. 클레어는 남편이 셔츠를 도로 입기 전에 말했다.

리처드가 방 한가운데에서 걸음을 멈췄다. 클레어는 창문에 커튼을 치고 대낮을 완전히 밀어냈다. 그리고 리처드의 셔츠를 빼앗아 의자 등받이에 걸쳐두었다. 클레어는 그의 두 손을 잡았다. 그는 금빛이 도는 눈으로 그녀를 응시했고, 입꼬리가 씰룩거렸다. 그의 입술이 벌어지며 촉촉해졌다. 클레어는 당혹스러운 생각을 떠올리지 않으려고 무진 애를 썼다(그녀는 눈앞에 있는 바로 이 몸이 하얀 시트를 목까지 덮은 채 병원 테이블 위에 놓여 있는 것을 보았었다. 그녀는 지금 귀신 혹은 남편인 척하는 낯선 이와 자려는 참이었다). 클레어는 두 사람의 손바닥 사이에 모여드는 열기에만 생각을 집중하려 애썼다.

두 사람은 낮은 침대 위로 쓰러졌고, 머리카락이 피부에 들러붙었다. 클레어는 두 손을 그의 겨드랑이 아래에 밀어넣었고, 이내 그녀의 손가락은 그의 갈비뼈를 지나고 허리띠의 딱딱한 버클을 넘어 허벅지 안쪽으로 미끄러져 들어갔다. 뜨거운 통증이 그녀의 가랑이 사이에서 자신의 존재를 알렸다. 그녀의 속눈썹이 짙어졌다. 어깨가 들썩였다. 클레어는 문 반대쪽으로 얼굴을 돌리고 있었고, 만약 누가 열쇠 구멍으로 엿본다면 자신들이 평범한 커플처럼 보일 거라고 생각했다―악마의 씨를 임신한 것처럼, 도둑이 쇠지레로 그녀의 가슴뼈를 비틀어 열고 심장을 꺼내려는 것처럼 그녀의 몸속에서 점점 커지는 토할 것 같은 압력은 구경꾼에게는 보이지 않을 것이다.

클레어는 방안에 보이지 않는 세번째 존재가 있기를, 이 모든 것을 기록하는 누군가가 있어서 나중에 그녀가 기록된 영상을 보고 실제로 무슨 일이 일어났는지 이해할 수 있게 되기를 바랐다.

클레어, 리처드가 두 손으로 그녀의 머리를 감싸며 말했다. 내 사랑.

그는 일어나 앉아서 그녀의 어깨를 눌러 침대에 고정시켰다. 그녀의 신경 하나하나가 모조리 까발려지며 불타올랐다. 클레어는 얕은 숨을 헐떡이기 시작했고, 숨이 너무 가빠서 그녀 역시 죽을지도 모르겠다고, 의식을 '아무도 모르는 어딘가'로 보내버릴지도 모르겠다고 생각했다. 목에 닿는 그의 젖은 입술, 근육과 혈관의 부드러운 압박, 통증의 해소―그런 후에, 감정이 북받친 그녀가 벗은 몸을 동그랗게 말고 흐느끼기 시작하자 리처드가 울고 있는 그녀를 뒤에서 꼭 끌어안았다. 그들의 저번 생에서는 그가 한 번도 해준 적 없는 행동이었다. 클레어는 두번째 자아, 은밀한 자아를 계속 숨기고 있었으므로 리처드를 유혹한 것은 아니었다. 그녀는 아무것도 느끼지 못하거나 너무 많이 느껴서 표현력이 압살된 사람 같았다—말로 다 전할 수 없다면 아예 입을 다무는 편이 낫다고 결심한 게 언제였을까? 그럼에도 이번 생의 기묘함 속에서 리처드는 지금 클레어를 이런 식으로 안아줄 수도 있었다.

클레어가 커튼을 열었을 때는 밤이 산을 거대한 어둠으로 바꿔놓은 후였다. 클레어는 알몸으로 창가에 섰다. 목덜미에서 짧고 깔깔한 머리털이 만져졌다. 아래쪽 테라스는 더이상 비어 있지 않았다. 여러 개의 푸른 형광 조명이 탐조등처럼 돌아다니는 디스코장으로 탈바꿈했다. 거리가 멀어서 음악은 은은하게 들렸다. 베이지색 운동복을 입은 사람들이 파란 스포트라이트를 받으며, 몇몇은 파트너와 함께, 몇몇은 혼자 뱅뱅 돌면서 스스럼없이 춤을 추고 있었다. 클레어는 아직까지 일상복을 입은 손님을 한 명도 보지 못했고, 자신과 리처드가 유일한 투숙객이 아닐까 궁금해졌다. 이 호텔이 모종의 치유를 제공하는 건 분명해 보였다.

리처드, 이리 와서 봐봐. 클레어가 말했다.

리처드는 그녀 뒤에 섰고, 두 손을 그녀의 허리께에 가만히 얹었다. 그리고 뒤에서 손을 뻗어 창문을 열고 청량한 공기를 안으로 들였다. 음악이 떠올라 그들의 방안으로 흘러들었고, 클레어는 로이 오비슨* 노래의 스페인어 버전이 틀림없다고 확신했다. 두 사람은 베이지색 운동복을 입은 커플들처럼 좌우로 몸을 가볍게 흔들었고, 그녀의 뒤통수가 그의 따스한 가슴팍에 닿았다. 클레어의 쇄골에 짧은 머리칼이 여전히 붙어 있었다. 리처드가 머리칼을 하나씩 떼어내 창밖으로 던졌다.

우리 신혼여행 때 기억나? 클레어가 물었다.

당연하지, 리처드가 말했다.

신혼여행을 준비하며 클레어는 예전에 부모가 조지아에서 운영했던 숙소를 알아봤지만, 이미 그곳은 없어지고 해변에 전용 카바나가 딸린, 하룻밤에 오백 달러나 하는 초호화 호텔이 들어서 있었다. 클레어는 리처드에게 남부 해안을 보여주고 싶었으므로, 아쉬운 대로 그보다 좀더 북쪽에 있는 머틀비치로 갔다.

두 사람은 그곳의 해변에서 아침 산책을 하다가 백 달러짜리 지폐를 발견했다. 그들은 지폐를 집어들어 원석을 검사하는 보석 상인처럼 햇빛에 비춰 보았다. 샌디에이고의 집세는 가파르

---

* 20세기 중후반에 활약한 미국의 유명 록 발라드 싱어송라이터.

게 올랐다. 당시 클레어는 실직 상태였고 남편은 학자금 대출에 허덕이고 있었다―그리고 결혼 육 개월 차에 그녀는 상당한 신용카드 빚을 지게 된다.

분명 이런 걸 예산에 넣지는 않았는데, 지폐의 워터마크를 살펴보며 클레어가 말했다.

그들은 지폐를 주머니에 넣고 계속 걸었다. 잠시 후 모래에 반쯤 파묻혀 나부끼는 지폐를 또 한 장 발견했다. 방금 찍어낸 것처럼 빳빳하고 푸르고 알싸한 신권의 냄새가 났다. 워터마크는 충분히 진짜 같았지만 분명 위조지폐일 거라고 두 사람은 확신했다. 누가 이백 달러를 잃어버리겠어?

날씨는 쌀쌀했고, 해변은 고요했다. 돌아오는 길에도 잃어버린 돈을 찾아다니는 사람은 한 명도 만나지 못했다. 두 사람은 곧장 그 지역 은행으로 지폐를 가져갔고, 은행원은 그 지폐가 진짜임을 확인해주었다. 이것들을 그냥 주웠다고요? 은행원이 수상쩍다는 투로 물었다. 두 사람은 대낮의 햇살 속으로 뛰쳐나왔고, 우주가 그들에게 부귀영화의 징조를 내려준 기분이었다.

아니면 우주가 우리에게 비싼 이혼을 하게 될 거라고 말해주는 걸지도 모르지. 클레어의 농담에 두 사람은 웃음을 터뜨렸다. 둘 다 비싼 이혼 소송을 할 만한 돈 자체가 없었기 때문에 그저 웃긴 농담이었다.

우리 그걸로 엄청 비싼 마르가리타 칵테일 사서 마셨잖아. 클레어가 덧붙였다. 나머진 저금하기로 약속했었지.

창가에서 리처드는 클레어를 바싹 끌어당겨 안았다.

남편의 수첩에서 클레어는 츠베탄 토도로프*가 판타지에 대해 언급한 내용을 우연히 봤었다. "진짜 우리 세계, 우리가 아는 세계, 악마도 공기의 요정도 흡혈귀도 없는 세계에서, 이 친숙한 세계의 법칙으로는 설명할 수 없는 일이 일어난다." 머틀비치에서는 우연한 행운의 세계, 일반적인 법칙을 거부하는 세계가 친숙한 세계 안에서 열렸다. 클레어는 어쩌면 지금도 그런 일이 일어나고 있다는, 하나의 세계가 또다른 세계 안에서 열리고 있을지도 모른다는 생각이 들었다.

우리가 비싼 이혼을 하게 되었을 거라고 생각해? 리처드가 말했다.

비싼 이혼은 아이들이 있거나 재산이 많은 사람들이나 하는 거지. 클레어는 손가락을 튕겼다. 우리 이혼은 신속하고 깔끔했을 거야.

결혼에 대해 세운 가설이 하나 있다고, 클레어는 남편에게 말했다. 사실 가설이라기보다는 조금 전에 문득 떠오른 생각에 가

---

* 불가리아계 프랑스 역사학자, 철학자, 문학이론가.

까웠지만. 그게 뭐냐면, 한 계절 동안만 지속되는 결혼이 가장 이상적이라는 것이다. 원한다면 살아가는 동안 그런 식으로 여러 번의 결혼생활을 누릴 수 있다. 어떤 것은 다른 것보다 나을 테고, 겨울 동안의 결혼생활이 가장 좋고 여름의 결혼생활이 가장 못하다는 사람도 있을 테고, 아예 결혼하지 않는 게 좋다는 사람도 있을 것이다. 핵심은 마음이 변하기 전에 빠져나오는 것이다.

그런 걸 일컫는 용어가 있지, 리처드가 말했다. 방탕이라고.

아냐, 아냐, 클레어가 말했다. 이건 완전히 다른 느낌일 거야.

한 계절도 보장할 수는 없지, 리처드가 말했다. 한 주 만에 혹은 오 분 만에 변하는 사람도 있을걸. 지금 창문으로 날아 들어온 바윗덩어리에 정통으로 맞아서 이 산꼭대기에서 굴러떨어졌다고 상상해봐. 바닥에 닿을 때쯤엔 달라져 있지 않겠어?

그때쯤엔 죽었겠지, 클레어가 말했다.

리처드는 클레어를 빙그르 돌려세웠다. 그러고는 그녀의 한 손을 움켜쥐더니 천장을 향해 들어올렸다. 이제 두 사람은 진짜로 춤을 추고 있었다.

맞아, 그가 말했다. 그리고 그건 실로 상당한 변화일 거야.

두 사람은 얇은 이불을 덮고 함께 잠들었다. 커튼은 완전히 닫혀 있었고, 방안은 고요하고 어두웠다. 그러나 클레어는 다른 장소에서 깨어났다. 그녀의 몸속 어떤 배선에 문제가 생겼다. 잠시 동안은 새끼손가락조차 들어올릴 수 없었다. 그다음에는 당장 그 베이지색 복도를 뛰어다니지 않으면 폭발할 것 같은 느낌이었다. 온몸이 덜덜 떨리며 열이 났고, 활활 타올랐다가 차갑게 얼었다. 또다시 그녀는 어두운 숲속에 놓여났고, 이번에는 벽도 바닥도 없는 암흑 구덩이로 곧장 뛰어들었다. 떨어지고 또 떨어졌다.

클레어는 자기 얼굴을 세게 때렸다. 불길이 살갗 위로 확 번지더니 이내 사라졌다.

그녀는 구덩이의 딱딱한 바닥에 세게 부딪혔고, 숨이 턱 막혔다. 그녀는 자신의 마른 젖꼭지를 꼬집었다. 각질이 일어난 팔꿈치를 꽉 쥐었다. 딱딱한 매트리스 위에서 몸을 이리저리 비틀었다. 종아리에 쥐가 났다. 뱀장어들이 돌아와 근육 속에서 꿈틀대고 있다고 상상했다.

클레어는 다시 자기 얼굴을 때렸다. 흔들리던 어금니가 빠졌고 그걸 통째로 삼켰다.

클레어는 바로 옆에서 자고 있는 남자에게 손을 뻗었다. 꺼슬꺼슬한 손가락 관절, 건조한 손바닥. 한참을 그의 숨소리에 귀를 기울였다. 이 남자는 리처드고, 우리는 쿠바섬에, 생태 관광과 수중 마사지로 유명한 호텔에 있다―이게 어떻게 가능하지? 가능할 리 없다. 남편은 여기에 없고, 그건 불가능하고, 그 누구도 이런 일을 마법처럼 빚어낼 순 없다.

그것이 클레어의 정신이 줄곧 닿으려 했던 목적지였다.

리처드의 숨소리에, 혹은 숨쉬는 척하는 소리에 귀를 기울일수록 그녀 내면의 남편 잃은 여자가, 저번 생에서 온 이전의 자아가 수면 아래서 몸부림치는 느낌이었다. 비장 파열에 대해 설명하는 외과의사의 말에 귀를 기울이던 여자. 남편의 부모에게, 이어서 자신의 부모에게 전화를 걸어 차마 말할 수 없는 것들을 말하던 여자. 관을 고르던 여자. 장례식에서 삽을 건네받고 남편을 흙으로 덮는 일에 동참할 것을 요구받던 여자.

순순히 따르던 여자.

삽을 한 번씩 움직일 때마다 남편에게 범죄를 저지르는 느낌이었다.

남편을 잃고 속으로 자책하던 여자는 그녀가 가증스러운 것과 동침하고 있음을, 비탄에서 비롯된 망상과 나란히 누워 있음을, 그리고 언제라도 시체 옆에서 깨어나거나 홀로 깨어날 수 있음을 알고 있었다. 그래서 클레어는 리처드 위에 올라탔다. 짧게 깎은 그의 머리칼을 움켜쥐었다. 그녀의 손톱이 그의 두피를 파고들었다. 그의 얼굴을 더듬었다. 두 손으로 그의 목을 감싸고 꽉 눌렀다. 당신은 죽었어, 클레어는 연신 중얼거렸다, 여기엔 아무도 없어. 그러나 번쩍 뜬 눈, 공포에 물들어 휘둥그레진 그의 눈이 있었다. 그녀 아래 깔린 채로 몸을 비틀며 발길질을 하는 그가 있었다. 그녀의 이름을 외치는 그의 목소리가 있었다. 클레어는 숨을 헉 들이켜고 그를 놔주었다. 그녀는 거칠게 휘젓는 그의 팔에 맞아 침대에서 떨어졌고, 두 사람—남편과 아내, 가해자와 피해자, 산 사람과 죽었다고 할 수는 없는 사람—은 한 방에 누워 숨을 헐떡였고, 이윽고 클레어는 마룻바닥을 통해 올라오는 아침의 열기를 느꼈다.

3부

미지의
법칙

이 세상에서 여행자는 평화로운 존재가 아니다. 시호스에서 손님들이 난장판으로 만든 방을 보고 난 후(서랍은 빠진 턱처럼 다 나와 있고 샤워 커튼 봉은 떨어져 있고 이불은 오물이 묻은 채 돌돌 말려 있고—장갑 가져와라, 어머니는 말하곤 했다), 아니면 손님이 방을 너무 깨끗하게 치우고 가서 뭔가 나쁜 짓을 덮으려 한 것 같은 분위기를 풍길 때, 그런 생각이 클레어의 머리를 스쳤다. 호텔방도 인간의 몸뚱이처럼 까딱하면 신세를 망칠 수 있는 것이다. 협박성 후기가 온라인에 게재됐다. **"할 수만 있다면 거기 불을 질러버리겠다."** 비행기가 착륙하는 순간, 방 열쇠를 건네받는 순간, 여행자들은 어딘가가 고장나버린다. 여기서 나는 내가 아냐. 클레어는 그 대사를 듣는 입장이 되어보기도,

하는 입장이 되어보기도 했다. 여행중의 자아는 일시적이고, 집에 갈 시간이 되면 버려진다―그러니 어떻게 그 자아가 책임을 질 수 있겠는가? 그러나 사람은 집에서 멀리 떠나 있을 때, 평소의 현재 시제에서 해방되어 자유롭게 거짓말을 할 수 있는 곳에서 훨씬 더 자기 자신다워지는지도 모른다. 여행이 그 모든 잠재적 DNA를, 태곳적부터 내려온 그것을 표면으로 밀어올리는지도 모른다. 식구가 다섯인 어느 가족이 사냥감을 찾아 돌아다니는 정복자 무리가 되고. 아내는 살인자가 되고.

비탄 또한 폭력의 형태를 띨 수 있고, 허락을 받았다는 그릇된 감각을 줄 수 있고, 주변 세상을 지워버릴 수 있다. 그게 바로 클레어가 폭력과 관련해 가장 두려워하던 점이었다. 폭력은 너무 쉽게 전이된다. 대학 때 남자친구에게 떠밀려 계단을 구른 뒤에도 그녀는 폭력으로 되갚고 싶지 않았다. 심지어 법적 조치를 취할 생각조차 없었다. 그저 잊고 나아가고 싶을 뿐이었고, 일을 크게 만들고 싶지 않았다. 그러나 그로부터 몇 달 후 높은 사다리를 오르는 남자 앞을 지나가는데, 갑자기 그 사다리를 붙잡고 세게 흔들고 싶었다. 그 충동이 너무나 강렬해서 명령처럼 느껴졌다.

클레어는 최근 들어 생은 일련의 결정적 시선으로 이루어져 있고, 지상에서의 삶은 적절한 순간에 적절한 방향을 기꺼이 바라보려는 의지로 평가된다는 생각이 들어 마음이 착잡했다. 확실히 그녀에게는 그런 자발적 의지가 결여되어 있었다. 그녀의 렌즈는 엉뚱한 순간에 돌연 엉뚱한 방향으로 회전했다. 시스템이란 본디 제거하기 어렵다. 평생에 걸쳐 구축해온 그녀 자신의 엉뚱한 방향 설정 시스템 역시 마찬가지였다. 어떤 이의 말이나 행동이 아니라, 어디를 바라보고 어디를 바라보려 하지 않는가가 그 사람이 용감한지 정직한지, 혹은 적어도 그럭저럭 괜찮은지를 결정한다. 눈은 말이 없고 그러므로 대단히 진실되다. 눈은 자신이 본 것을 누군가와 공유할 필요가 없으며, 결국, 어느 누구에게도 말할 필요가 없다.

클레어는 마룻바닥에 누워 리처드가 신발끈을 묶는 모습을 지켜보았다. 침대와 직각으로 누워 있어서 남편의 발과 손목과 재빠른 손가락만 보였다. 클레어는 뺨을 마루에 대고 누른 채 눈을 깜박이고 또 깜박였고, 렌즈가 쓸모없이 여닫혔다. 그녀의 뼈 끝부분은 노글노글했고 근육은 젤리처럼 흐물흐물했다. 뇌는 쇠수세미로 만든 구로 대체됐다. 뱃속은 밤새 돌덩이를 삼킨 듯한 느낌이었다.

클레어는 스스로의 내면을 구석구석 점검했고, 『포켓판 외딴섬의 지도책』을 읽던 정장 차림의 남자에 대한 우려가 사라졌음을 알았다.

이제 그 남자는 없어, 클레어는 소리 내어 말했다. 어젯밤에 내가 죽였어.

다음 순간 클레어는 리처드가 일어나서 나가는 중이라는 것을, 그의 움직임이 그녀에게 몸을 일으키라고 요구하고 있다는 것을 깨달았다.

모든 동작이 파편적이었고, 한 동작은 다음 동작과 거의 연결되지 않았다. 클레어는 마룻바닥에서 팔다리를 한 번에 하나씩 떼어냈다. 그녀는 무취한 방안 여기저기에 흩어진 옷을 주워모았다. 협탁에서 손목시계를 발견하고 지금이 정오이며 시간이 아침에서 한낮으로 미끄러지듯 나아갔다는 사실에 충격을 받았다. 클레어는 침대 가장자리에 걸터앉아 옷을 입기 시작했다. 먼저 시계와 양말과 운동화를, 이어서 옷가지를. 그녀의 모든 움직임은 순서가 뒤죽박죽이었다.

클레어는 웅장한 석조 계단을 뛰어내려가 화사한 그림이 걸린 로비를 통과했다. 백팩이 어깨에 부딪히며 흔들렸다. 그녀는 푸른 잔디에 모여 있는 환자들을 지나쳤다. 그들은 풀밭에 무리지어 있는 아주 키가 큰 새들을 연상시켰다. 주변에 끝없이 이어진

하이킹 코스가 잔뜩 있음에도 불구하고, 베이지색 운동복을 입은 사람이 호텔 부지를 벗어나는 모습은 한 번도 보지 못했다.

클레어는 가파른 진입로를 내려가 하이킹 코스 시작점을 알리는 채색된 나무 표지판을 따라갔다. 길 중앙에 잡초가 등줄기처럼 가늘게 줄지어 자라서 반으로 나뉜 갈색 흙길을 성큼성큼 걸어가는 리처드가 저멀리 보였다.

리처드, 클레어는 그를 따라잡으며 불렀다. 리처드.

그는 그녀를 알은척하지 않았다. 이동성이란 남편에게도 세상을 차단하는 벽이었을 거라고, 클레어는 짐작했다. 리처드가 맹렬히 청소를 하는 동안 클레어는 남편 옆에서 맴돌며 무슨 질문이든 던져도 됐지만, 리처드는 모든 언어를 튕겨내는 방패를 세운 것 같았다. 그 무엇도 방패를 뚫을 수 없었다.

거기 서, 클레어가 말했다. 좀 서라니까.

땅이 흔들렸다. 말을 탄 관광객 무리가 그들 뒤에서 나타났다. 짐승들은 느릿한 속보로 움직였고 기수들은 무거운 가죽 안장 위에서 통통거렸다. 클레어와 리처드는 한쪽 옆으로 비켜서며 얕은 배수로로 들어갔다. 클레어는 남편 목둘레에 생긴 옅은 분홍색 자국을 힐끔 보았다. 검은색 말을 탄 남자 하나가 소형 캠코더를 얼굴 앞에 들고 있었고, 그가 큰 소리로 자신의 여정을 이야기할 때 캠코더 렌즈가 클레어와 리처드를 휙 훑었다. 관광객 무리가 산길을 오르자 가이드가 손을 흔들었다. 리처드는 계속 걸었고, 클레어는 계속 뒤쫓아갔다. 초목이 우거진 숲속 깊숙이 들어가자 길 가장자리를 따라 대나무와 야자수가 서 있었다. 뒤엉킨 덤불 속에서 작은 새들이 바스락거리며 돌아다녔다. 풀숲에서 뭔가 달가닥거리는 소리가 들렸다. 어떤 나뭇가지는 화살처럼 쭉 뻗었고, 어떤 건 뱀처럼 구불구불했다. 두 사람은 지천에 널린 분홍색 브루그만시아를 지나쳤고, 거꾸로 달린 나팔 모양 꽃이 바람에 흔들거렸다. 플로리다 일부 지역에서도 브루그만시아는 흔한 식물이었고, 꽃은 환각을 유발하는 특성이 있었다. 밧줄로 엮은 다리가 그들을 얕은 개울 건너로 이끌었고 좀 더 긴 오르막길이 이어졌다. 오솔길은 가파른 바위투성이 길로 변했다. 나뭇가지 사이로 보이는 하늘이 너무나도 강렬한 파란색이라 가짜 같았다. 기만적인 하늘.

귀에 거슬리는 기계음이 나더니 하니스를 찬 사람 몸뚱이가 나무우듬지를 가로지르며 미끄러지는 모습이 언뜻 보였고, 큐어호텔 로비에서 봤던 집라인 안내책자 생각이 났다. 집라인, 크루즈선. 왜 관광객들은 늘 물리적으로 다른 것 위에 있고 싶어하는 걸까?

산길을 오르는 내내 째깍째깍 흘러가는 시간과 뱃속에서 무겁게 뛰는 맥박이 느껴졌다.

두 사람은 얕은 물웅덩이에 다다를 때까지 걸었고, 웅덩이는 어마어마한 크기의 석회암 동굴로 이어졌다. 클레어는 동굴의 아름다움에, 이런 것이 나무 사이에 숨겨져 있었다는 경이로움에 잠시 넋을 잃었다. 반짝이는 석순 기둥이 달린 동굴, 이렇게나 거대하고 이렇게나 손상되기 쉬운 무언가를 보는 것은 감동적이면서도 고통스러웠다. 동굴 입구는 아주 높고 매우 비좁았으며, 작고 뾰족한 잎사귀가 달린 길고 가느다란 덩굴에 가려 있었다.

바위에 단단히 고정된 검은 케이블이 방문객들에게 입구까지 올라가는 길을 알려주었다. 리처드는 첨벙거리며 웅덩이를 가로질러 케이블을 붙잡았다. 클레어는 그가 바위를 하나씩 하나씩 밟고 몸을 끌어올려 이내 석회암 가운데의 높고 비좁은 구멍 사이로 사라지는 모습을 지켜보았다. 클레어 자신의 등반은 그다지 우아하지 않았다. 마치 줄에 기름이 발려 있는 것 같았다. 그녀는 허우적거리며 석회암을 기어올랐고 무릎이 까졌다. 백팩이 중력과 합세하여 어깨를 세게 잡아당겼다. 물 떨어지는 소리가 들렸다. 젖은 암석 냄새가 났고, 냄새가 존재하는 세계로 되돌아오니 마음이 놓였다. 안으로 들어가자, 커다란 바위 위에 등을 구부리고 앉아 헐떡이며 숨을 고르는 리처드가 보였다. 죽은 자들은 자기들만의 법칙에 따라 움직이지만, 그들마저도 고도의 영향에서 자유롭지는 않은 모양이었다.

클레어는 기다란 입구를 등진 채 동굴 끄트머리에 섰다. 리처드 너머에는 짙은 그림자 계곡이 있었고, 그녀는 자신이 어디까지 들어갈 마음을 낼 수 있을지 확신이 서지 않았다.

당신에게 해주고 싶은 얘기가 있어, 리처드가 동굴 안에서 말했다.

마치 그의 목소리가 그녀의 머리 위로 찬물을 한 잔 끼얹은 것 같았다.

클레어는 남편과 나란히 바위 위에 앉았다. 그녀는 짧게 자른 머리칼에서 땀을 닦아냈다.

몇 년 전 두 사람이 샌디에이고에 살던 시절, 그는 같은 영화학과에 재직했던 교수 중에 아내가 세상을 떠난 후 아내의 자리를 대신할 여자를 고용했던 남자 이야기를 들었다. 종일은 아니었고 주중 저녁 중 며칠을 정해서, 이따금 일요일 오후에도, 여자는 교수의 아내 역을 했다. 정확한 계약 조건은 알 수 없었지만, 그 교수 앞에서 여자는 죽은 아내와 같은 이름으로 통했다. 옷도 남자의 아내처럼 입었다. 머리도 똑같이 했다. 동료들은 사무실 창문을 통해, 두 사람이 팔짱을 끼고 캠퍼스 안을 산책하는 모습을 보았다. 진짜 아내가 죽기 전 늘 하던 대로 말이다. 굉장히 해괴한 일이었지만 사람들은 섣불리 비판하고 나서지 못했다—어쨌든 남자는 애도하는 중이었으니까. 그런데 남자가 그 여자를 학대한다는 소문이 돌았다. 레스토랑에서 여자를 질타하며 거칠게 거리로 끌어내는 모습이 목격됐다. 그게 전 아내에게도 하던 짓이었는데 용케 숨겨왔던 것인지 아니면 늘 해보고 싶어했으나 기회가 없었던 것인지는 확실치 않았다. 어느 날 밤, 경찰이 그의 집에 들이닥쳤다. 소문에는 남자가 섹스 도중에 여자를 때리기 시작했고 거기서 상황이 더욱 나빠졌다고 했다. 남자가 여자를 거의 죽이려 했던 모양이었다. 하지만 결국 여자는 그를 고소하지 않았다. 이후 그 아내 대역의 여자를 본 사람은 아무도 없었다. 교수는 퇴직하고 집을 내놨다. 그의 현재 행방은 알려지지 않았다.

그거 진짜 있었던 일 아니지, 클레어가 말했다. 나도 당신과 함께 샌디에이고에 있었어. 어떻게 내가 아내 대역과 사는 미친 남자에 관해 아무것도 못 들었을 수가 있어?

우리가 거기 살기 몇 년 전에 일어났던 일이야, 리처드가 말했다. 내가 그 교수 사무실을 받았기 때문에 알게 된 거고.

그 사무실은 지층에 있었고, 가로대가 달린 창문 하나로 최소한의 빛이 들어왔으나 필로덴드론 화분 하나도 살지 못할 정도였다. 클레어에게 그 방은 별 특징이 없는 공간이었고, 명백한 위험의 징후 같은 건 보이지 않았다. 비록 지금에야 그 방이 학부에서 그다지 좋아하지 않는 교수들을 넣어두는 곳이 아닐까 하는 생각이 들었지만.

내 이야기의 요점은, 애도하는 사람들은 무척 위험하다는 거야, 리처드가 말했다. 그들은 무시무시한 발톱을 지닌 상처 입은 짐승들 같다고, 피 흘리며 구석에 몰린 짐승들.

알았어, 클레어가 말했다.

그들은 정상적인 정신 상태가 아니야, 리처드가 말을 이었다. 그런 사람들은 집밖에 나가게 하면 안 돼. 장례식 직후부터 일종의 대기 기간을 도입해야 해, 격리 기간을. 이건 공공의 안전이 걸린 문제라고.

클레어는 오른발을 들어 리처드의 한쪽 발 위에 올려놓았다.

그녀가 말했다. 당신 요점은 확실히 알아들었어.

안에서 동굴 입구를 보니 길쭉한 석순들이 바위에 그림자를 드리운 채 망을 보고 있었다. 두 사람이 어떤 생물의 아가리 바로 안쪽에 들어와 부드러운 생체 조직을 깔고 앉은 느낌이었다.

이런 일을 예상했어야 했는데, 리처드가 말했다. 준비를 했어야 했어. 몇 달씩이나 당신이 굉장히 이상하게 굴었는데.

내가 이상하게 굴었다고?

이상한 건 당신이었어, 클레어가 말했다. 이상하게 굴기 시작한 건 당신이었다고.

그녀에게 이 대화는 마치 동굴 벽 앞에 서서 돌덩이를 미는 것 같은 느낌을 주었다. 너무 크고 단단해서 움직이기 어려운 돌덩이를.

리처드는 그건 전혀 맞지 않는 얘기라고 반박했다. 그는 그저 아내에게 무슨 일이 생긴 것인지, 그 근원을 알아내려 했을 뿐이었다. 정말로 기억이 안 나는가? 클레어는 2월에 오마하에서 돌아온 뒤에 며칠 동안 완전한 문장으로 말을 하지 못했다. 처음에 그는 그녀가 바람이 난 게 아닐까 생각했고, 나중에는 훨씬 더 복잡하고 중대한 무언가가 있다는 의심이 들었다. 그러한 의심은 클레어가 아버지에게서 우편물 한 통을 받고 나서 전과 유사하게 말을 못하는 상태가 되면서 더욱 짙어졌다. 클레어가 욕실에 들어가서 뜯어본 얇은 봉투. 그녀는 안에 무엇이 들어 있는지 말하기를 거부했다.

아냐, 클레어가 말했다. 그건 전부 다 틀려.

아니 맞아, 리처드가 주장했다.

아냐. 클레어는 손으로 두 눈을 가렸다.

난 감당할 수 없어.

아무것도 결정된 건 없어.

리처드는 클레어의 손을 얼굴에서 떼어냈다. 한 번에 손가락 하나씩.

두 사람은 동굴 안으로 점점 더 깊숙이 들어갔다. 날카로운 바위와 튀어나온 석회암을 기어오르고, 표면에 물이 묻어 반짝거리는 조약돌과 그 사이사이에 박힌 은색 미사토가 담요처럼 깔려 있는 구간을 가로질러갔다. 클레어는 동굴이 점차 어두워질 거라고, 걸음을 내디딜 때마다 두 사람이 함께 더 깊은 어둠 속에 잠기게 될 거라고, 이젠 어디에도 숨을 수 없거나 어디에나 숨을 수 있을 거라고 생각했다. 하지만 자연광의 흐름이 계속해서 동굴 바닥을 밝게 비췄다. 물 떨어지는 소리가 갈수록 요란해졌고, 그 콸콸거리는 소리가 클레어의 두 귀 사이에서 얼얼하게 울렸다. 그들 결혼생활의 마지막 해가 꼭 이러했다는 생각이 들었다. 사방에서 귀가 먹먹할 정도로 흐르는 조류가 두 사람의 작고 기만적인 목소리를 묻어버렸다. 클레어는 그들의 구부정한 그림자가 돌벽 위를 천천히 가로지르는 모습을 바라보았다.

알고 보니 동굴은 터널에 가까웠다. 두 사람은 가장자리가 빛으로 둘러싸인 울퉁불퉁한 원형 출구를 기어서 통과해, 반질반질한 돌길 위에 섰다. 밖으로 나와 보니 그들이 서 있는 곳은 세차게 흐르는 에메랄드빛 강줄기의 기슭이었다. 공기가 더욱 차고 옅어졌고, 수풀이 더 무성해졌으며, 나무우듬지가 잎사귀와 덩굴로 이루어진 캐노피로 변신했고, 엷은 안개가 나뭇가지를 땋아 엮어놓았다. 더 높은 지대로 올라온 듯했다. 하천이 급경사의 내리막으로 바뀌는 곳이 보였고, 멀리에서 하얀 갈기 같은 물보라가 일었다. 폭포가 그 콸콸 소리의 근원이었다.

결혼 일주년 기념으로 클레어와 리처드는 라스베이거스에서 주말을 보냈다. 블랙잭에서 돈을 잃었고, 아침에는 띄엄띄엄 구멍난 기억과 함께 잠에서 깼다. 택시 창문으로 얼핏얼핏 보이던 네온사인 조각들. 호텔 샤워실 안 그녀의 등뒤에서 움직이던 남편, 그녀의 허리를 잡은 남편의 두 손. 어딘가의 심야 술집 칸막이 좌석에서 끈적하고 부드럽게 녹아내리던 기억. 호텔은 번화가 북쪽에 있었고 숙박비가 아주 저렴했다. 첫째 날 밤에 경찰이 나타났고, 경광등이 플라스틱 블라인드를 붉게 물들었다. 주차장에서 싸움이 난 것이었다. 클레어는 작은 전자레인지 안에서 분홍색 가발을 발견했다. 그럼에도 비행기표와 술값과 렌터카 비용을 확보하려면 그 저렴한 방에 묵어야만 했다.

클레어가 기억하기로, 두 사람은 라스베이거스를 나와 카지노 앞을 지났고, 침례교회를 하나 지났고, 그다음엔 놀랍게도 새하얀 회벽의 오페라하우스 아마고사*를 지났다. 좀더 가니 지붕 있는 마차와 말을 매는 기둥 때문에 영화 세트장처럼 보이는 스토브파이프 웰스 잡화점이 나타났고, 그것을 끝으로 이후 수마일 내에서는 어떠한 건물도 볼 수 없었다.

리처드는 혼자서라면 절대 라스베이거스에 가고 싶어하지 않았을 것이다. 첫날 저녁 그는 그 도시가 마음 맞는 벗과 함께라면 재미있지만 혼자라면 끔찍한 악몽이 되기 쉬운 곳이라고 평했다. 클레어의 경우엔 혼자였다면 절대 데스밸리에 가려 하지 않았을 것이다. 플로리다는 자연 근처에 가면 소심해지도록 그녀를 훈련시켰다. 언제 어디서 뱀이 튀어나올지 몰랐다. 그런 연유로 클레어는 그날 벌어진 사건을 그들의 결혼 탓으로, 보이지 않는 힘이 고유의 방식으로 작용하는 장애 구역 탓으로 돌렸다.

클레어는 데스밸리로 가는 길에 두 사람이 함께 창문을 내리고 허공에 손을 뻗었던 것을 기억했다. 곧게 뻗은 고속도로를 빠르게 달렸다. 무법자가 된 기분이었다. '과열 주의'라는 표지판을

---

* 데스밸리 근처에 위치한 공연장 겸 호텔로, 귀신이 나온다는 소문이 있다. 데이비드 린치 감독의 〈로스트 하이웨이〉 등 여러 영화에 등장했다.

지나칠 때, 클레어는 리처드를 보면서 한쪽 눈을 찡긋했다. 저거 분명 우리 얘기 하는 거야.

배드워터베이슨에서는 소금이 모래에 벌집 무늬를 만들어놓은 곳에서 사진을 찍으려고 차를 세웠다. 클레어는 도도록하게 살짝 솟은 그 선형의 무늬들이 동물의 등뼈 같다고 생각했고, 무슨 이유에서인지 그 생각을 혼자만의 비밀로 간직했다.

그들은 차로 돌아와 계속 달렸고, 퓨너럴산맥을 지나서 망루 표지판을 따라갔다. 차는 고속도로를 벗어나 짧고 가파른 길을 올라갔다. 렌터카 주위로 흙먼지가 몰려들었다. 사막의 바위가 타이어 밑에서 으드득거렸다. 어느 시점엔가 차가 털털거렸지만 남편은 엔진을 혹사시키며 급가속해 꼭대기까지 단숨에 올라갔다. 태양 속으로 곧장 달려들어간 느낌이었다. 망루에서 보니 저 아래 소금 분지는 외계 행성처럼 보였고, 화성에서 탐사선이 촬영한 여기저기 구멍이 팬 황량한 풍경의 일부 같았다. 그들은 망루 가장자리에서 사진을 찍었다. 아직 리처드의 형이 다리에서 뛰어내려 목숨을 끊기 전이었으므로, 리처드가 망루에서 막 떨어지려는 시늉을 하며 찍은 사진도 한 장 있었다.

다시 차를 탔는데 도무지 시동이 걸리지 않았다. 보닛을 열었다. 엔진이 쉭쉭거렸고, 가느다란 김과 연기가 기어 안쪽 깊숙한 곳에서 올라왔다. 클레어는 검게 구부러진 튜브에 손을 댔다가 뜨거운 열기가 손가락을 찌르자 숨을 헉 삼켰다. 그들 수중에 있는 건 물 이 리터, 마카다미아 한 봉지, 사과 세 개가 전부였다. GPS도 없고, 휴대폰도 안 터지고, 언제 마지막으로 마일 표지판을 봤는지도 기억이 나지 않았다. 늦은 오후였고 기온은 삼십팔도였다. 두 사람은 지나가는 차를 얻어 타기로 하고 짧은 언덕을 미끄러져 내려와 도로로 향했다. 태양이 사정없이 그들의 어깨를 때렸다. 물 일 리터를 챙겨 갔는데 언덕을 다 내려가기도 전에 바닥났고, 몸에서 흙먼지가 풀풀 날렸다.

십대 아이들이 모는 차가 포효하며 지나갔고, 살짝 열린 유리창 틈으로 헤비메탈 음악이 새어 나왔다. 그후로는 한참 동안 아무도 지나가지 않아서 두 사람은 다시 망루로 올라갔다. 내려가는 것보다 올라가는 게 훨씬 더 힘들었다. 그들은 렌터카 뒷좌석에 털썩 쓰러졌다. 그리고 어리석게도 마카다미아를 전부 먹어치웠다. 남은 물 일 리터도 게걸스럽게 마셔버렸지만 그걸로는 부족했다. 클레어는 자꾸자꾸 마시고 싶었다. 두 사람은 곯아떨어졌다. 눈을 떴을 때는 땅이 해를 집어삼킨 뒤였다. 두 사람은 뻣뻣한 몸을 흔들어 풀면서 차에서 내렸고, 그토록 칠흑 같은 밤은 난생처음이었다. 그들은 망루 위에서 지나가는 전조등 불빛으로 고속도로의 위치를 가늠했다. 웬 동물이 울부짖었다. 두 사람은 김 나는 뜨거운 지붕 위에 누워 먹물처럼 새카만 하늘을 바라보았다. 그때 별들은 어디에 있었을까? 관광지를 벗어나면 거리의 조명이 반쯤 죽거나 아예 꺼져버린 아바나의 밤거리를 걸으면서 클레어는 이 사막의 밤을 떠올리게 된다. 어떤 도시에서도 고개를 들었을 때 그렇게 많은 별을 본 적이 없었다.

차 위에 벌렁 누운 클레어는 점점 화가 치밀었다. 왜 지도를 가져오지 않았을까? 왜 물과 음식을 좀더 가져오지 않았을까? 애초에 이 망루에는 뭐하러 올라온 거야? 누구 생각이었지? 클레어는 옆에서 남편도 비슷한 생각을 하고 있을 거라 짐작했다. 비록 둘 다 내색은 하지 않았지만. 침묵은 남을 탓하도록 부추긴다고, 나중에 클레어는 그런 결론에 다다른다. 타인의 해명이 없으면 우리는 자신에게 유리하게 지어낸 이야기를 아무런 문제의식 없이 받아들인다.

아침까지만 버티면 돼, 클레어가 말했다. 사막에서 그녀의 목소리는 맥빠지고 설득력 없게 들렸다.

그렇게 되면 우리의 첫 자연재해에서 살아남는 거야, 리처드가 말했다.

인재겠지, 엄밀히 말하면, 클레어가 말했다.

자연에서 맞은 우리의 첫번째 재해로 수정하겠습니다.

수정안을 승인합니다.

클레어는 밤새도록 우스운 얘기를 했다. 그 시절 그녀는 우스운 이야기를 사랑했고, 형편없을수록 더 좋아했다. 지금은 예전에 제일 좋아했던 우스개 중 몇 가지밖에 기억나지 않았다.

남자와 여자가 사막으로 걸어갔습니다, 클레어는 여기까지 말하고 멈췄다. 아직 결정적으로 재미있는 구절을 생각해내지 못했기 때문이었다.

그날 밤 늦게 두 사람은 이제는 관 속처럼 느껴지는 자동차 뒷좌석으로 기어 들어가 서로 포개진 채 잠이 들었다. 잠에서 깨어보니 차가 흔들리고 있었다. 창밖이 보이지 않았다. 세상이 그들과 바깥 사이에 차단막을 세워놓았다. 차 안에 흙먼지가 마구 날렸고, 클레어의 코와 입으로도 들어왔다. 얼굴이 남편의 갈빗대에 눌렸다. 바람이 망루 위의 차를 이리저리 흔들어댔고, 곧이어 차가 뒤로 크게 떠밀리더니 트렁크가 아래를 향하고 보닛이 위를 향한 채로 미끄러져 내려갔다. 두 사람은 비명을 질러댔고 자동차는 바위와 덤불에 부딪히며 언덕 아래로 굴러가 고속도로 갓길에 멈춰 섰다. 작은 입자 두 개가 우주로 튕겨나갔고, 제각기 빙글빙글 도는 그 작은 입자들 바로 아래에서 커다란 구멍이 열렸는데, 곧이어 어떤 기적이 일어나면서 결국 닫혔다.

새벽녘에 두 사람은 지프를 몰고 가던 노부인에 의해 구조됐다. 노부인이 도로 위에서 물리적으로 구체화됐을 때, 두 사람은 땀과 흙먼지를 뒤집어쓴 채 렌터카 보닛 위에 앉아 있었고, 온

몸이 멍들고 욱신거렸다. 은발을 길게 땋아내린 노부인은 헐크 호건*이 성조기를 흔드는 모습이 그려진 붉은 티셔츠를 입고 있었다.

노부인의 차에는 에어컨이 없었고, 안전벨트는 고장났으며, 차를 태워주는 데는 조건이 하나 있었다. 자긴 지금 침례교회에 가는 길이므로 만약 라스베이거스까지 차를 얻어 타고 싶다면 예배가 끝날 때까지 기다려야 한다는 거였다. 그리하여 클레어와 리처드는 펼쳐보지도 않을 리넨 표지 기도서를 들고 사막에 있는 예배당 신도석 뒷줄에 앉게 되었다. 클레어의 손바닥에 배어난 땀이 파란 표지에 스며들었다. 카펫에서 담배 냄새가 올라왔다. 이 교회 사역자가 누군지 몰라도 꽤나 골초인 모양이었다.

예배 마지막에 목사는 신도 모두에게 눈을 감고 무릎을 꿇고 앉으라 했다. 용서를 구하고 구원받기를 원하는 사람들을 위한 시간이었다. 클레어와 리처드는 눈을 감지도 무릎을 꿇지도 않았고, 한참 침묵이 흐른 뒤, 클레어가 아무도 앞으로 나오지 않을 거라고 생각한 순간, 한쪽 머리가 뻗친 젊은이 하나가 신도석에서 빠져나와 무릎 걸음으로 앞으로 나갔고, 이어서 데님 원피스를 입은 여자가 카펫을 무릎으로 짚으며 뒤따랐고, 그다음에

---

* 미국의 유명 프로레슬러.

는 허리 벨트에 장검을 찬 남자가 개처럼 기어갔다. 고개를 떨구고 네발걸음을 했다.

느닷없이 리처드가 몸가짐을 바로 하며 움직일 채비를 했다. 그는 신도석에서 벌떡 일어나 무릎을 꿇더니 제단을 향해 재빠르게 네발로 기어갔다. 남편이 신앙심을 표현하는 모습은 단 한 번도 보지 못했는데, 저 앞에 나간 게 정말 내 남편이 맞기는 한가? 목사는 일렬로 무릎을 꿇은 사람들에게 다가가 그들의 정수리에 일일이 손을 얹고서 허리를 숙이고 그들 귓가에 뭐라고 속삭였다.

예배가 끝난 후 두 사람은 교회 지하실에서 사과주스를 벌컥벌컥 마셨고, 다른 신도들과 잡담을 나눴다. 다들 예의바르게도 클레어와 리처드가 방금 배수로에서 기어나온 것처럼 보인다는 얘기는 일절 입에 올리지 않았다.

위험은 결혼생활의 활력소지, 교회 주차장에서 노부인이 말했다. 죽은 우리 남편과 나는 같이 레슬링 수업을 들었어. 사람들은 우리가 부부니까 서로 봐주면서 할 거라 생각했지만, 절대 아니야. 한번은 그 양반이 내 갈비뼈를 부러뜨렸어. 내가 그 양반 눈을 밤퉁이로 만든 적도 있고.

클레어는 그 이론은 위험을 구성하는 속성이 무엇인가에 대한 두 사람의 의견이 일치할 때만 성립하는 거라고 생각했다.

노부인은 어깨를 쫙 펴고 두 손을 갈퀴처럼 구부리며 적수를 마주하는 시늉을 하더니 이내 허공을, 혹은 죽은 남편을 붙들고 레슬링을 하기 시작했다. 밀치고 끙끙거리고, 땋아내린 은발을 휘두르고, 보이지 않는 적을 홱 뒤집어 바닥에 메어쳤다. 그런 다음 노부인은 자갈길을 쿵쿵 걸어갔고, 뽀얀 흙먼지 구름이 일어났다.

실제로 데스밸리에서 사망한 관광객들이 있어, 라스베이거스로 돌아와 클레어가 설명을 요구했을 때, 리처드는 이렇게 말했다. 두 사람은 좁은 샤워실에서 옹송그리고 서로의 벗은 몸을 비누와 목욕 타월로 문지르는 중이었다. 보통 그런 재앙은 사소한 사고에서 시작된다. 길을 약간 헤맨다든가, 날씨를 잘못 예상했다든가, 차가 고장난다든가, 그런 다음에. 그러나 그들은 해냈다. 그들은 살았다. 크게 다치지 않은 것은 기적이다. 이것이 그가 제단 앞으로 나아간 이유에 대한 최선의 설명이다.

나를 죽이지 않은 것은 나를 더 강하게 만든다는 건가, 클레어가 씁쓸하게 말했다.

나를 죽이지 않은 것은 나를 살려둔다는 거지, 리처드가 대꾸했다.

클레어는 샤워실 바닥에 물을 뱉었다. 나를 죽이지 않은 것은 나를 무기력한 정신 이상자로 만들 뿐이지.

리처드는 두 손을 클레어의 어깨에 얹고 그녀를 부드럽게 벽에 밀어붙였다. 물살이 발등을 때리는 느낌이었다. 불거진 정맥이 욱신거렸다. 남편은 제단 앞으로 간 건 그냥 즉흥적이었고 아무 의미도 없다고 말했다.

클레어는 신도석에 혼자 남겨졌을 때 어떤 기분이었는지 말하지 않았다. 눈앞에서 문이 쾅 닫혔고, 이제 그 문을 어떻게 다시 열 것인지―또는 열지 않을 것인지―고민해야 했다. 리처드는 클레어의 어깨를 눠주었다. 클레어는 타월에 비누를 칠해 거품을 내서 남편의 가슴에 하얀 원을 그리며 문질렀다. 최초의 배신이 가장 뼈아픈 법이었다.

클레어는 남편이 혼자 가버린 일을 우스운 이야기로 만드는, 자기만의 음흉한 복수로 승화시키는 상상을 했다. 남자와 여자가 사막에 있는 교회에 들어갔습니다. 둘 중 한 명은 완전히 새로운 영혼이 되어 밖으로 나가고, 다른 한 명은 흙먼지 속에 남겨졌습니다.

리처드는 제단 앞에서 목사가 눈을 뜨지 말라고 했음에도 자신은 눈을 떴다면서, 목사의 신발에서 눈을 뗄 수가 없더라고 했다. 굽이 닳아 납작한 고무판이 되어버린 싸구려 검은색 신발.

그런 건 하위 공무원들이 신는 신발이야, 리처드가 말했다. 학회에서 비정규직 강사들이 신는 신발. 무덤 속에 묻힐 때 신는 신발.

샤워를 할 때 두 사람은 이제 곧 리처드의 형이 무덤에 묻힐 때 신을 신발을 결정하게 되리라는 사실을 알지 못했다.

그 무렵 남편 형의 몰락은 상당히 진척된 상태였다. 그들은 이미 통계학의 끔찍한 숫자 언어에 유창해져 있었다. 클레어는 숫자가 비인간적 행위에 공모한다는 느낌이 들었고, 그래서 숫자가 사악하게 느껴졌다. 외상성뇌손상을 진단받은 환자들 중 17퍼센트가 자살 충동을 느끼는 것으로 보고됐다. 그것이 리처드의 형이 라호이아에서 건설 일을 하다가 추락한 뒤 클레어와 리처드가 함께 기억하게 된 사악한 통계의 첫 사례였다. 그 추락이 다른 모든 재앙에 길을 터주었다. 테그레톨*, 실직, 노숙. 자살 충동을 느끼는 외상성뇌손상 환자의 대다수가 스물다섯부터 서른다섯 사이의 남자였다. 당시는 리처드의 형이 다리에서 뛰어내리기 일 년 전이었고, 그 일이 있은 후에 클레어는 남편이 제단 앞으로 기어간 일에 대해 좀더 너그러워지게 된다. 리처드의 어느 일부분이 그곳에서 미래의 형의 유령을 느낀 게 아닐까, 그 유령이 리처드를 앞으로 불러낸 게 아닐까 생각하게 된다. 그때는 갑자기 닥치는 이런저런 떠남에 대비하느라 두 사람이 결혼생활의 대부분을 허비하게 된다는 사실을 아직 알지 못하던 때였다.

---

* 항경련제 카르바마제핀의 상품명.

두 사람이 플로리다에 있는 클레어의 부모 집에 마지막으로 방문했을 때, 리처드가 차에 치여 죽기 한 달 전에, 클레어는 데스밸리의 사막에서 자신이 느꼈던 기분, 즉 텅 빈 구멍을 향해 한참을 미끄러져 내려가던 그 기분을 지금 아버지가 느끼고 있는 게 아닐까 생각했다. 그러나 아버지에겐 그 구멍이 닫힐 가능성이 없었고, 계속 넓어지기만 할 것이다. 클레어는 아버지와 함께 이제 얼마 있으면 어머니 혼자만의 집이 될 부모 집 소파에 앉아 있었다. 퀴퀴한 냄새가 벽지 속에 갇혀 있었고, 유리창은 뿌옜다. 클레어는 전에 아버지한테 사막에서 차가 고장났다는 얘기 했었는데 기억하느냐고 물었고, 아버지는 인상을 쓰며 처음 들어본다는 듯 '차'라는 단어만 자꾸 반복했다. 그는 맞잡은 두 손을 비틀었고, 손목은 작고 푸른 멍으로 얼룩덜룩했다. 아버지가 소리치기 시작했다. 차? 차? 무슨 차?

아바나에서 뭘 하고 있었어?

강둑에서 리처드의 음성이 우레처럼 울려대는 클레어의 생각을 가르고 들어왔다. 남편의 셔츠 등판에 갈퀴 모양 땀자국이 있었다. 두 사람은 콸콸 흐르는 물살 가까이 앉아 있었다. 건너편에는 좁다란 산길이 강 주위로 휘어져 나갔고, 길은 바위로 울퉁불퉁했다. 강렬한 햇살이 안개를 불태워 없앴다.

영화를 보고 싶었어, 클레어가 말했다. 유니엘 마타를 만나고 싶었어.

계속 이곳저곳 장소를 옮겨다니면, 자신의 이동 경로를 확장할 수 있다면, 이 괴물 같은 끔찍한 내적 삶으로부터, 털실처럼 엉킨 한밤중의 생각들로부터 도망칠 가능성이 있을지도 몰라서 그랬다고는 말하지 않았다. 클레어는 유령으로 변할 수 있었고, 유령들은 살아가는 일을 이미 다 끝낸 상태이므로, 방관하는 일 외엔 아무것도 할 필요가 없었다.

클레어는 남편의 죽음을, 아버지의 쇠락을 어떻게 슬퍼해야 하는지 알지 못했다. 하루하루 자신을 향해 다가오는 선택, 전혀 결정할 준비가 되어 있지 않은—혹은 어느 누구보다 준비가 잘 되어 있었던 것으로 밝혀질—선택에 대해 어떻게 슬퍼해야 하는지 알지 못했다.

클레어는 자기 인생의 맥락 속에서 슬퍼하는 법을 알지 못했다.

거짓말, 리처드가 말했다. 영화 한 편 보자고 비행기를 타는 사람이 어딨어.

끝에 가선 다들 죽어, 클레어가 말했다. 주인공의 딸만 빼고.

끝에 가서 아가타 알론소가 맡은 캐릭터는 폐허가 된 도시에서 모터보트를 타고 탈출한다. 아버지를 구하려다 실패했고, 그러는 과정에서 좀비를 찍은 테이프도 잃어버렸지만 목숨은 부지했다.

리처드는 신발을 벗고 길고 하얀 발에서 양말도 벗겨냈다. 그는 바짓단을 접어 올리더니 물살을 헤치며 강으로 걸어들어갔고, 발목쯤 차오른 물이 카키색 바짓단을 진하게 물들였다.

절대 결말은 발설하지 마, 강에서 리처드가 말했다. 무슨 일이 있어도.

뭔가 바스락거리는 소리가 났고, 클레어는 강 건너편 덤불 사이에서 산길을 따라 내려오는 동물 한 마리를 얼핏 보았다. 문득 동물원에서 도망친 타조 생각이 났고, 그 짐승이 에스캄브레이산맥까지 오는 길을 어찌어찌 찾아내, 철망도 없고 멍하니 바라보는 관광객도 없는 산속에서 평화롭게 배회하는 모습을 상상했다. 강 건너의 동물이 나뭇잎을 헤치고 모습을 드러냈고, 알고 보니 한 마리가 아니라 두 마리였다. 매매 하고 우는 갈색 염소한 쌍.

클레어의 머릿속에는 반쯤 열린 문이 백만 개쯤 있었고, 그 문들은 기억과 망각과 질병과 겁에 질린 회피 등에 의해 언제든 열리거나 닫힐 수 있었다. 강둑 위에서, 클레어는 문 하나가 벌컥 열리는 것을 느꼈다.

그 수첩에 관해 얘기 좀 해, 클레어가 말했다.

땅의 축축한 기운이 그녀의 반바지 속으로 배어들었다. 강은 구부러진 나뭇가지 하나를 폭포 위 물거품 쪽으로 밀어내고 있었다. 잠깐 동안 그 가지는 팔처럼 보였다.

리처드는 더 멀리 물살을 헤치며 나아갔고, 강물이 그의 무릎을 삼켰다.

수첩 말이야, 클레어는 거듭 말했다.

리처드의 서재에서 그 작은 붉은색 수첩을 펼쳤을 때, 클레어는 아버지의 손글씨를 곧장 알아보았다. 첫번째 기록이 쓰인 날짜는 아버지가 진단을 받고 나서 일주일이 지난 후였다. 마지막 기록은 9월이었고 글씨를 거의 알아보기 힘들었으며 수첩에 그어진 선 아래로 글자들이 눈물방울처럼 떨어졌다. 클레어는 영수증과 포장 음식 전단지, 병원과 치과 예약 일자가 적힌 우편엽서가 뒤섞여 있던 조그만 소포를 눈앞에 떠올렸다. 엽서에 찍힌 소인을 보고 그 여자의 소재지를 아이오와시티로 추적할 수 있었다. 몇 달 동안이나 클레어는 아버지가 쓴 기록물의 존재를 몰랐고, 아버지가 자신에게 그것을 맡겼다는 사실도 몰랐고, 남편이 그것을 가로챘다는 사실도 몰랐다. 남편이 조사에 착수했으며 미처 다 끝내지 못했다는 사실도 몰랐다.

클레어는 일어나 강물 속으로 조심스럽게 걸음을 내디뎠다. 마치 돌멩이들이 덫을 숨기고 있기라도 한 것처럼. 냉기가 그녀의 발목을 물었다. 머리 위 멀리서 집라인에 실린 비명이 들렸다. 하니스를 찬 몸뚱이가 발길질을 해대며 우거진 나뭇잎 위를 획 지나갔다.

왜 수첩을 가져갔어? 클레어는 첨벙거리며 리처드에게 다가갔고, 차가움이 무릎께로 모여들었다. 왜 나한테 말 안 했어?

피가 몸속을 돌며 쿵쾅거렸다. 겨드랑이에 불이 났다.

리처드는 느긋이 헤엄이라도 칠 요량인 듯 물속으로 잠겨 들어갔다.

물이 클레어의 허리까지 찼고, 물살의 흐름이 느껴졌다.

오마하의 호텔방에서 아버지의 전화를 받은 이후로, 아버지가 보낸 첫번째 봉투가 뉴스코틀랜드에 등장하고, 클레어가 그 봉투를 열어 이름과 전화번호가 적힌 명함을 본 이후로……

그 모든 것 이후로 클레어는 자신의 몸이 세포 단위로 하나하나 다시 만들어지고 있는 기분이었다. 변화가 일어나고 있었다.

안개가 걷히고 해가 나뭇가지 사이로 빛을 쏟아부었다. 강물 속에서 남편의 머리는 환한 불꽃이었다. 불붙은 성냥의 불타는 머리였다. 그와의 거리, 그의 침묵이 비웃음처럼 느껴졌다. 클레어는 백팩을 머리 위로 쳐들었다.

클레어는 리처드, 하고 소리쳐 불렀다. 그의 이름을 외치는 소리가 그를 더 멀리 밀어낸 듯, 물속으로 잠수한 리처드는 휘도는 물거품을 향해 더욱 빨리 헤엄쳐 갔고, 곧이어 수은처럼 폭포 너머로 미끄러져 내려갔다.

클레어는 비틀거리며 앞으로 나아갔고, 그때쯤 이미 물살의 섭리와 싸우기엔 너무 깊숙이 휘말려 있었다. 그 완벽하고 무심한 힘은 인간의 바람 따위에는 아랑곳하지 않았다. 클레어의 허리 주위에 띠를 두른 것처럼 압력이 형성됐다. 무릎이 구부러졌고, 발가락이 들렸고, 나무와 하늘이 시야를 장악했다. 클레어는 백팩을 더욱 높이 치켜들었다. 상황이 끝났을 때, 물살이 물거품 쪽으로 클레어를 끌어당기고 강이 그녀를 들숨과 함께 삼켰다가 날숨과 함께 토하면서 곧장 폭포 아래로, 청록색 웅덩이 속으로 떨어뜨렸을 때, 심장이 목구멍으로 튀어나온 클레어는 자신이 비명을 지르며 몸부림쳤는지 아니면 그냥 포기하고 몸을 내맡겼는지 기억하지 못할 것이다.

리처드의 형이 세상을 떠나고 여섯 달 동안, 남편은 죽은 형이 한밤중에 전화를 거는 꿈을 꾸었다. 한번은 새벽 두시쯤 정말로 전화벨이 울리기 시작했다. 리처드는 막 잠에서 깨어 비몽사몽 전화를 받았다. 그는 카펫 위로 무너지며 여보세요 여보세요 여보세요, 라고 말했고, 그러는 동안 클레어는 침대 위에 무릎을 꿇고 앉아 이불자락을 움켜쥐고 남편 옆에 있었다.

전화선 반대편에는 아무도 없었다.

남편이 세상을 떠난 뒤, 클레어는 리처드가 한밤중에 초인종을 울리는 꿈을 여러 번 꾸었다. 한번은 그 일이 실제로 일어났다. 그때도 역시 새벽 두시쯤이었다. 클레어는 깨어 있었고, 정말로 초인종이 울렸다. 클레어는 계단을 뛰어내려가 문을 벌컥 열었다. 물론 '최후의 여자'라면 한밤중에 현관문을 여는 행위는 자신을 살해하라는 초청이나 다름없다는 걸 알고 있겠지만. 그러나 밖에는 아무것도, 일단 사람 눈에 보이는 것은 아무것도 없었다.

클레어는 아버지가 세상을 떠난 뒤엔 어떤 꿈을 꾸게 될지 궁금했다.

클레어가 큐어호텔로 돌아가는 길을 찾았을 무렵에는 오후의 햇살이 산맥 위로 내리쬐었고, 그녀의 옷은 외골격이 되어 딱딱하게 굳어 있었다. 잔디밭은 여전히 베이지색 운동복을 입은 환자들로 북적였다. 한 여자가 손을 들어 인사했다.

클레어는 곧장 로비를 지나 테라스로 갔다. 테라스의 바는 탐조객探鳥客들 차지였다. 선 보닛을 쓴 노부부, 신혼부부인 두 여성, 미국에서 온 성인 쌍둥이 자매, 동행이 없는 듯한 남자 한 명. 그들은 쿠바에서만 서식하며 호박벌보다 작아 발견하기 매우 어려운 종의 벌새를 보는 영광을 누렸다며 다 함께 이야기꽃을 피우는 중이었다.

선 보닛을 쓴 노부인이 클레어에게 산길을 타고 왔느냐고 물어서 클레어는 순간 심박수가 확 뛰어올랐다. 노부인이 숲에서 배회하는 남자를 봤다고, 흠뻑 젖은 채 맨발로 클레어와 외모가 흡사한 사람을 찾아다니고 있었다고 얘기하려는지도 모른다고 생각했다.

모골이 송연해지는 비명소리를 들었거든, 노부인은 흥분해서 들뜬 어조로 말했다. 저 바깥에서 시체라도 나온 줄 알았다니까, 넬슨 드밀*의 소설에서처럼.

넬슨 드밀은 쿠바를 배경으로 한 소설은 안 썼어, 노부인의 남편이 말했다.

뭐, 나는 드밀이 쿠바 소설을 써야 한다고 생각해, 노부인이 말했다.

탐조객들은 마젠타 다이키리 칵테일을 한 잔씩 받아들고 초록색 파라솔 아래 설치된 원형 테이블로 쌍쌍이 몰려갔고, 동행이 없는 남자만 테라스에 남아 서성였다. 신혼부부 중 한 명이 클레어의 어깨에 손을 얹고, 이마에서 피가 나는데 혹시 알고 있느냐고 다정하게 물은 뒤, 다른 탐조객들을 따라갔다.

클레어는 바에 앉았다. 밤색 조끼를 입고 아이라이너를 진하게 칠한 바텐더에게 보드카 스트레이트를 주문했다. 종이 냅킨

---

* 존 코리 형사 시리즈 등 액션 서스펜스 소설로 유명한 미국의 대중소설 작가.

을 물에 적셔 이마 선 중앙의 피 묻은 짧은 머리에 대고 눌렀다.

아까 물살에 휘말려 떨어진 후 폭포 웅덩이의 석회암 가장자리로 헤엄쳐 나와 마른 땅으로 몸을 끌어올리고 보니 또 구불구불한 산길이 나왔다. 클레어는 폭포를 다시 돌아봤고, 아주 높은 데서 떨어진 건 아님을 깨달았다. 가장 큰 위험은 머리를 바위에 찧는 정도였을 것이다.

젖은 맨발바닥 자국이 갈색 흙을 가로질러 찍혀 있었다. 저 앞에서 나무 사이로 지나가는 리처드가 얼핏 보였다.

클레어는 급히 강둑으로 되돌아가 남편의 신발과 양말을 챙기는 상상을 했다. 주머니에 남편의 양말을 쑤셔넣고 양손에는 남편의 신발을 한 짝씩 끼고, 숲속을 뚜벅뚜벅 걸어가며 신발 밑창을 맞대고 짝짝 부딪혀 숨어 있는 남편을 몰아내는 상상을 했다.

클레어는 휘도는 폭포를 뒤로하고 산길 위에 서서 흠뻑 젖은 백팩을 꼭 끌어안았고, 그때 필름통이 든 하얀 상자가 생각났다. 급히 가방 안을 휘저었다. 젖은 마분지가 손에 걸려 찢어졌다. 엄지와 검지로 얇은 플라스틱 꼭지를 잡아당겨 필름 프레임을 몇 장 끄집어냈다. 강물에 다 젖어 있었다. 클레어는 필름을 셔츠에 문질러 닦았다.

다시 고개를 들어 숲을 보았다. 아직 리처드가 보였다. 쌍안경 없이도 리처드가 나무 사이로 걸음을 옮기는 모습을 볼 수 있었다.

클레어는 필름을 하늘 높이 치켜들었다.

이건 상어의 습격으로 잃었죠. 옆에서 누군가가 말했다.

탐조객들 중 동행이 없던 남자가 클레어 옆에 나타났다. 그는 치아를 드러내며 입을 크게 벌리고 웃었다.

뭘 잃었다고요?

클레어는 보드카를 다 마시고 한 잔 더 주문했다. 언어가 혓바닥 위에서 부드럽게 느껴졌다. '파라디소 쿠바' 관광 홍보 포스터가 바 안쪽 벽에 붙어 있었다. 하얀 모래밭에 파란 안락의자가 놓여 있고, 짚으로 엮은 파라솔이 그 위에 그늘을 드리운 사진이었다. 클레어는 의자가 왜 비어 있을까 궁금했다. 아마도 그 포스터를 보는 이들이 거기 앉아 바다를 내다보는 자기 모습을 내면의 주관적 눈으로 형상화할 수 있도록 비워뒀을 터였다.

왼쪽 귀요. 남자가 말했다. 불룩 튀어나온 남자의 쇄골이 가슴팍 위쪽을 가로질렀다. 양볼에는 까칠한 비둘기색 수염이 잔뜩 돋아 있었다.

클레어는 눈을 가늘게 뜨고 남자의 옆통수를 바라보았다. 그녀의 눈에 이상이 없다면 남자의 왼쪽 귀는 정확히 있어야 할 자리에 있었다.

하지만 귀가 바로 거기 보이는데요. 클레어는 남자의 관자놀이를 가리켰다.

속으면 안 되죠! 이건 가짜예요.

남자가 단 한 번의 손놀림으로 마치 병뚜껑을 따듯 왼쪽 귀를 떼어냈다. 남자는 가짜 귀를 양손으로 주거니 받거니 던지다가 테이블 위에 내려놓았다. 그리고 클레어에게 그걸 만져보라고 채근하기 시작했다. 어서요, 만져봐요. 클레어는 가짜 귀를 만졌고, 진짜 귀 같은 촉감에 구역질이 났다. 온기가 느껴지는 물렁한 피부, 연골의 단단한 선.

바텐더가 한숨을 내쉬며 그 광경에서 고개를 돌렸는데, 짜증스럽지만 놀라지는 않는 모습이 마치 이 남자가 몇 년 동안 매일 저녁 이 테라스에서 귀를 떼어내는 걸 목격한 사람 같았다.

작은 청개구리 한 마리가 폴짝폴짝 뛰어 바를 횡단했고, 개구리의 피부 속 심장이 마구 팔딱거렸다.

뜨거운 바람이 나무 꼭대기를 갈퀴처럼 쓸었다.

아까 산길에서 클레어는 눈을 가늘게 뜨고 필름 프레임 중 한 컷을 유심히 들여다봤고, 사람 형체 하나를 알아볼 수 있었다. 여자 한 명, 장면 하나. 여자는 고개를 숙이고 부엌 싱크대 앞에 서 있었고, 온 세상이 그 안에 들어 있기라도 한 듯 싱크대 속의 무언가를 응시하고 있었다. 클레어는 필름을 눈앞으로 좀더 가까이 가져왔고, 사진 속 여자가 플로리다의 부모 집 부엌에 있는 자신임을 깨달았다. 묘한 각도에서 찍힌 사진이었는데, 아마도 창문 밖에서 찍은 것 같았다. 클레어는 그때 카메라의 존재를 느끼지 못했었고, 렌즈 뒤에 있는 남편 시선의 무게도 느끼지 못했었다. 그녀는 자신의 둔감함이 부끄러웠고, 심장이 뜨겁게 죄어들었다.

나는 해변보다는 산이 좋아요. 남자는 피우던 담배를 후줄근하니 손가락 사이에 끼운 채 말했다. 해변에는 게들이 우글거려서. 작년 겨울엔 해변에서 살사 댄스 클래스를 여는 바닷가 리조트에 갔었는데, 얼마 못 가 다들 게를 피해서 도망쳤어요.

여기서는 뭘 하고 있는 건데요? 클레어가 남자에게 물었다.

캐나다의 겨울을 피하고 있지요. 남자가 잇새로 연기를 내뿜었다. 나는 리자이나의 소도시에 살거든요. 리자이나의 소도시가 겨울에 얼마나 추운지 알아요?

남자는 리자이나라는 이름을 노래하듯 발음했다. 담배의 타들어가는 오렌지색 끝부분이 폭탄의 도화선과 닮아 보였다.

남자가 한쪽 눈을 찡긋했다. 반면에 바닷가 리조트는 말 그대로 풀 서비스를 제공했죠. 내가 거기서 한 주에 두 번 프러포즈를 받았다니까.

걱정하지 말아요, 남자가 다시 윙크하며 말했다. 댁은 나한테는 좀 나이가 많아서.

선생님, 죽고 싶으신가요, 클레어는 속으로 중얼거렸다.

그녀는 누군가 바에 두고 간 포크를 응시했다.

남자는 사실 당신 얘기엔 전혀 관심이 없지만 그저 대화를 이어가기 위한 시도라는 뉘앙스로 클레어에게 당신 얘기도 좀 해보라고 말했고, 그래서 클레어는 아직까지 그나마 확신을 갖고 있는 영역인 엘리베이터에 관해 설명하기 시작했다.

최초의 승강 장치는 3세기에 출현했다. 첫번째 전기식 엘리베이터는 독일의 발명가 베르너 폰 지멘스가 만들었다. 엘리베이터 철강 케이블 한 개는 차 한 대를 너끈히 지탱할 만큼 튼튼하다. 세상에서 제일 좋아하는 엘리베이터? 스위스의 하메치반트*와 독일의 아쿠아돔**. 뉴질랜드의 스카이타워. 일본의 요코하마 랜드마크 타워.

클레어는 케이블이 탁 끊기고 새카만 촉수가 제멋대로 휘날리는 장면을 상상했다. 엘리베이터 차체가 수직 통로 밑바닥을 때리며 폭발하는 장면을 상상했다.

남자는 클레어를 바라보았고, 담배 연기가 그의 머리를 화환처럼 에워쌌다. 바 안쪽에서 밤색 조끼를 입은 바텐더가 불 위에

---

* 뷔르젠슈토크고원의 전망대까지 오르는 유럽에서 가장 높은 옥외 엘리베이터.
** 베를린에 있는 세계에서 가장 큰 원통형 수족관인 '아쿠아돔' 내부에 설치된 엘리베이터.

무언가를 올리는 것 같았다. 남자는 가짜 귀를 움켜쥐고 제 심장에 갖다댔다. 클레어는 어머니가 손님들이 나간 방에서 인공 손가락을 발견했던 때가 생각났다. 그걸 가지러 누가 돌아올 거라고 생각할지도 모르겠는데 절대 그럴 리 없다, 하고 아버지가 한마디했었다. 그래도 프런트에 보관해두었고, 한번은 새로 들어온 직원이 그걸 지우개로 착각하기도 했다.

이봐요, 무슨 문제라도 있어요? 반쯤 술에 취한 채 피를 흘리며 바에 혼자 있는 이 여자에게 뭔가 문제가 있다는 것을 이제야 알아차린 듯 남자가 물었다.

필름에 담긴 자신의 모습을 응시하면서, 클레어는 그 프레임 속으로 들어가 더이상 존재하지 않는 과거의 자기 손을 잡고 곧장 이곳 미래로 데리고 나오는 상상을 했었다.

하늘 위에서 태양이 위치를 바꾸고 프레임이 반투명해졌을 때, 클레어는 필름 띠를 뷰파인더처럼 눈앞에 댄 채 숲으로 고개를 돌렸다.

리처드가 없어졌다. 나무 사이에는 세피아색 허공뿐이었다.

올버니 메모리얼 병원에서, 오십 일도 채 되지 않은 과거의 그날, 외과의사가 대기실로 걸어들어와 그녀의 팔을 잡고 입을 열었을 때, 클레어는 대기실이 기울어지는 느낌을 받았다. 의사는 '최후의 여자'에 대해서는 한마디도 하지 않고 대신 이렇게 말했다. 남편분이 우리에게 좀더 일찍 왔다면, 그러면 그분을 위해 뭔가를 더 할 수 있었을 텐데, 현재로서는 시간이 너무 지체됐습니다.

당신 얼굴이 문제네. 호텔 바에서, 리자이나에서 왔다는 그 남자가 짧은 수염이 수두룩한 제 뺨을 한 손으로 누르며 말했다.

방금 죽은 사람처럼 보여요.

클레어는 혼자 아바나로 돌아왔다.

큐어호텔을 떠날 때는 마침 시엔푸에고스로 간다는 미국인 쌍둥이 자매의 오토바이를 얻어 탔다. 쌍둥이의 코는 주근깨투성이였고 눈은 밝은 파란색이었다. 둘 다 훤칠하고 햇볕에 그을린 피부였다. 로비에서 만난 그들은 썰매처럼 길고 무거워 보이는 배낭을 어깨에 짊어지고 있었다. 둘 중 한 명은 이두박근에 나비 모양의 모반이 있었다. 자매는 한 쌍의 검은 오토바이를 타고 여행하는 중이었다.

미국인들끼리 함께 뭉쳐야죠. 쌍둥이 중 하나가 말했다.

특히 여자들은요. 다른 하나가 말했다.

쌍둥이는 서로 주먹을 맞댔고, 이어서 클레어와도 주먹 인사를 했다.

클레어는 모반이 있는 여자와 함께 탔다. 오토바이에 올라 여자의 단단한 허리를 양팔로 감싸안았다. 여자의 목에서 꽃향기가 났다. 다른 여자와 이렇게 친밀하게 몸이 닿은 것은 아주 오랜만이었고, 이제 오토바이는 취약한 내부 구역이 되었다.

쌍둥이 자매는 헬멧에 헤드램프를 끼웠고, 빛줄기가 이른 저녁의 그림자를 갈랐다. 산길이 빛으로 눈부셨다. 바위, 짐승의 황금색 눈, 흔들리는 식물—빛은 이런 조각들을 잠시 붙들었다가 이내 덜컹거리며 나아갔다. 오토바이 두 대는 농밀한 바람 속으로 가속했다가 내리막길로 뛰어들었고, 크게 팬 구멍 위로 튀어올랐다.

내리막길의 끝은 바다였다.

바다는 다양한 파란색의 계열별 색상 차트 같았다. 얕은 곳은 청록색, 깊은 곳은 감청색이었다. 파도가 해안을 때리며 새하얗게 부서졌고 갈매기들이 뻣뻣하게 깐닥거리며 그 위를 가로질렀다. 진짜 새가 아니라 보이지 않는 줄에 매달린 미끼용 새 같았다. 이 자연의 세계는 지속될 것이다.

오토바이에 얹혀 온 클레어는 땀이 났고 뱃속에서는 경련이 일었다. 그녀는 소금기 감도는 짭짤한 공기를 한껏 들이마셨다. 바다가 그들을 쫓아오는 느낌이었다.

낮볕이 마지막 한 점 남았을 때, 자매는 가느다란 해변에서 잠시 멈추고 싶어했다. 몇몇 가족들이 짚으로 엮은 파라솔 아래 옹기종기 모여 있었다. 아이 둘이 파도 속으로 뛰어들었다 나왔다 하며 온도차 때문에 소리를 질러댔다. 클레어는 쌍안경을 꺼내 동물의 발톱처럼 생긴 하얀 파도에 초점을 맞췄다.

쌍둥이 자매는 텅 빈 매점을 둘러싼 나무 울타리에 오토바이를 사슬로 묶었다. 그들은 바짓단을 추어올리고 소리를 지르며 바다로 돌진했다.

쌍둥이는 자기들끼리 돌아오지 않았다. 청년 둘과 함께 돌아왔고, 그들도 시엔푸에고스까지 태워줄 사람을 찾고 있었다. 근육질에 잘생긴 청년들이었고, 민소매 티셔츠와 데님 반바지 차림으로 머리에서는 바닷물을 뚝뚝 흘렸다. 그들은 쌍둥이에게 독일어로 말했고, 클레어는 독일어라는 것만 알 뿐 알아듣지는 못했다. 쌍둥이는 청년들에게 영어로 말했다. 그래도 어째 넷이서 의사소통이 되고 있었다.

미안해요. 쌍둥이 중 한 명이 클레어에게 말했고 여자의 발이 바닷물에 젖어 말갰다.

저기에서 택시를 부를 수 있을 거예요. 모반이 있는 쌍둥이가 매점을 가리키며 말했다.

오토바이의 사슬을 풀어 도로로 다시 끌고 나가는 쌍둥이와 그 뒤를 따라 총총 걸어가는 두 청년을 클레어는 물끄러미 바라보았다.

시엔푸에고스의 거리는 길게 쭉 뻗어 내려 남쪽 끝이 커다란 만에 맞닿았다. 택시가 역에 클레어를 내려줬을 때는 이미 늦은 시간이었고, 다음 기차는 이튿날 오후가 되어야 출발했다. 클레어는 역에서 밤을 보냈지만 잠을 자지는 않았고, 심지어 눈을 감지도 않았다. 클레어는 기차 출발 시간까지 나무 벤치에 꼿꼿이 앉아 있었고, 프렌치 트레인을 타고 가면서는 총 맞은 사람처럼 고꾸라진 채 낮과 밤을 보냈다. 아주 오랫동안 전혀 생각하지 않고 지냈던 일들이 떠올랐다. 가령 다섯 살 때 블루리지산맥에서 경험했던 첫 경이로움의 기억 같은 것. 그때 클레어는 부모와 함께 차를 타고 가고 있었다. 이른아침이었고 구불구불 산길을 오르고 있었다. 정확한 목적지는 기억나지 않았다. 그저 산등성이마다 똬리를 튼 희부윰한 안개만 기억났다. 마치 산이 자기 숨결에 휩싸인 듯했다. 그때 아버지의 목소리가 어린 클레어에게 말했다. 신은 많은 사람들이 생각하는 것처럼 우주에 사는 게 아니라 사물의 내부에, 산과 나무 속에 산다고. 클레어가 생각했던 것처럼 그 안개는 숨결이었다. 운전을 하고 있던 어머니가 저 안개는 땅이 아니라 대기에서 발생하는 거라고 지적했고, 그러자 아버지는 창유리를 내리고 클레어에게 공기 내음을 맡아보라고 했다. 클레어는 고개를 쭉 내밀고 사람들이 공기라고 부르는 것, 아무도 보지는 못하지만 누구나 항상 느끼는 그것의 냄새를 개처럼 열심히 킁킁거렸다. 소나무와 타르와 소금과 짐승 냄새를 맡았던 기억이 났다. 하지만 소나무 향이 가장 세서 다른 모든 냄새를 뒤덮었다. 그후로는 매해 소나무 향을 맡을 때마다 순간적으로 신의 숨결을 떠올릴 수밖에 없었다.

　부모가 은퇴할 무렵 클레어는 시호스에 대한 트립어드바이저의 리뷰를 하나도 빼놓지 않고 다 읽었다. 3급 허리케인 때 대피했던 손님 중 두 명이 폭풍 때문에 휴가를 망쳤다면서 별을 하나만 줬다. 그런 평을 남긴 사람 중 하나는 '허리케인hurricane'의 철자에 r를 하나만 썼다. 클레어는 수영장이 없다는 수많은 불평도 저장해두었다. 웹 사이트든 어디든 수영장이 있다는 얘기는 한마디도 안 써놨고, 백 발자국도 떨어지지 않은 곳에 대서양이 있는데도 불구하고 손님들은 불평을 했다. 사람들이 플로리다와 수영장을 동일시하는 경향이 있다는 게 문제였다. 가장 가혹한 별 하나짜리 리뷰 제목은 이랬다. "살고자 하는 의지를 잃어도 상관없다면 괜찮은 곳."

　'투어리즘tourism'의 어원은 색슨어 Torn에서 비롯됐다. Torn 은 나중에 Torn-us, 즉 '돌아오게 하는 것', 그리고 Torn-are, 즉 '돌아오게 하다'가 되는데, 거칠게 번역하면 '돌아오기로 한 출발' 이라는 뜻이다. 여기서라면 평생 살 수 있어, 라는 말은 그럴 가능 성이 전무함을 알고 있을 때만 자유롭게 내뱉을 수 있는 말이다.

　허리케인이 왔던 날 저녁, 클레어는 겉으로는 맹렬하게 퍼붓 는 비에 겁먹었고, 속으로는 엘리스 마틴의 존재에 겁먹었다. 불 안해하는 클레어를 보고 아버지는 딸의 취침 시간을 늦춰주었 다. 초코바와 콜라로 저녁을 먹자고 했다. 아홉시쯤 전기가 나갔 다. 세 사람은 서로에게 손전등을 번갈아 비춰주면서 흉내내기 놀이를 했다. 아버지는 손님들을 연기했다. 도마뱀과 날아다니 는 바퀴벌레를 생전 처음 보는 북쪽 지방 사람들. 봄방학을 맞은 소란스러운 학생들. 엘리스 마틴은 클레어가 모르는 유명인들을 흉내냈는데, 아버지는 마틴의 시늉을 보고 곧바로 알아맞혔다. 클레어는 그들의 언어에서 소외됐다. 클레어는 바닷가를 달리는 개를 흉내냈다. 자동차를 운전하는 흉내를 냈다. 클레어는 미시 간에서 왔던 남자애를 떠올렸다. 안전요원이 그해 여름 이안류 속에서 구해낸 아이. 클레어는 한 손을 머리 위로 높이 쳐들었 다. 자리에서 빙글빙글 돌았다. 클레어는 물에 빠져 죽어가고 있었다.

어디 보자, 아버지가 말했다. 발레리나구나. 춤을 추고 있어.

아버지는 늘 상상력이 풍부한 사람이었다.

자러 갈 시간이 되자 아버지는 자신의 그날 밤 잠자리가 될 거실 소파에 이불을 펼쳤고, 엘리스 마틴을 안방으로 안내했다. 클레어의 방에는 여분의 배터리와 함께 손전등을 두고 가면서 무서우면 밤새 켜놔도 된다고 했다. 아버지는 클레어의 방문을 닫았고 한동안 클레어의 귀에는 폭풍에 포위된 집이 폭풍우를 막아내며 윙윙거리고 삐걱거리는 소리만 들렸다.

한밤중에 클레어는 방문이 열렸다 닫히면서 두 번 가만히 딸깍이는 소리, 벽을 통해 들리는 나지막한 웃음소리에 잠에서 깼다. 클레어는 소리를 피해 돌아누워 눈을 감았고, 몇 시간 후 조용한 대낮의 햇빛을 받으며 다시 깼다. 폭풍우는 지나갔고 엘리스 마틴은 사라졌다. 아버지는 마틴이 그날 아침 견인차를 불러서 갔다고 얘기했지만, 클레어는 이미 차가 고장났다는 얘기는 마틴이 자기 좋을 대로 꾸며낸 핑계라고 의심하기 시작했다.

그날 오후 클레어는 아버지가 창문을 막았던 판자를 떼어내는 걸 도왔다. 아버지가 못을 뽑아 클레어에게 주면 클레어는 성냥갑 크기의 마분지 상자에 못을 도로 담았다. 그로부터 스물네 시간 후에 펜션은 다시 문을 열 것이고, 애틀랜타에 있는 건물주들은 기뻐할 것이며, 그해 크리스마스에 부모는 보너스를 받게 될 것이다.

아버지가 말했다. 네 엄마가 어렸을 때, 엄마가 정확히 네 나이였을 때 우물 속에 떨어져서 사람들이 이틀 동안 못 찾았다는 거 아니?

클레어는 모르는 일이었다.

아버지가 말을 이었다. 그 우물은 숲속 깊은 곳에 있었어. 네 외할머니와 외할아버지는 딸이 유괴됐거나 가출했거나 사고를 당했다고 생각했지. 그 밑에 있었다고 상상해봐. 수마일 내에 사람 소리는 하나도 안 들린다고 상상해봐. 고개를 들고 어두워져가는 하늘을 바라보는 상상을 해봐.

잘은 몰라도 조금은 상상이 가긴 했다. 폭풍우가 몰아치는 동안 클레어는 아래쪽 다른 지층으로 떨어진 듯한 느낌을 받았다. 더이상 지구 표면이 아니라 지하 어딘가에 있는 것 같았다. 클레어는 늘 어머니의 표면적 인격을 생각하면 그 표면 아래 무엇이 감춰져 있든, 부모 중 클레어를 경악케 할 만한 사람, 언젠가 대낮의 햇빛을 다 앗아갈 정도의 공포를 안길 사람은 어머니라고 생각했었다.

그 둘 사이에 무슨 일이 있었는지는 아무도 모를 거다, 클레어의 아버지는 이어서 그렇게 말했다. 창문 앞에서 무릎을 꿇은 자세로 일하던 아버지가 손목으로 이마의 땀을 훔쳤다.

누구와 누구 사이요? 클레어는 못을 쥔 조그만 주먹에 힘을 주었다.

네 엄마와 우물.

클레어는 그후로 두 번 다시 엘리스 마틴을 보지 못했지만, 아버지가 보낸 우편물에 들어 있던 명함에서 마틴의 이름을 보았을 때 누가 셔츠 속으로 얼음덩어리를 집어넣은 듯한 느낌이었다. 두 사람이 계속 연락을 주고받은 줄은, 관계를 지속한 줄은 꿈에도 몰랐다. 그러나 아버지의 두번째 자아, 은밀한 자아가 그동안 계속 바쁘게 활동했던 건 분명해 보였다. 클레어는 엘리스 마틴의 얼굴조차 제대로 떠올릴 수 없었다. 너무 오래전 일이었다. 나이가 지긋한 여자가 된 마틴은 상상이 되지 않았다.

공교롭게도 엘리스 마틴은 여전히 의사였다—마취과의사였다. 아버지는 일정한 선을 넘고 싶어하지 않았고, 본인이 소망하는 행동 방침이 비밀로 유지되기를 바랐다. 아버지는 아내가 자신의 바람대로 해줄지 미심쩍어했다. 반면에 딸에 대해서는, 딸이 어떤 사람인지는 아주 잘 알고 있었다. 때가 되면 클레어가 연락해야 할 사람은 엘리스 마틴이었다—클레어가 제공하기로 동의했던 것은 사신의 낫이 될 터였다. 악마의 손 클레어.

기차는 선로 위에서 부드럽게 흔들렸다. 그 바람에 들판에서 자고 있던 염소들이 깼다. 클레어는 비몽사몽 무의식 속을 헤맸고, 머릿속이 빙글빙글 돌다 리처드가 죽기 전주에 그를 목격했던 장면으로 되돌아갔다. 클레어는 우연히 창가에 서 있다가 리처드가 저녁 산책에서 돌아오는 모습을 보게 되었다. 거리는 어두웠고 리처드는 간간이 가로등 불빛 아래를 지날 때만 보였지만―사라졌다 나타났다 사라졌다 나타났다―그래도 클레어는 두 눈으로 똑똑히 보았다. 리처드는 엄청난 변화가 일어나기 전과 똑같이 활달하고 성급하게, 밤을 헤치고 전진하는 것 말고 다른 일에 허비할 시간은 없다는 듯이 성큼성큼 걷고 있었다.

클레어는 그 광경을 목격하고 안도했다. 그동안 리처드가 무엇을 겪고 있었든 간에, 그는 이미 거기서 빠져나오는 중이었다. 아마도 그는 괜찮아질 터였다.

이제 클레어는 그때 산책길에서 리처드도 자신에 대해 똑같은 생각을 하고 있던 게 아닐까 궁금해졌다.

그로부터 여드레 후 리처드는 죽었다.

클레어는 마탄사스 지방 어딘가에서 눈을 떴다. 객차는 어두웠고 기울어져 있었다.

좌석이 흔들렸다. 창문이 헐거워진 치아처럼 덜컹거렸다. 캐리어 하나가 머리 위 선반에서 떨어져 바닥에 부딪혀 열리면서 구겨진 옷가지가 와르르 쏟아졌고 폴라로이드 사진들이 객차 안 여기저기로 날아다녔다.

기차는 사람들을 뒤로 끌어당겼다가 앞좌석 등받이 위로 내동댕이쳤고, 이내 잠잠해졌다. 클레어는 이마 정중앙으로 욱신거림이 몰려드는 것을 느꼈다. 일단 얼굴과 배와 무릎이 무사한지 손으로 더듬었다. 그리고 창문을 여기저기 만지며 살폈다. 유리창에 폴라로이드 사진이 한 장 붙어 있었다. 창문에서 사진을 떼어냈다. 사진 속 이미지를 알아보기엔 빛이 부족했다. 시간이 한참 지난 것 같은데 아무도 객차에서 빠져나가려 하지 않았다. 승객들은 먹물 같은 어둠 속에서 숨을 헐떡이며 앉아 있었고, 섣불리 움직였다가 기차가 똑같이 대응할까봐 다들 두려워하는 듯했다.

마침내 클레어 앞에 앉은 여자가 정적을 깼다. 여자는 일어나서 한 손을 뻗더니 어둠을 움켜쥐었다. 곧 더 많은 사람들이 일어나 불 꺼진 통로를 따라 비틀비틀 걸어갔고, 떨어진 캐리어를 넘어 객차 문을 당겨 열었다. 한 여자는 열린 창문으로 기어나갔다. 클레어는 여자가 몸을 굴려 땅 위에 내려서기 직전 창문을 발로 차낼 때 그 발목을 보았다. 객차 안의 어른들은 땅 위에 선

어른들에게 아이들을 건넸다. 연기 냄새가 났다. 클레어는 좌석을 벗어나기가 무서웠다. 어떤 남자가 작은 도끼로 문 위쪽 잠금장치를 부수는 모습이 보였다.

통로 건너편에서 한 노인이 자리에서 일어나려고 몸부림치고 있었다. 클레어는 아버지 덕분에 성인 남자의 체중을 떠받치는 요령을 실습했고(앞으로 훨씬 더 많은 실습을 하게 될 터였다), 그래서 이번만큼은 무엇을 해야 할지 알았다. 클레어는 노인 옆에 쭈그려앉았다. 노인은 자리에 앉은 채 몸을 반으로 접고 누군가의 이름을 중얼거렸다. 클레어는 자신의 몸을 노인의 몸에 단단히 밀착시키고 노인의 흉골 위로 손가락을 깍지 낀 다음 팔꿈치로 노인의 갈빗대를 단단히 받쳤다. 피부에 닿는 노인의 겨드랑이가 뜨겁고 축축했다. 클레어는 노인을 힘껏 끌어당기며 들어올렸다.

밖에 나가니 치마를 입은 여자 둘이 클레어가 부축한 낯선 노인에게로 달려왔다. 여자들은 노인의 손을 붙잡고 데려갔다. 클레어는 그들이 노인의 새하얀 눈발 같은 머리를 가볍게 쓸고, 손가락에 침을 묻혀 노인의 얼굴을 닦아주는 모습을 지켜보았다. 마치 아이가 말끔해 보이도록 정돈하는 어른 같았다. 노인의 딸들이었다. 바람이 나무를 흔들었다. 사람들은 여행용 손전등과 랜턴과 휴대폰 화면과 달이 내뿜는 어스름한 빛 속에 옹기종기 모여 서 있거나 주저앉아 있었다. 클레어는 귀가 먹먹해서 다 같이 물속에 잠긴 느낌이었다. 풀밭에서 밤벌레들이 튀어나와 빛줄기 속을 어지러이 날아다녔다. 몇몇 승객들은 휴대폰으로 동영상을 찍었다.

맨 앞의 객차가 선로를 벗어나 갓 부러진 목에 달린 머리처럼 비틀려 있었고, 지금은 전체 차량이 김을 내뿜으며 어둠 속에 주저앉은 상태였다. 탈선이었지만, 이보다 사정이 훨씬 나빴을 수도 있었다.

클레어는 가만히 서 있을 수가 없어서 원을 그리며 풀밭을 걸었고, 자꾸 배낭끈과 셔츠 앞섶을 움켜쥐었다. 두 딸이 풀밭을 지나 언덕 쪽으로 아버지를 모시고 가는 모습이 보였다. 선로를 따라 내려가보려는 승객들도 있었다. 서류가방을 든 남자 하나가 어둠 속으로 사라졌고, 그가 떠나는 모습을 바라보면서 클레어는 훨씬 더 과격한 형태의 이동이 가능하다는 생각이 들었다. 그 이동은, 그녀가 다시는 클레어라는 이름으로 불리지 않을 것이며 그 대신 듣는 사람이 그녀의 본명이 아닐 거라고 살짝 의심하게 되는 이름을 댈 것임을 의미했다.

어두운색 정장을 입은 남자가 풀밭에 앉아 담배를 피우며 작은 손전등에 의지해 책을 읽고 있었다. 클레어는 그의 몸가짐새와 텁수룩한 콧수염을 알아보았다. 분명 『포켓판 외딴섬의 지도책』을 읽고 있을 거라고 생각했지만, 가까이 가보니 남자는 승무원 유니폼을 입고 있었고 '프로토콜로스 데 에메르젠시아'라는 제목의 두꺼운 매뉴얼을 읽으며 다급하게 페이지를 넘기고 있었다.

비상시 프로토콜.

나지막한 오르막 위에서 카키색 원피스를 입고 야구 모자를 쓴 여자가 미니어처 성조기를 흔들었다. 사람들이 그 여자를 에워싸고 모여들었다. 모인 사람들은 서로를 껴안고 어깨동무를 했다. 클레어는 그쪽 무리로 다가가 각양각색의 가방 수를 셌다. 백팩, 허리에 차는 가방, 히프 팩. 한 여자가 기지국 신호를 찾아 휴대폰을 하늘로 치켜들었다. 여자의 숄더백 끈에 동그란 목베개가 매달려 있었다. 단체 관광객이 열차에 타고 있었던 것이다.

시호스에 있을 때, 가끔 손님이 아닌 사람이 무료로 제공되는 유럽식 조식을 먹으러 들어오곤 했다. 동네 여자 하나는 클레어의 부모가 알아차리기 전에 세 번이나 몰래 들어와서 먹었다. 여자는 하얀 테리클로스 원피스 차림에 발목에는 금 발찌를 찼고, 어깨는 햇볕에 발갛게 그을린 모습이었다. 클레어의 어머니는 그 여자의 차림새가 정말로 관광객 같았다고 말했다. 어떤 경우에는 겉모습이 허가증이 될 수 있다는 게 정말 놀라웠다.

클레어는 관광객 무리 근처에 자리잡았다. 마흔 명쯤 되는 큰 단체였고, 다들 서로를 어루만지며 재잘재잘 떠들어댔다. 아무도 클레어를 눈여겨보지 않을 것 같았다. 가이드가 관광객들을 데리고 선로를 건너 경사진 흙길을 내려갈 때 클레어도 쫓아갔고, 길 아래에는 한 쌍의 밴이 기다리고 있었다.

얼른 머릿수를 세어보니 남는 자리가 없었다. 서서 기다렸다 가는 들킬 게 뻔했다. 클레어는 서둘러 밴 뒤쪽으로 들어가 비좁은 화장실로 향했고 변기 위에 앉아서 문을 잠갔다. 밴이 출발하자 벽면이 부르르 떨렸다.

문틈으로 어떤 남녀가 말다툼하는 소리가 들렸다. 낡은 기차까지 옛날 그대로라니, 아무리 과거를 재현한대도 너무 과도한 원형authenticity이라는 것도 있다는 데 이제 그만 동의하자면서 옥신각신하고 있었다.

밴은 그들을 바다에서 그리 멀지 않은 어두운 광장에 내려놓았다. 공기가 습기를 머금어 눅눅했다. 해안가 마을이었고, 이름은 제대로 듣지 못했다. 사람들은 가이드를 따라 작은 호텔로 들어갔다. 방 열쇠를 나눠주는 동안 클레어는 살금살금 계단을 올라갔다. 도중에 까만색과 흰색이 섞인 고양이와 마주쳤는데, 이번엔 인형이 아니라 진짜 고양이였다. 꼬리 끝이 앞뒤로 획획 움

직였다. 고양이는 클레어 앞에서 잠깐 멈칫하더니 반짝 이를 드
러냈다. 앞니가 바늘처럼 날카로웠다.

이 바닷가 옆 호텔에는 엘리베이터가 없었다. 바도 없었다. 클
레어는 이곳에는 어떤 엘리베이터를 추천하면 좋을지 고민했다.
울트라로프를 장착한 새장형이 어떨까 싶었다. 고풍스러워 보이
지만 속도는 무척 빠르니까. 삼층 복도에서 스툴 위에 놓인 다이
얼식 전화기를 발견했다. 클레어는 여기에 진을 치기로 했다. 누
가 지나가면 전화를 거는 척하면 됐다. 그녀는 수화기를 들고 발
신음에 귀를 기울였다. 그러다 벽에 기대어 주르륵 미끄러져 앉
으며 수화기를 가슴에 댔다. 새벽 두시에 클레어는 수신자 부담
으로 부모 집 전화번호를 돌렸다.

여보세요, 어머니가 전화를 받았다. 무슨 일이 생긴 건가요.

클레어가 한밤중에 전화를 걸어 리처드의 사망 소식을 알린
이후로, 어머니는 열시 이후에 오는 전화는 무조건 그렇게 받았
다. 여보세요, 무슨 일이 생긴 건가요.

클레어는 전화기를 통해 들리는 어머니의 숨소리에 가만히 귀
를 기울였다. 반질반질한 표면, 반사하고 또 반사하는 표면을 상
상했다. 적어도 어머니는 늘 비밀을 혼자 간직했다. 자식에게 비

밀을 짊어지라고 부탁한 적은 없었다.

저예요, 클레어가 말했다.

한밤중에 웬일로. 별일 없는 거지? 어머니가 말했다.

클레어는 자신이 얼마나 화가 났는지 아버지가 알기나 할까 궁금했다. 화를 내지 않으려 얼마나 애쓰는지. 얼마나 미친듯이 화를 내게 될지. 어떻게 그런 일을 타인에게 부탁할 수가 있어? 죽어가는 사람의 권리가 정확히 뭔데? 그 권리가 진짜 그렇게 무한정이야? 내가 아들이었어도 그런 일을 부탁했을까? 클레어의 경험상, 쉽게 감상에 빠지고 감정에 발목을 잡히는 경향이 있는 건 남자들이었고, 반면에 여자들은 인정사정없는 효율성을 갖고 있었다. 그래서 '최후의 여자'가 살아남는 것이다. 살인자는 번번이 여자의 무자비함을 과소평가한다. 어쩌면 아버지는 세상 그 누구보다 딸을 잘 알기 때문에 딸의 분노도 예상했을 것이다. 어쩌면 아버지는 그걸 믿고 그랬을 것이다.

클레어는 말했다. 자는데 깨워서 미안해요.

클레어는 말했다. 아버지는 좀 어때요?

아바나로 돌아오니 영화제는 막바지였다. 세번째 호텔의 프런트 데스크에서는 이사가 근무중이었다. 귀 옆에 꽂은 카네이션은 없었다. 이사는 바르셀로나에서 온 여자들이 〈세븐틴〉 최근호 몇 권을 두고 가서 기분이 좋은 상태였다. 『1월의 두 얼굴』은 손님들을 위해 비치된 도서 컬렉션에 추가되어 있었다. 컬렉션은 대부분 여행 안내서였지만 문고판 책들과 고대 로마에 관한 책이 한 권, 시집도 한 권 있었다.

그 소설 다 읽었어요, 이사가 말했다. 등장인물들이 하나같이 다 기분 나쁘던데요. 탐정도 안 나오고.

최악이죠, 클레어는 내용을 아는 것처럼 맞장구쳤다.

몇 가지 질문 끝에 클레어는 탈출한 타조 한 마리가 아직도 잡히지 않았고 계속해서 목격담이 쏟아지고 있음을 알게 되었다. 러시아 대사관 근처에서 봤다는 사람이 많았다. 심지어 타조가 용케 아바나 항구를 건너 레글라에 나타났다는 목격담도 한 건 있었다.

뉴욕행 비행기는 일흔두 시간 뒤에 출발할 예정이었다. 결국 클레어는 영화제를 끝까지 보게 되었다.

클레어는 찰리 채플린 영화관에서 열리는 폐막식에 참석했다. 검은 테 안경을 쓰고 초콜릿색 슈트를 입은 거구의 영화제 집행 위원장이 영화는 시간의 제약 바깥에 존재하는 매체라고—영화는 미래를 내다볼 수 있고, 과거를 보존할 수 있다—짧은 모두 발언을 했다. 올해의 작품상은 쿠바혁명 초창기를 배경으로 젊은 카스트로를 미화한 영화에 돌아갔다. 한편 〈레볼루시온 좀비〉는 관객상을 받았다. 상영관 뒷줄에서 클레어는 유니엘 마타가 제작자들과 함께 무대에 오르는 모습을 지켜보았다. 마타 감독의 비서가 무대 옆 그늘 속에서 치마 정장 차림으로 서성이고 있는 모습이 눈에 띄었다. 남자들은 서로 얼싸안고 관객을 향해 돌아서서 손을 흔들었다. 감독과 제작자들은 앞으로 캐나다와 스페인과 프랑스의 영화제에 참석할 예정이었다. 폐막식은 '에스쿠엘라 인테르나시오날 데 시네 이 텔레비시온'*의 설립 과정을 다룬 다큐멘터리 상영과 함께 막을 내렸다. 과거의 보존이었다.

영화제 호텔에서 클레어는 수많은 영화제 참가자들이 야기한 긴장과 피로감을 목도했다. 주방에선 빵이 동났다고 했고, 바에서는 얼음이 동났다. 공항까지 가는 데 필요한 폐소화를 넉넉히 남겨두어야 해서 클레어는 술 메뉴를 피했다. 화장실 가는 길에 아가타 알론소를 또 보았다. 분명히 봤다. 전과 똑같이 검은 가발을 쓰고 있었는데, 모퉁이를 휙 돌아 복도를 내려가는 알론소의 머리에 순간 후광이 비쳤다.

클레어는 호텔 밖 원형 진입로 가장자리에서 담배를 피우는 아를로를 보았다. 그는 지하 터널로 내려가는 경사로를 등진 채, 영화제 로고가 그려진 티셔츠 차림으로 서 있었다. 투명 코팅된 스태프 신분증이 여전히 가슴팍에서 가볍게 흔들렸다. 사람들이 호텔 입구에서 쏟아져나왔고, 시동이 걸린 채 주차중인 빈티지 자동차나 거리에서 대기중인 노란 택시 함대를 향해 어둠 속으로 흩어졌다. 클레어는 영화제가 끝난 지금 아를로가 어떤 기분일지 궁금했다. 다가가서 물어보려는 찰나 아를로가 담배를 덤불 속에 휙 던지고 경사로를 따라 내려갔다. 뭔가 꿍꿍이가 있는 사람처럼 재빠르고 은밀하게.

호텔 불빛이 경사로를 환히 비췄다. 식물에 감아둔 전구들이

---

* 쿠바에 있는 국제 영화 및 텔레비전 학교.

이파리에 한밤의 광채를 선사했다. 클레어는 아를로가 주머니에서 휴대폰을 꺼내 전구를 향해 카메라 렌즈의 초점을 맞추는 모습과 오르락내리락하는 그의 가느다란 팔을 바라보았다.

아를로는 길을 반쯤 내려가더니 카메라를 자기 쪽으로 돌렸다. 클레어는 야자수 그늘 속에 머물렀다. 멀리서도 터널 입구의 검은 형체를 알아볼 수 있었다. 아를로는 사진을 찍고 있는 건가? 영상을 찍는 중인가?

클레어는 나뭇가지를 부스럭거리며 덤불 쪽으로 뒷걸음질쳤고, 휴대폰을 내려다보던 아를로의 시선이 위로 휙 들렸다.

안녕하세요, 클레어는 음흉한 사람처럼 보이지 않도록 애써 태평한 어조로 인사했다.

아를로가 한 발짝 가까이 다가왔다. 그는 클레어에게 그 자리에 그대로 있으라고 말하며 휴대폰을 반대로 돌려 렌즈에 클레어를 가뒀다.

뭔가 말해봐요, 아를로가 말했다.

그의 어조에 친숙함이라곤 흔적도 없었다. 클레어의 짧게 깎은 머리와 어둠이 그녀를 낯선 사람으로 되돌려놓았다.

나는 유령을 쫓아 산속으로 갔어요, 클레어는 그렇게 얘기할 수도 있었다. 유령을 만들어낸 다음 그를 익사시켰어요, 혹은 결국 그는 진짜 사람이었을지도 몰라요, 모르는 사람을 침대로 끌어들였다가 겁을 줘서 쫓아버렸죠. 정확히 무슨 일이 있었는지 설명하기 힘들었다.

혹은, 나 클레어예요. 머리를 엉망으로 자른 클레어.

혹은, 이제 우린 현재 시제 속에 있군요.

클레어는 목청을 가다듬고 자신의 두상을 어루만졌다.

나는 내일 떠나요, 클레어가 아를로에게 말했다.

당신도 다른 사람들도 다 그렇죠.

아를로는 휴대폰을 주머니에 넣고 경사로를 성큼성큼 올라와서 클레어를 곧장 지나쳐 가버렸다. 경사로 꼭대기에서 클레어는 아를로가 영화제 티셔츠를 입은 소규모 무리에 합류하는 모습을 지켜보았다. 그는 사람들에게서 담배 한 개비를 얻었다. 고개를 젖히고 하늘을 향해 연기를 뿜으며 웃음을 터뜨리는 느슨한 모양새가 여태 쭉 그들과 함께 어울리던 사람 같았다.

스케이트보드를 탄 여자가 갑자기 도로 위의 그늘에서 튀어나오더니 원형 진입로 입구에 매끄럽게 멈춰 섰다. 택시기사가 길게 휘파람소리를 냈다. 아를로의 누이는 양어깨에 검은색 백팩을 하나씩 메고 가방끈 밑에 손가락을 걸고 있었다. 그녀가 형제의 이름을 소리쳐 불렀다. 아를로는 담배를 끄고 비탈진 진입로를 따라 걸어내려갔고, 딱 한 번 고개를 돌려 같이 있던 사람들에게 손을 흔들었다. 아를로의 누이는 형제를 만나 뺨에 가볍게 키스한 후 백팩 중 하나를 건넸다. 아를로는 스태프 신분증을 벗어 누이의 목에 걸어주었다. 그녀는 스케이트보드에서 내려와 보드를 겨드랑이에 꼈다. 두 사람은 길을 건너 조명 없는 거리로 내려갔고, 어깨에 멘 가방은 묵직해서 거의 여행을 떠나는 것처럼 보였다.

이튿날 클레어는 세번째 호텔에서 체크아웃을 하고 공항으로 갔다. 출발 터미널의 딱딱한 주황색 의자에 앉아 고개를 들었을 때, 게이트 구역에서 한 층 위, 투명 플라스틱 벽으로 둘러싸인 VIP 라운지 안에 아가타 알론소가 있었다. 저 배우가 스페인으로 돌아가는 건지 아니면 다른 목적지가 있는지 궁금했다. 알론소는 한 팔을 배 위에 얹고 맥주를 마시면서 정면을 바라보고 있었다. 앞에 TV 화면이라도 있는 걸까. 안녕하세요, 클레어는 최선을 다해 스페인어로 알론소에게 말을 거는 장면을 상상했다. 저는 당신의 엄청난 팬이에요.

한 여자가 클레어 옆에 앉았다. 여자는 체크무늬 원피스를 입고 가죽 샌들을 신었고, 다갈색 머리는 뒤통수에서 한 가닥으로 땋아내렸다. 여자가 클레어에게 혼자 여행하고 있는지 물었다.

네, 클레어가 말했다. 그쪽도?

여자가 고개를 끄덕였다. 여자는 호텔 업계에 있고 새 부동산을 조사하러 아바나에 와서 일주일을 머물렀다. 아르헨티나 출신이지만 지금은 이탈리아에 살고 있다. 아바나에서 혼자 여행하는 여자들을 많이 봤지만 다들 매우 젊었다. 아마도 대학생들 같았다.

하지만 당신은 대학생이 아니죠. 여자가 매니큐어를 바른 손가락으로 클레어를 가리켰다.

그거야 틀림없죠, 클레어가 대답했다.

여자는 한숨을 내쉬고, 자신이 꿈꾸는 건 해변가에 꼼짝 않고 누워 마음을 텅 비우고 한 번에 한 가지 생각만 하며 빈둥거리는 여행이라고 말했다. 직업의 특성상 호텔에 들어가면 그곳을 구석구석 철저히 조사하지 않고는 배길 수가 없으니까.

나는 꼼짝 않고 있을수록 생각이 더 많아져요, 라고 클레어는 말하지 않았다.

무슨 말씀인지 알겠어요. 클레어는 대신 이렇게 말했다. 저도 엘리베이터를 보면 그렇게 돼요.

일하러 왔어요, 아니면 놀러왔어요? 여자가 두 팔을 머리 위로 들고 기지개를 켜며 물었다. 여자는 잠시 클레어를 쳐다보다가 손가락을 튕겼다.

놀러왔다는 데 한 표 던집니다, 여자가 말했다. 장담하는데 당신은 햇빛 아래서 많은 시간을 보냈어요. 반면에 나는 거의 실내에만 있어서 이러다 뱀파이어가 되겠다 싶더라고요.

여자가 탈 비행기가 출발을 알렸다. 클레어가 다시 고개를 들고 VIP 라운지를 보니 아가타 알론소는 사라지고 없었다.

아바나에서 날아오를 때 난기류가 비행기를 강타했고, 좌석 깊숙이 처박혀 앉은 클레어는 기차가 철로에서 탈선하면서 마구 흔들리던 기억이 났다. 그때 세상이 일순 완전히 고요해졌고, 잠시 후 그 고요는 과도로 자른 멜론처럼 쩍 갈라졌었다. 나중에 뉴욕에서 클레어는 인터넷으로 그 탈선 사고에 관한 정보를 좀 더 찾아보다가, 어느 블로그에서 휴대폰으로 촬영한 이십삼 초짜리 영상을 우연히 발견하게 된다. 카메라 렌즈가 죽어버린 기차의 철제 몸뚱이와 풀밭에서 기다리는 승객들을 훑는다. 다섯 번을 돌려 본 후에야 서로 다투는 두 남자가 얼핏 보이고, 배경에서 아이가 울부짖는 소리가 들리고, 또다른 아이가 물구나무서기를 하는 게 보이고, 서로서로 팔짱을 끼고 서 있는 세 여자가 보이고, 무릎에 얼굴을 묻고 땅바닥에 홀로 앉아 있는 여자가 보인다. 순간적으로 클레어는 그 사람을 자신으로 착각한다.

랩톱을 들여다보다가 클레어는 〈레볼루시온 좀비〉에 다시 생각이 미치고, 좀비 아포칼립스를 촬영해 판매하려는 주인공의 계획, 그 영상의 뒷배경을 통해 드러났을 온갖 진기한 세상들, 만천하에 공개되었을 온갖 보이지 않는 구석들을 떠올리게 된다. 누가 자신을 보고 있다는 것을 모를 때, 사생활이 완벽히 보호되고 있다고 믿을 때 사람들은 무엇을 할까? 바로 그러한 인간의 미스터리가 해명되는 순간을 담고 있다는 것이 파운드푸티지*가 유혹적인 이유이고, 감시가 그토록 치명적인 이유다. 사생활의 진정한 잠식은 필연적으로 자아의 잠식으로 이어진다.

그 탈선 사고 영상에서 클레어는 보이지 않고, 그녀는 자신이 진짜 거기에 있었는지 믿기 어려워진다.

그것이 클레어가 온라인에서 찾아내게 될 유일한 영상은 아니다.

두번째 영상은 육 분짜리이고, 댓글 수와 공유된 횟수로 볼 때 시청자를 꽤 많이 확보한 듯하다. 영상은 아가타 알론소가 창고 같은 곳의 콘크리트 바닥에 무릎을 꿇고 앉아 있는 모습을 보여준다. 알론소는 밑단을 잘라낸 반바지에 몸에 꼭 맞는 하얀 티셔츠를 입고 검은 부츠를 신었으며, 부츠 밑창은 진흙투성이다. 동

---

* found footage. 페이크 다큐멘터리의 일종. 누군가가 실제 상황을 촬영한 것처럼 연출하는 기법으로 공포영화에서 많이 사용된다.

그란 스탠드형 조명등과 삼각대 위의 카메라가 구경꾼처럼 알론소를 에워싸고 내려다본다. 카키색 반바지에 구겨진 리넨 셔츠를 입은 남자가 알론소 앞에 서서, 파란 플라스틱 양동이를 내밀며 어서 마시라고 고함친다. 알론소는 고개를 꺾고 양동이 앞에 고꾸라진다. 배우는 고개를 연거푸 흔들고 또 흔든다. 소리지르며 양동이를 밀친다. 붉은 물결이 플라스틱 테두리를 넘어 바닥으로 흘러내리고 알론소의 반바지가 피로 물든다. 배우를 도우러 오는 사람은 아무도 없다.

다음 장면, 그 남자 제작자가 영화제 호텔 로비에 서 있다. 사람들이 남자 주위로 몰려들어 잔을 들어올린다. 그에게 축하 인사를 건넨다. 〈레볼루시온 좀비〉가 관객상을 타던 그날 저녁이다. 그라치에, 그라치에, 제작자는 트로피를 머리 위로 치켜들고 거듭 감사를 표한다.

다음 장면, 그 제작자가 치마 정장을 입은 유니엘 마타의 비서를 뒤쫓아 대리석 복도를 걸어가는데, 한 손으로는 비서의 엉덩이를 지그시 잡는다.

엔딩 크레디트에는 단 하나의 이름이 뜬다. 감독: 아가타 알론소.

마이애미로 가는 비행기에서 클레어의 심경에 변화가 생겼다. 뉴욕으로 가는 환승 비행기를 포기하고 마이애미공항에서 렌터카를 빌려 북쪽으로 달렸다. 할리우드와 포트로더데일과 주피터를 지났다. 클레어는 근원을 향해 가속페달을 밟았다. 데이토나 쯤에서 하늘 위에 둥근 분홍색 달이 모습을 드러내기 시작했다. 신경에 거슬리는 달이라고 클레어는 판단했다. 어렴풋이 드러나는 불만처럼 보였다. 내부에서 빛을 발하는 것처럼 보였다.

이미 두 주 넘게 자리를 비웠고 직장 상사에게 이메일 한 통 보내지 않았다. 차에서 음성 메시지를 확인하고 클레어는 자신이 더이상 티센크루프의 직원이 아님을 알게 되었다.

고속도로에서 머탠저스 국유림이라는 표지판을 지나치면서,

1700년대 칠년전쟁 때 영국이 스페인에게서 아바나를 빼앗았다가 다시 돌려주는 대가로 플로리다를 받아왔다는 사실이 생각났다—도시 하나와 주 전체의 교환.

클레어는 저물녘에 전조등을 눈부시게 밝히고 시호스에 도착했다. 주차장이 확장됐고, 살림채는 불도저로 밀리고 그 자리에 수영장이 들어섰다. 징그러운 벌레가 콘크리트 풀장을 기어다녔다. 풀장 주위에는 뒤로 젖혀서 누울 수 있는 해변용 의자가 놓였고, 각각의 의자 발치에 곱게 갠 하얀 수건이 있었다. 플라스틱 울타리가 클레어와 수영장 사이를 가로막았고, 이파리를 길게 늘어뜨린 야자나무 한 쌍이 정문 양쪽을 지키고 있었는데, 문안으로 들어가려면 비밀번호가 필요했다. 도어록 패널은 방금 닦은 것처럼 새하얗게 빛났다. 시호스는 조지아에서 오십 마일 거리였고, 플로리다의 다른 지역에 비하면 그렇게 숨막힐 듯한 열대성 기후는 아니어서 소금기를 뚜렷이 머금은 공기가 싸늘했다. 클레어가 두 손으로 플라스틱 울타리를 더듬고 있는데 안에서 한 여자가 걸어나왔다.

이 수영장은 투숙객 전용이에요. 여자가 양손을 마구 내저으며 소리쳤다.

클레어는 천천히 여자 쪽으로 걸어갔다. 여자는 줄무늬 티셔츠 드레스 차림에 플립플롭을 신었고, 머리에는 노란 반다나를 두르고 있었다. 젊어 보였는데, 아마도 클레어의 가족이 평행사도에서 남부로 이사할 무렵 클레어의 어머니 나이와 비슷할 듯했다. 클레어는 아직 차 열쇠를 손에 들고 있었다. 달이 선홍빛으로 어두워져갔다. 클레어는 아직 자신이 무엇을 하려는지 알지 못했다.

손님이 되고 싶은데요, 클레어는 자신이 말하는 소리를 들었다.

크리스마스 사흘 전이었는데 막판에 예약이 취소된 방이 하나 있었다. 프런트 데스크에 가니 어머니의 양치식물 컬렉션은 하얀 난초 한 쌍으로 바뀌어 곡선형 데스크의 양끝을 각각 차지하고 있었다.

여기 사세요? 클레어는 여자가 숙박부를 작성하는 동안 물었다. 여자는 손목에 황갈색 보호대를 착용하고 있었다. 이름표는 없었다.

여기 잭슨빌비치에 사느냐고요? 여자는 타이핑을 잠시 멈추고 되물으면서도 고개를 들지는 않았다. 완벽한 부채꼴 눈썹이 다비를 연상시켰다.

아뇨, 여기 시호스에요. 클레어가 말했다.

가끔은 그런 기분도 드네요.

클레어는 다시 묻지 않았다. 마침내 여자가 고개를 들었다.

나는 자정에 퇴근해요, 여자가 말했다. 레이크사이드에 살고요.

여자는 자기가 밤근무를 하지 않아서 다행이라며 말을 이어갔다. 야간 근무자들은 늘 잘리기 때문이다. 너무 오랜 시간을 혼자서 조용히 있어야 한다. 그러면 누군가가 자신을 지켜보고 있다는 사실을 잊기 쉽다. 한 직원은 자위를 하다가 걸렸는데, 자기는 몽유병 상태였고 따라서 책임이 없다고 주장했다. 또 한 직원은 장난전화를 하다가 걸렸다. 여자는 천장 한구석을 가리켰다. 클레어는 뒤돌아서서 자신을 마주 응시하는 작은 감시 카메라를 보았다.

사고가 있었어요? 클레어는 여자가 손목에 찬 보호대를 가리키며 물었다.

떼강도가 들었어요, 여자가 말했다.

네?

농담이에요! 여자는 카드키를 봉투에 넣었다. 손목터널증후군이라서요. 대하소설을 쓰고 있는데, 관절엔 아주 쥐약이죠.

여자는 신체적 불편함을 아주 오래 겪어온 사람처럼 보였다. 턱은 뻣뻣했고 어깨도 긴장되어 있었다. 클레어는 여자에게 만약 밤근무를 해야 한다면 뭘 하다 걸릴 것 같은지 물었다.

알고 싶지 않네요, 여자가 대꾸했다.

복도는 여전히 야외로 트여 있었다. 객실 벽면은 코발트색 꽃무늬 벽지 대신 세련된 베이지색으로 도장됐다. 카펫은 교체됐고, 이불도 레몬과 귤 무늬가 아니라 붉은 히비스커스 무늬로 바뀌었다. 히비스커스 때문에 볼연지를 과하게 칠한 것처럼 방 전체에 좀 지나치게 홍조가 돌았다. 클레어는 방안 구석에 죽은 말벌은 없는지 확인했다. 예전엔 트립어드바이저에 그런 불만을 적은 후기가 하나 이상 있었다. 말벌은 전혀 보이지 않았다. 소소한 욕실 물품 몇 가지가 최신형으로 바뀌었다. 수도꼭지, 샤워기. 헤어드라이어도 다른 모델이었다. 클레어의 부모는 여기서 십 마일도 떨어지지 않은 곳에 살고 있었고, 클레어는 그들이 이곳에 돌아와 시간의 흐름을 보여주는 이 세세한 증거를 목격한 적이 있을지 궁금했다.

협탁 위에 놓인 전화기가 두 번 울리고 끊겼다.

클레어는 더블베드 한쪽에 가방을 내려놨다. 그리고 텅 빈 TV 화면을 물끄러미 바라보았다. 방안 공기는 방금 세상을 하직한 몸뚱이처럼 움직임이 없는 것 같았다. 그러나 사실 죽은 몸뚱이에 움직임이 없다는 건 잘못된 통념이다. 체내의 효소는 세포막을 융해하고, 혈구는 공기가 빠진 작은 보트처럼 모세혈관 속으로 가라앉아 피부색을 변하게 만든다. 연조직은 가스로 바뀐다. 클레어는 빈 더블베드에 누웠다가 바닥에 누웠다가 욕조 안에 누웠다가 다시 일어났다. 손톱 조각을 찾으려고 여기저기 뒤지다가 스쿠버다이빙 장비를 대여해준다는 명함을 발견하고 염소처럼 먹어버렸다.

클레어는 창밖을 내다보았다. 주차장이 조명을 받아 환했고, 기괴한 빛이 하늘에서 내려왔다.

아버지 인생의 마지막 몇 달 동안, 최악의 시간은 해질녘에 찾아오게 된다. 아버지는 빈 벽을 가리키며 겁을 먹고 움츠러든다. 회벽 뒤에 사람이 살고 있다면서, 저 사람들이 곧 자기를 잡아갈 거라 한다. 그때쯤 클레어는 마지막까지 함께할 생각으로 부모 집에 들어가 살고 있을 것이다. 이따금 클레어는 화장실에 들어가 문을 잠그고 샤워기를 튼 다음 아버지의 수첩을 펼친다. 그럴 때마다 밀도 높은 공기가 화산이 분출하듯 휘몰아치고 그녀의 손을 구성하는 분자가 재배열되어 목을 조를 것 같다는 생각이 든다. 그럴 때마다 클레어는 조금씩 더 읽어나간다. 너는 낯선 사람들에게 당혹감을 주는 아이였다. 투숙객들은 늘 너를 보고 놀라는 것 같았어. 어떤 커플이 너를 '꼬마 귀신'이라고 불렀던 기억이 나는구나. 클레어는 엘리스 마틴의 명함을 수첩 뒷면에 테이프로 붙여놓았다. 그 여자의 전화번호를 누르는 연습을 한다. 클레어는 몇 달 전에 아버지가 자신의 계획—이제는 기억에 없을 그 계획—을 실행에 옮기길 바랐음을 알고 있다.

그 몇 달 동안 클레어는 사진을 단 한 장도 찍지 않는다. 무엇을 보게 될지 두렵다.

클레어와 아버지는 밤새 TV를 볼 것이다. 그것이 아버지를 진정시키는 데 도움이 되는 유일한 방법이다. 클레어가 아버지의 메마른 손을 잡고 푸른 가지처럼 뻗은 동맥과 정맥을 살피며 쓰다듬으면, 밥테일 고양이들이 그들 주위로 동그랗게 모여들어 잠을 청한다. 고양이들도 아는 걸까? 클레어는 아버지의 손톱을 깎는다. 손톱이 손끝 밖으로 조금이라도 나오는 게 싫다. 손톱이 길면 삶 전체가 엉망진창으로 흐트러지는 느낌이 든다. 클레어는 자살 관광에 관한 기사를 읽게 된다. 퍼트리샤 하이스미스에 관한 기사를 읽고, 그 작가가 자신이 기르는 달팽이를 파티에 데려오는 알코올중독자임을 알게 된다. 클레어는 기사의 몇 구절을 이메일로 복사해 제목에 이사의 이름을 넣은 후 세번째 호텔로 보낸다. 이사에게 닿으려면 며칠이 걸릴 수도 있다. 클레어는 자신의 동시다발적 가능성들은 어떻게 되었으려나 생각에 잠긴다—하나는 밤 속으로 걸어나가 다시는 돌아오지 않는 길을, 용서받지 못할 미래로 가는 다른 길을 구축했고, 또다른 가능성에서는 아버지가 이미 세상을 떠났다.

클레어는 현재 시제에서는 무엇이든 가능하다고 혼잣말로 중얼거린다.

아버지에게서는 질척하고 시큼한 냄새가 난다. 쇠락하는 영혼의 냄새. TV에서 공포영화를 틀어주면 클레어는 즉시 다른 채널로 돌린다. 옆에 있는 누군가가 천천히―그러면서도 너무 순식간에―죽어가는 모습을 보는 것만으로도 충분히 공포스러우므로.

스포츠, 아버지가 말하면 클레어는 스포츠를 틀 것이다.

뉴스, 잠시 후 아버지가 말하면 클레어는 뉴스를 틀 것이다.

스포츠, 아버지가 말하면 클레어는 채널을 다시 돌릴 것이다.

어디 있었니? 아버지가 말하면 클레어는, 바로 여기요, 라고 대답할 것이다.

아니, 어디 있었는데? 아버지가 물을 것이다.

어떤 곳에도 있지 않으려고 정말 열심히 노력했는데 지금 바로 여기에 있네요.

스포츠, 아버지가 말하면 클레어는 이미 거기에 있다.

바깥에는 황금색과 붉은색으로 변한 어마어마하게 큰 달이 떠 있었다. 갓 태어난 행성처럼 보였다. 지구를 향해 내려앉는 것처럼, 금방이라도 손이 닿을 만큼 가까워질 것처럼 보였다. 한줄기 바람이 야자수를 거칠게 흔들어댔고, 어디선가 굴러온 종이를 주차장 건너편으로 날려보냈다. 프런트 안쪽 사무실 앞을 지나며 창문으로 언뜻 보니 아까 그 여자가 작은 TV로 크리스마스 퍼레이드를 시청하면서 손톱을 줄로 다듬고 있었다.

클레어는 도로를 건너 바다로 향했다. 이 횡단보도에서는 조심해야 한다. 신호등이 없고, 차들이 느닷없이 튀어나와 미친듯이 질주하기 때문이다. 어렸을 때 차에 치일 뻔한 적도 있다. 도로 건너편에서 클레어는 몸을 돌려 시호스를 바라보았다. 수영장이 원석처럼 어슴푸레 빛났다. 심장이 몸 바깥에서, 머리 바로 위에서 뛰고 있는 느낌이었다.

대서양 위의 달은 더욱 기괴했다. 선홍빛으로 부풀어 넘치는 힘을 주체하지 못했다. 칼바람이 모래를 휘저었다. 파도가 맹렬하게 부서졌다. 차가운 물보라가 클레어의 살갗을 후려쳤다. 클레어는 눈앞에서 퍼져나가는 어둠을 응시했다. 터널 입구에 서 있던 영화의 주인공을 떠올렸다. 밤바람이 목구멍에 불을 붙였다. 클레어는 시커먼 해변으로 뛰쳐나갔다. 마구 달리며 소리를 질렀다.

새해 초 뉴스코틀랜드에서, 클레어는 그 필름을 남편이 재직하던 대학의 필름 전문가에게 가져갈 것이다. 안경을 쓰고 조끼 스웨터를 입은 남자다. 그가 어쩌다 침수 피해를 입었는지 묻자 클레어는 강에서 백팩을 머리 위로 높이 쳐든 기억을 떠올리고, 사고가 있었다고 이야기한다. 남편이 자신을 조사하기 위해, 사건을 성립시키기 위해 영화의 형식을 이용했다는 얘기는 하지 않을 것이다. 그것이 남편이 모아온 증거의 본체이고, 자신은 판결을 원한다는 얘기는 하지 않을 것이다. 전문가는 필름 프레임을 스캔해볼 테니 두고 가라고 한다. 한 주가 지나간다. 클레어는 윈터 수사관과 홀 수사관을 한번 더 만나게 되고, 그들은 모든 증거 감식 결과가 단순 뺑소니 사고였음을 가리킨다고 말한다. 그러나 운전자를 찾는 데는 아무런 진전이 없다. 그러므로 사건은 해결된 것이기도 하고 해결되지 않은 것이기도 하다. 종결이면서도 진행형이다.

종결된 건 아무것도 없어요, 클레어는 수사관들에게 말하고 싶어진다. 모든 게 여전히 현재 진행형이에요.

클레어가 다시 필름 전문가를 만났을 때, 그는 필름 복구가 불가능하다고 얘기한다. 물이 유화액과 필름 베이스를 분리해버렸다, 이미지들이 치명적으로 손상되었다. 이 남자는 리처드와 아는 사이이고, '치명적으로'라는 단어를 입 밖에 낸 후에 안경을 벗고 눈을 비빈다. 남자는 클레어에게 맨해튼에 있는 유명 전문가를 추천해주고, 그 전문가도 똑같은 진단을 내린다. 아무래도 클레어가 필름을 말려보려고 시도한 것이 문제를 더 악화시키기만 한 것 같다.

일단 뭔가가 물속에 들어가면 그냥 그대로 두어야 한다고, 두
번째 전문가는 말할 것이다.

어느 날 밤 클레어는 아버지의 질문—어디 있었니?—에 대답
하려 한다. TV를 켜놓은 가운데 클레어는 가만가만 말한다. 몸
속에 혈액 대신 정전기가 흐르는 기분이다. 내가 이동을 멈추는 때
가 오면, 클레어는 혼잣말을 한다, 결정이 내려져 있을 거야. 클레
어는 어떻게 시작해야 할지 모르고, 시작할 방법도 없지만, 그래
도 시작할 것이고, 시작해야 하고, 그리고 일단 시작하면 질서정
연하게 시간 순서를 따를 여유는 없을 것이고, 그래서 끝 아니면
시작점에서 출발할 것이다. 시호스와 요동치는 바다와 달로 돌
아갈 것이다. 맙소사, 저 달. 클레어는 저런 달은 두 번 다시 보지
않기를 바랐다고 말할 것이다—아, 저건 하늘에 뜬 사악한 물건
이다. 아버지가 눈을 껌벅이며 딸에게 저 달을, 저 사악한 달을
묘사해달라고 하면, 클레어는 아버지의 손을 잡을 것이고, 주위
의 공기가 진동할 것이고, 클레어는 잠시 그대로 가만히 있을 것
이다. 왜냐하면 아버지가 듣고 있으니까, 아버지가 바로 여기 있
으니까, 그리고 클레어는 이런 기적이 일어나는 건 이번이 마지

막일지도 모른다는 걸 알고 있으니까.

그날 밤 달은 그들을 모조리 죽일 작정인가보다.

참고 자료와 감사의 말

〈레볼루시온 좀비〉는 많은 이들이 쿠바의 첫 비非애니메이션 공포영화라 여기는 알레한드로 브루게스 감독의 영화 〈후안 오브 더 데드Juan de los Muertos〉에서 영감을 받았다(애니메이션 공포영화로는 끝내주는 〈아바나의 흡혈귀들¡Vampiros en La Habana!〉을 찾아보기를). 〈레볼루시온 좀비〉는 여러 면에서 〈후안 오브 더 데드〉의 설정을 느슨하게 따랐으며, 여타 세부 사항은 창작이다. 〈레볼루시온 좀비〉의 배우와 제작진은 완전히 가상이며, 〈후안 오브 더 데드〉를 영상화한 실제 예술인들을 모사하려는 의도는 전혀 없다.

『세번째 호텔』을 쓰는 동안 여러 문헌 자료를 참고했으며, 그 흔적이 이 책 여기저기에 많이 남아 있다. 마이클 채넌의 『쿠바

영화Cuban Cinema』, 캐럴 J. 클로버의 『남자, 여자, 그리고 전기
톱Men, Women, and Chain Saws』, 조라 닐 허스턴의 『내 말에게 애
기해Tell My Horse』, 로저 럭허스트의 『좀비: 문화사Zombies: A
Cultural History』, 켄들 R. 필립스의 『투사된 공포: 공포영화와 미
국 문화Projected Fears: Horror Films and American Culture』, 배리 키
스 그랜트가 편집한 『차이에 대한 두려움: 젠더와 공포영화The
Dread of Difference: Gender and the Horror Film』, 그레고리 A. 워커
가 편집한 『미국의 공포: 현대 미국 공포영화 에세이집American
Horrors: Essays on the Modern American Horror Film』, 구스타보 수
베로의 『라틴아메리카 공포영화에 나타난 젠더와 섹슈얼리티
Gender and Sexuality in Latin American Horror Cinema』, 하이미 슈츠
리키의 『쿠바, 콜럼버스부터 카스트로까지Cuba from Columbus
to Castro』, 줄리아 쿡의 『천국의 이면: 새로운 쿠바에서의 삶The
Other Side of Paradise: Life in the New Cuba』, 마크 컬랜스키의 『아
바나Havana』, 리처드 포글레송의 『쥐와 결혼하다Married to the
Mouse』, 메리 필모어의 『여성과 투어리즘: 보이지 않는 호스
트, 보이지 않는 게스트Women and Tourism: Invisible Hosts, Invisible
Guests』, 크리스티나 가르시아가 편집한 『가장 쿠바다운, 쿠바 최
고의 현대문학¡Cubanísimo! The Vintage Book of Contemporary Cuban
Literature』, 조애나 월시의 『호텔Hotel』, 존 버거의 『다른 방식으로

보기Ways of Seeing』, 막시밀리아노 E. 코르스타네가 쓴 「북유럽 신화와 오딘의 전형에 대한 고찰: 그랜드 투어의 시초Examining the Norse Mythology and the Archetype of Odin: The Inception of Grand Tour」(〈투어리즘: 학제간 저널Tourism: An Interdisciplinary Journal〉 통권 60호, 제4호, 2012년 12월), 재커리 프라이스가 편집한 『도시 공포 지도Mapping Urban Horror』(〈미디어폴리스: 도시와 문화 저널Mediapolis: A Journal of Cities and Culture〉, 2016년 3월 7일), 요스의 『임대용 행성A Planet for Rent』. '2+2=5'라는 그라피티 서명은 작가 파비안 로페스의 예명이다. 제리 캐너번의 인용문은 「이미 패배한 전쟁에서 싸우다: 조스 휘던의 〈파이어플라이〉 〈세리니티〉 〈돌하우스〉에 나타난 좀비와 좀비 신앙Fighting a War You've Already Lost: Zombies and Zombis in Firefly/Serenity and Dollhouse」(〈SF 영화와 텔레비전Science Fiction Film and Television〉 통권 4호, 제2호, 2011년 가을, 173~203쪽)에서 따왔다. 본문 125~126쪽의 영화 묘사는 〈돌아온 사람들Les Revenants〉에서 따왔다. 또한 팔로마 즈엉의 연구, 특히 하버드대학교 데이비드 록펠러 센터의 라틴아메리카 연구소에서 있었던 팔로마의 '새로운 쿠바에서 일어나는 문화 상품화와 상품으로서의 문화 생활' 강연에 감사하며, 그때 '주관을 실어나르는 매개체'로서의 스크린이라는 아이디어를 처음 접했다. 또한 이 책은 장 에슈노즈의 소설 『피아노Piano』와 훌리오 코르타사르의 단편 「악마의 침Las babas del diablo」에서 초기 착상을 얻었다.

시간과 공간을 제공해준 맥다월 콜로니, 레디그 하우스, 바드 칼리지, 라이터스 룸 오브 보스턴에 감사를 표한다. 초반에 원고를 읽고 의견을 준 래리 로터에게 감사한다. 너그럽게 시간을 내어주고 이야기를 들려준, 아바나에서 만난 모든 이들에게 감사한다. 여러 번의 창작 미팅으로 집필에 도움을 준 슈치 사라스왓에게 감사한다. 초반에 든든히 지원해준 가스 그린웰에게 감사한다. 엘리엇 홀트, 로런 그로프, 마이크 스컬리스의 편집 조언과 격려에 감사한다. 마이크에게는 제목 때문에 더욱 고맙다.

FSG 출판사의 클로이 텍시어-로즈, 세라 스키리, 세라메이 윌킨슨, 잭슨 하워드, 데브라 헬펀드, 레이철 와이닉, 프리다 더건, 애비 케이건, 앰버 후버, 데번 매조니에게 고마움을 전한다. 커티스 브라운 에이전시의 세라 저턴과 올리비아 심킨스에게 감사한다. 여러분 모두와 함께 일할 수 있어 영광이다.

에밀리 벨과 캐서린 포싯—이 두 분은 불가능이란 없는 드림팀이다. 무한 곱빼기로 감사드린다.

나의 가족에게 감사한다.

폴에게 감사한다—송두리째, 변함없이.

사랑하는 사람이 세상을 떠난다면. 그 전과 그 후는 같은 생生
일 수 없다. 같은 세상일 수 없다. 그리하여 사랑하는 사람과 함
께했던 시간들은 전생이 되고, 남은 사람은 지금의 내세를 홀로
살아간다. 이 책은, 남은 자의 혼란에 대한 미시적 기록이다. 특
히 작가는 감정 묘사를 극도로 배제하여 남은 자 역시 일종의 망
자이자 무감한 자임을 시사하고, 그 탈색된 건조함이 쿠바의 선
명한 아열대 색상과 대비되어 망자의 심상을 역조명한다.

사랑하는 사람이 세상을 떠난다면. 시간을 돌려서라도, 이승
과 저승을 뒤집어서라도, 평행 우주로 넘어가서라도, 살아 숨쉬
는 그 사람을 만나고 싶다. 죽음이 존재의 종료가 아니길 바라는

간절함, 그 애달픈 염원이 좀비를 만들어냈을지도 모른다. 되살아난 시체. 그러나 작가는 시체를 되살리는 대신 영혼의 수를 무한대로 확장해버린다. 무한 수의 평행 자아. 그리고 분기된 시간선의 여러 평행 우주가 중첩된 세상. 동시다발적 가능성. 이 또한 필멸성에 대한 작가 나름의 도전이다. (이 부분에 대해서는 테드 창의 두번째 단편집 『숨』김상훈 역, 엘리, 2019에 수록된 「불안은 자유의 현기증」을 읽으면 이해에 도움이 될 것이다.)

　작가는 이 책이 한 번에 스윽 쉽게 읽히기를 바라지 않는다. 현실과 환상을 구분해줄 생각도 없다. 이해보다는 도발을, 설명보다는 질문을, 전체를 조망하기보다 각각의 파편에 돋보기를 갖다대기를 선호한다. 좀비. 공포영화. 쿠바. 여행. 젠더. 그리고 가족의 죽음―뺑소니 사고로 죽어버린 남편. 딸에게 자신의 죽음을 당부하는 아버지. 작가는 그저 보여주고 던져주며 독자를 홀리고 싶어한다. 독자의 세계에 균열을 일으키고, 이질감을 환기하고, 문제를 해결하는 대신 불확실성을 견디라 한다. 왜냐하면 작가에게 문학은 지금 여기 존재하지 않을 때를 대비하는 수단(a way to prepare for not being here)이므로.

엄일녀

옮긴이 **엄일녀**

을묘년 화곡동에서 태어났다. 서울대학교 언론정보학과를 졸업하고 출판 기획과 잡지 편집을 겸하다 지금은 전업 번역가로 일하고 있다. 『그녀의 몸과 타인들의 파티』 『섬에 있는 서점』 『비바, 제인』 『여자는 총을 들고 기다린다』 『레이디 캅 소동을 일으키다』 『미스 콥 한밤중에 자백을 듣다』 『비극 숙제』 『샬럿 스트리트』 『너를 다시 만나면』 『나이트 워치』 『이웃집 여자』 『착한 도둑』 『미스터 세바스찬과 검둥이 마술사』 『안 그러면 아비규환』 『거짓말 규칙』 등을 번역했다. 『리틀 스트레인저』로 제10회 유영번역상을 수상했다.

문학동네 세계문학

세번째 호텔

초판 인쇄 2021년 10월 19일 | 초판 발행 2021년 10월 29일

지은이 로라 밴덴버그 | 옮긴이 엄일녀

기획·책임편집 이봄이랑 | 편집 윤정민 홍유진
디자인 윤종윤 이원경 | 저작권 김지영 이영은 김하림
마케팅 정민호 정진아 김혜연 정유선 | 홍보 김희숙 함유지 김현지 이소정 이미희
제작 강신은 김동욱 임현식 | 제작처 한영문화사

펴낸곳 (주)문학동네 | 펴낸이 염현숙
출판등록 1993년 10월 22일 제406-2003-000045호
주소 10881 경기도 파주시 회동길 210
전자우편 editor@munhak.com | 대표전화 031) 955-8888 | 팩스 031) 955-8855
문의전화 031) 955-3579(마케팅) 031) 955-1929(편집)
문학동네카페 http://cafe.naver.com/mhdn | 트위터 @munhakdongne
북클럽문학동네 http://bookclubmunhak.com

ISBN 978-89-546-8297-8 03840

잘못된 책은 구입하신 서점에서 교환해드립니다.
기타 교환 문의 031) 955-2661, 3580

www.munhak.com